THE SELF-DEFENCE FORCE IN TURBULENT AGE 2 Vol.1

1 関ケ原死闘編

宇治谷順 原案 半村良

続 戦国自衛隊

世界文化社

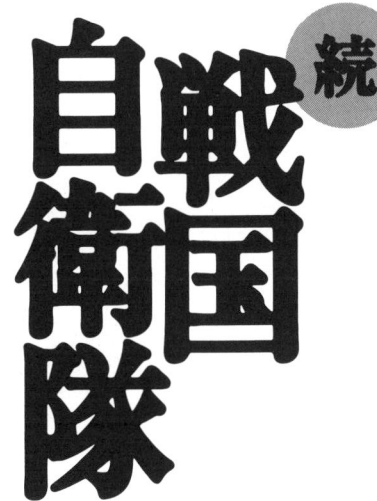

目次

プロローグ　霧 —— 5

第一章 —— 敦賀

1 —— 漂着 —— 15
2 —— 遭遇 —— 33
3 —— 奇襲 —— 51
4 —— 敦賀城 —— 72
5 —— 救出 —— 96

第二章——佐和山

1——盟約——131
2——伏見攻め——149
3——北陸戦線——180
4——大垣入城——215
5——岐阜落城——247

装幀………コガワ・ミチヒロ
表紙写真　菊池雅之©
世界文化フォト
千葉克介©
関ヶ原合戦図（彦根城博物館蔵）

プロローグ　霧

夜の闇が明けると、見渡す限りの視界は一面の霧だった。

機関部が発する規則的な振動音と、絶えず艦首が切り分ける波の音が足下から聞こえてこなければ、そこが日本本土から遥《はる》かに離れた海の上であることを、忘れてしまいそうなほどであった。

まるで雲の中を漂っているようだ。

輸送艦『おおすみ』の上甲板《じょうかんぱん》左舷《さげん》側の手すりに体を預け、島和武《しまかずたけ》3等陸尉《りくい》は心の裡《うち》で呟《つぶや》いた。

もともと島に、ロマンチックな夢想に浸る趣味はない。ものごころついた頃から彼の周囲は、動かしようのない現実であふれていた。夢想は現実から目をそらす技だ。現実を正しく認識しないで問題の本質的な解決はあり得ない。少なくとも島は、常に自分にそう言い聞かせ、行動してきたつもりだ。

それでも今朝の艦上から見えるこの景色は、自分が立っている場所にも迷うほど、とてつもなく現実感の乏しい光景に思えた。それは政治の思惑《おもわく》と外交の駆け引きの間で翻弄《ほんろう》され、結果的にどこにたどり着こうとしているのかさえわからないこの艦隊の姿をそのまま映し出しているようでもあった。

「まさか小隊長が一晩中ここで歩哨《ほしょう》に立ってたわけじゃないでしょうな」

振り向くと、甲板上にワイヤーで固縛《こばく》した陸自車《しゃ》輛《りょう》群の間から、作業帽をあみだにかぶった男が人なつこそうな笑みを浮かべて現われた。

大賀剛一《たいがごういち》1等陸曹は今年で25歳になるはずだが、見かけはさらに若く見える。休日には愛車を駆って、ナンパな場所に出入りしているとかく噂がある男だ。だが彼の一夜の相手をした女たちも、自分の寝た男がライフルで５００メートル先の標的を撃ち抜く能力を持っているとは知る由もないだろう。

かつて彼がオリンピック候補として名前が挙がったとき、そんなものに出場するくらいなら隊を辞《や》めて傭兵《ようへい》になると上官に言い放ち、その場で退職を迫ったという話が伝わっている。結局この話は流れ、日本は金メダルを1つ損したが、それ以来、彼には常に扱いづらい男という評判がついてまわった。

しかし島はこの部隊に着任してすぐに、大賀が口ではちゃらんぽらんなことばかり言いながら、こと訓練に関しては最もストイックに自分を追い込んでいることを見抜いた。大賀の方でも、自分と同じレンジャーバッジをつけた新米の小隊長に一目は置いたようである。2人が意気投合するのに、さほどの時間はかからなかった。

「居住区《なか》は空気が悪い。吐きそうになったから、外の空気を吸いに来ただけだ」

「ご冗談を。とても半病人の顔には見えませんな。小学校の遠足前と同じで、浮き浮きして眠れないいんじゃないですか」

「それはおまえだろ」

島は苦笑して、軽く拳《こぶし》で大賀の肩をこづいた。この航海に派遣された陸自隊員の多くが、出航以来眠れない夜を過ごしているだろうことは推測できた。だがそれは、決して遠足前の気分と同質のものではない。

「北は本気で戦争始めるつもりですかね」

大賀は島の隣でデッキの手すりに両肘《りょうひじ》をつき、海面を見やりながら呟《つぶや》くように言った。

「あちらさんがどう考えているかよりも、むしろ、我が同盟国がどう考えているかってことだろう」

島も同じ方向に目を走らせた。ほとんど海面と海上の区別もつけられない霧の中に、微《かす》かに赤いランプを確認することができる。『おおすみ』と同じ任務で航行中の護衛艦『こんごう』の航海灯だ。さらにその彼方《かなた》には、空母キティホークを中心とする米海軍第7艦隊の空母機動部隊が展開されているはずであった。

例によって米軍との共同作戦と銘打《めいう》ってはいるが、陸上自衛隊はその誕生以来初めて、普通科を中心とする中隊規模の隊員180名余を「朝鮮有事派遣部隊」として海外派遣しようとしていたのだ。


21世紀初頭、アメリカ合衆国を襲ったテロの刃《やいば》は、この国の闘争本能に完全に火をつけた。それほどNYのWTCビル事件が米国民に与えた衝撃とトラウマは大きかった。

事件前年に選出された少々お調子者の大統領の号令によって、この国は世界の平和を守るためと称し、中央アジアの主権国の政治体制を崩壊に追い込み、返す刀で以前から米国に反抗的な態度を示していた国々に露骨な恫喝《どうかつ》を始めた。

——悪の枢軸《すうじく》
合衆国大統領が、恫喝相手に張り付けたレッテルだ。新世紀に唯一の超大国となった米国は、こうして圧倒的な軍事力を背景に、反米の立場を取る国々に対する粛正《しゅくせい》を開始した。その筆頭となったのがイラクである。

だがイラクを叩いても世界に、もちろん米国にも平和が訪れることなどなかった。むしろ悪夢はこれから始まったのだ。


9・11以降、最悪の事件は日本で起こった。なんと東京の米大使館が20人の武装したテロリストグループによって襲撃されたのだ。

訓練されたテロリストを相手に日本の警察はほとんどなすすべもなく、米国の面子《めんつ》をかけて送り込まれた特殊部隊は、この事件の結末をなんとも血生臭い、後味の悪いものにした。大使館側の死者は100人を超え、日本の民間人にも20人近い犠牲者《ぎせいしゃ》が出た。犯人は全員、自爆するか射殺された。

この事件にいきり立った米国は、今度はこのテロの背後に北朝鮮が関係していると言い出した。犯人はほぼ全員がアラブ系テロリストであることが判明していたが、彼らの入国ルートに一部北朝鮮の工作船が使われた可能性があると米国が発表したのだ。

確かに北朝鮮には疑われても仕方のない要素はあった。政権としては末期的様相を呈《てい》してきた金王朝が、自分たちに冷淡な米国を交渉のテーブルにつかせるため、最後の賭《かけ》として反米テロリストを陰《かげ》で支援した可能性は捨てきれない。その上で必要な経済支援さえ受けられれば、自分たちにはこれらのテロリストをコントロールできるだろうくらいのことは言ったかもしれない。あくまで推測の域を出ない話ではあるが、この政権がこれまで周辺諸国に行ってきた過去の犯罪的謀略《ぼうりゃく》の数々を思い起こせば、あり得ない話とは言えなかった。

だが、直接にせよ間接にせよ、テロ攻撃は核カードやミサイル実験カードとはまったく次元の違う話である。しかも米本国ではなく、舞台に選んだのが日本なら、万一の場合でも最悪の結果にはなるまい。そう踏んだのであれば、彼らは大きな読み誤りを犯したと言える。

イラクとの対立をめぐって、国連との関係に大きな禍根《かこん》を残した米国では、新世紀に入って立て続けに2度も戦争を起こした自分たちの行動を反省する気運も一部に生まれかけていたが、それらはまたも、凶弾によって吹き飛んだ。もはや国連決議すら必要としないという態度を明確にした米国は、日本と韓国に駐留する兵力を増強し、単独でも北朝鮮に対する軍事行動を行う決意を世界に示したのである。

もちろん、日本国内でも議論は沸騰《ふっとう》した。テロリストを支援したとされる国の狙いは米国だったとしても、同時に日本の主権も侵されたのだ。しかも彼らが日本の主権を侵したのはこれが初めての話ではない。証拠もなしに米国に追従《ついじゅう》することを危ぶむ声は、威勢のいい怒鳴り声にかき消されていった。このテロは米国と同時に日本も狙《ねら》われたのだ。かの国はいま、堂々と日本に攻撃を仕掛けてきた。それに対して日本は自国民も自国の領土も守れず、座して相手のなすがままにされていいのかと。

　日本は太平洋戦争後半世紀以上、国内に直接的な攻撃を受けたことはなく、その衝撃もまたＷＴＣ事件時の米国民のように大きく深かった。平和の幻想は一晩で砕《くだ》かれ、やがて日本中は恐怖と怒りに満ちた集団ヒステリー状態に陥《おちい》っていった。

　だからこそ米国大統領の尻馬《しりうま》に乗る形で、断固たる決意を示すと連呼した総理大臣は、経済政策の絶望的な失政にも関わらず、あっと言う間に政権初期の高支持率を回復した。もちろんその言葉が意味するのは、自衛隊の海外派遣である。

　自衛隊の参加は、米国の望むところでもあった。およそ主権国家の有する軍隊で、日本の自衛隊ほど米軍の手足になってくれそうな軍隊は他にないからだ。さらにうがった見方をすれば、米軍は韓国軍と自衛隊を含む形の多国籍軍を組織して、世界最大の赤い仮想敵国に対するシミュレーションをしておきたかったのかもしれない。いま米国と中国の間に最悪と呼べるほどの緊張関係はなかったが、米国中枢には、世界最大の国は１つでいいと考える人間が多数存在した。北朝鮮という相手は、そのためには格《かっ》好《こう》の練習台であった。

　自衛隊が日本国外へと活動の場を広げるいわゆる有事法案はすでに国会で成立していた。もともとは国内における有事を想定して、自衛隊の活動を規定するはずであったこの法案は、その嚆矢《こうし》となる法案が国会に上程《じょうてい》され、一部野党の協力も得て与党が法案を通過させると、以後次々と関連法案が成立するようになった。ある意味ではこれも東京テロの副産物と言えるかもしれない。おかげで自衛隊の権限は大幅に拡大され、武装した自衛隊が出国すること自体は、国内法的には問題ないという状態にはなっていた。

　ただし、問題はアジア近隣諸国の態度にあった。今回米軍の軍事行動につき合うとなると、自衛隊もまた朝鮮半島に上陸せざるを得なくなる。もしそうなれば日本の軍事組織が半島に上陸するのは、実に太平洋戦争以来の出来事だ。日本人のほとんどは忘れていたことかもしれないが、侵略を受けた国々、特に中国と韓国にはいまだ日本の軍隊という言葉は、悪夢と同義語だったのである。

その本音がどこにあったかはともかく、米国は率先して韓国や中国に特使を送り、自衛隊の海外出国を認めさせる下地作りを行った。テロ撲滅《ぼくめつ》という錦《にしき》の御旗《みはた》と経済発展を至上命題とする国内の政治的理由から、中韓両国ともに米国と表だってはことを構えたくなかったのだろう。少なくとも事務レベルでは両国とも、自衛隊は軍隊ではないという日本政府の主張を認め、その半島上陸を黙認する方向で話が詰められていたという。

ところが、事態はそうすんなりとは運ばなかった。外務省の調整能力不足か、あるいはどこかに意図的なものがあったかどうかは知らぬが、韓国は自国領土への自衛隊の施設部隊、輸送部隊の上陸は認めたものの、土壇場になって普通科部隊の領海内通過のみ認め、上陸許可は出さない方針を固めたのだ。

一方、国内でも韓国の方針に勢いづいた左派系野党が、一刻も早く他の重要法案を通過させたい与党との駆け引きにより、自衛隊は今回の任務に関しては派遣はすれど上陸せず、という条件を付け加えさせることに成功した。

これにより陸自の普通科部隊は、船上で待機する以外に道はなくなった。これが初めて本格的な戦闘要員と装備を携行して海外派遣されたこの部隊の性格を、一瞬にして意味不明の滑稽《こっけい》な存在にしてしまったのである。

この法案を通した総理大臣は審議のあとの記者会見で、満足げな笑みを浮かべて言った。

「ま、いいじゃないか。ともかくは50年かかって半歩踏み出したんだから」

それは国民にはなるべく見えにくい形で、ゆっくりと既成事実だけを作っていきたいという、旧来の日本の政治家が得意とする手法ではあった。だが、その既成事実を作るためだけに利用されている航海は、現実には戦場に向かっているのだ。

　もし米国と北朝鮮が上陸後に衝突を始めてしまったら、俺たちは高価なオモチャを積んで海に浮かぶただの標的になってしまう。

　そのことを思うたび、島はつい自嘲《じちょう》めいた微笑が浮かんできた。結局、俺たちを生かすも殺すも米軍の腹づもり一つということだ。

「それなら大丈夫じゃないですか。今回はアメリカさんも、とりあえずこっちの刀をいっぱい見せびらかして脅すつもりだけでしょうから」

「刀は抜くときより、おさめるときの方が難しいんだ」

「どっちにしろ早く帰らせてほしいもんです。こちとら海上さんと違って、地に足がついてないとこで寝るのには慣れてないすからね」

　性格なんだろうな。島は脳天気に振る舞う大賀を見て苦笑した。

　だが、今回の航海は、およそ自衛隊がいままで経験したどの航海よりも危険なものになる可能性がある。いまこの次の瞬間にも、この水域は戦闘水域になるかもしれないのだ。そのとき艦上の我々に打てる手は、何もないに等しい。島は出港以来、胸の奥にわだかまる何かが、この航海の危険性を囁《ささや》く声を聞いていた。

「そこにいるのは島3尉か？」

　甲板をも覆う霧のため、気づくのに遅れたが、髪を短く刈り込み、眼鏡をかけた神経質そうな男が島たちに向かって足早に近づいてきた。

　島は顎《あご》を引いて敬礼し、大賀もそれにならった。

「こんなところで何をしている？　任務中に勝手に休憩を取る許可を与えた覚えはないが」

　今回の派遣部隊隊長である藤原《ふじわら》3等陸佐《りくさ》は、実質的には現場の最高指揮官ということになる。だが万が一、実戦になった場合、彼に現場の指揮が務まるとは、大多数の隊員は誰も思っていない。陸曹長《りくそうちょう》の掛井《かけい》に至っては、島の耳元で堂々と「あれァ情実人事って奴ですよ」と吐き捨てたくらいだ。

一説によれば陸幕《りくばく》に藤原の縁者がいて、今回の人事は彼に箔《はく》をつけるために行われたものだという。事実、この任務を終えて日本に戻れば、藤原には制服組としてさらなる出世の道が待っているだろうとは、誰もが噂していることだった。

「はっ。島3尉、ただちに持ち場に戻ります！」

「うむ。このことは俺の腹一つにおさめておく」

それで部下に恩を売ったつもりか。島は笑いを噛み殺した。

艦内に向かいながら大賀は島に囁いた。

「任務ってのはあれですか。あのくそ狭い三段ベッドにもぐらのように閉じこもって、陽の光も浴びるなってことですか」

「そのとおりだ。文句あるか」

「いいえ。小隊長がそうしろとおっしゃるなら」

大賀はにやりと笑って、帽子を目深にかぶり直した。

艦内に通じるハッチを開けたとき、島はふと立ち止まって、何かに耳を澄ませるような動作をした。

「どうしたんです」

「……なにか聞こえないか」

「え？」

大賀も甲板の方を振り向いて、数秒動きを止めた。

「別に、なにも聞こえませんが」

「そうか。俺の気のせいだな」

島はラッタルを降り始めた。あとに続いて大賀が最上段に足を下ろしたとき、それは起きた。

「いま、揺れたな」

島は大賀を振り向いて言った。

「高波でもくらったかな」

「波にしては妙な揺れ方だ。第一、これほどの船が、あんな鋭角的な揺れ方をするか？」

「じゃあ……何かに座礁《ざしょう》したとか」

「このあたりは水深数百メートルだぞ。いったい何に座礁……」

島は胸の辺《あた》りにもやっていた嫌な感触が、全身に広がるのを感じた。

「潜水艦？」

「まさか！　米軍はこの艦隊に潜水艦は同行させてないはずです」

「米軍とは限らん」

「え？」

突然、艦内のスピーカーが一斉《いっせい》に鳴り響いた。

――7艦隊司令部より緊急打電！　国籍不明の飛行物体が、本艦隊に向けて飛来中！　総員配置につけっ！

「なんだってえ？」

大賀が呆気《あっけ》にとられたような声を出した。

「どけっ！」

島は大賀を突き飛ばすようにラッタルを駆け上り、再びハッチを開けた。

「なんだ……これは」

島の眼前から甲板が消えていた。

いや、正確には艦首側甲板の50メートルほど手前までは確認できた。だが、その向こうは巨大な光に呑み込まれたように、何も見えなくなっていたのである。

しかもその光は膨張《ぼうちょう》していた。

甲板を、海面を、空をも呑み込み、膨《ふく》れ上がる光の玉は音もなく、島めがけて突進するかのように近づいてくる。

島がそれだけのことを認識するのに1秒もかからなかった。

「危ないっ！」

次の瞬間、島の体は床に投げ出された。大賀が島にタックルをかけるように飛びつき、同時にハッチは巨大な風圧を受けてバアンッと閉じた。

ギイイイイッ　ギイイイイッ
艦全体からきしむような音が聞こえ、大賀と島は絡《から》みついたまま、艦の揺れに翻弄されて床の上を転げた。

バリッ！　バリッバリッバリッ！

舷窓のガラスが粉々に散って、閃光《せんこう》と共に艦内に吹き込んでくるのが目の端に見えた。

「うわあっ！」

大賀と島がラッタルを転げ落ちるのと同時に、ハッチが破裂したように吹き飛んだ。

島は頬《ほお》に飛沫《しぶき》がかかるのを感じたが、それが海水か血かすでに確認できる状態ではなかった。

ラッタルから跳《は》ね飛ばされ、床に叩《たた》きつけられる寸前に、島の意識は失われたからである。

その日、日本海で海難史上類を見ない最悪の事故は起こった。

航海中の日米両艦隊の半数以上が大破、航行不能の状態に陥った。だが、北朝鮮による攻撃の可能性は薄いとされた。原因はいまだ調査中で不明である。

事故より10日後、日本政府は生存者の捜索《そうさく》を打ち切る旨を発表した。完全に沈没したと見られる『おおすみ』は、現代の技術ではいかなる手法をもってしても、引き揚げが不可能であることも付け加えられた。

『おおすみ』の乗員は、船体ごと全員が忽然《こつぜん》とその姿を消したのだ。

第一章　敦賀《つるが》

1　漂着

揺れている。

体がどの方向を向いているのかわからない。

仰向《あおむ》けなのか、俯《うつぶ》せなのか。

いや、そもそもこの目は開いているのか閉じているのか。

明るいのか、暗いのか。

何か見えているのかどうかすら、判然としない。

かすかに鼻を衝《つ》く塗料の匂《にお》いを感じた。海自の連中、今度の出航前に大慌《おおあわ》てで艦内の塗装を塗り替えたな。

ふと口元がゆるみかけたところで、島の意識は目覚めた。

目を開けた彼を、艦内の非常灯で真っ赤に照らされた大賀の顔が不安そうに覗《のぞ》き込んでいた。

「小隊長！」

「いったい……何があった？」

島は上甲板から1層下の第2甲板の床に倒れていた。手をついて体を起こそうとすると、背中が激しく痛んだ。島は深呼吸をしながら、自分の肋骨《ろっこつ》のあたりを押さえてみたが、幸い骨には異常がなさそうだった。

「状況なんかわかんないです。自分もたったいま気がついたとこですから」

「艦橋《かんきょう》の様子は？」

「わかりません。艦内電話がどこにも通じなくて。見てきましょうか」

「いや、俺が行く。おまえは居住区の様子を頼む」

「了解」

さらに1層下にある陸自隊員の居住区の安否を確

認するため、ラッタルを降り始めた大賀は、体を半分床《ゆか》の下に沈めた辺りで立ち止まった。

「ミサイル攻撃ですかね」

「いや、違う」

島は反射的に答えたが、自信があったわけではない。だが、攻撃を受けた直後なら、艦内のこの静けさは異様だ。島も大賀と逆にラッタルを昇りながら、さらに膨《ふく》れ上がる疑念を抑えることができなかった。

通路には本来なら右往左往《うおうさおう》しているはずの海自隊員の姿が一人も見えない。そもそも第2甲板には陸自隊員用の寝室もある。だが島は陸自隊員の姿も見かけていない。

艦内全体を、まるで死者の静寂《せいじゃく》が支配しているかのようであった。

とにかくまず艦の状況を確認せねば。島は吹き飛ばされたハッチから上甲板に踏み出した。

海は晴れていた。

あれほど重く洋上を覆《おお》っていた霧はあとかたもなく消え去り、深く青々とした海面だけが、輝く陽光に照らされていた。

島は半長靴の下にジャリッと割れたガラス片を踏みしめ、巨大な光球が見えた艦首《かんしゅ》側に向かうことにした。振り向いて見上げると、艦橋の窓はすべて割れているようだった。だが、その中に人影は見えない。艦橋もあとまわしだ。とにかくあの光の正体を確かめねば。

車輌《しゃりょう》を固定するワイヤーに引っかからないよう、慎重に避けながら艦首に近づいた島は、目の前が開けた瞬間、その場に凍《こお》り付いた。

『おおすみ』の艦首は、上甲板から一段低くなった形で突き出している。それはちょうど一般的な船の胴部の上に、巨大な作業台であるデッキを無理やり載せたような形だ。

その艦首の上部が、すっぽりと消えていた。

さらに近づくと、海面に向かってえぐれた断面は無数の繊維《せんい》が突き出したように細かくささくれだち、そのところどころに青白い火花がちらちらと走りながら、微かにジジジ、ジジ、とノイズを発していた。何か強力な電荷《でんか》がかかって帯電《たいでん》しているようである。

やはりミサイルなのか？

島は考え続けることによって、必死で冷静さを保とうとした。

もしもこの破壊が爆発による衝撃で行われたなら、大半は海に沈んだとしても、なおこの甲板の周囲に艦首やミサイルの破片が無数に飛び散っているはずだ。だが島の足元にはちりひとつ見えない。

核弾頭《かくだんとう》が使われたのだとしたらどうか。戦術核の直撃か至近爆発なら、『おおすみ』の船体を飴《あめ》でも溶かすように破壊することはできるかもしれない。

だが、それなら自分がここで無傷でいることの説明がつかない。

いずれにせよこれが攻撃によるものなら、他の艦はどうなっているのか。

そこに思い至ったとき、初めて島の背筋を、氷のような感触が貫《つらぬ》いた。

島は踵《きびす》を返して艦内に飛び込み、ラッタルを一足飛びに艦橋まで駆け上がった。

もちろん艦橋の中も静かだった。

ただし、操舵《そうだ》関係のコンソールや、レーダースコープなどは、すべて生きていた。海図台の下にはカップが何個か転がり、その周りに一瞬人の血かと見間違えたコーヒーの液体がこぼれていた。

人だけがいなくなっている。

だがいまの島にはこの艦の状況すらどうでもよかった。床に落ちていた双眼鏡を掴《つか》み、遮蔽物《しゃへいぶつ》のなくなった窓に駆け寄ると、接眼部を目に押し当てるようにして、よく晴れた海上に目を凝らした。

何も見えなかった。

見渡す限り、人の手で作られたと思われるものは、いなくなったのは、人だけではなかったのだ。

「小隊長！」

　艦橋に大賀が飛び込んできた。

　島は放心した表情で、ゆっくりと振り向いた。

「居住区はかなり混乱してます。どうやら俺たちと同じで、たったいままでみんな意識を失ってたようですが、目覚めた連中が騒ぎだしてます。被害の状況はまだ確認できませんが、生存者は全員、後甲板に出るよう望月《もちづき》2尉《い》が指示しました」

「そうか。望月さんも無事だったか」

　その言葉は少なからず島を元気づけた。ほんの一瞬前まで島は、自分が誰もいない魔法の森にでも閉じ込められたような心細さを感じていたからだ。

　艦尾側の甲板に、固縛《こばく》された2機のヘリの間を縫《ぬ》って、ぞろぞろと陸自の隊員たちの姿が現れ始めた。

「海自側も艦内作業をしていたのが何人か残ってます。中には何が起こったのかまったく気づいてない奴《やつ》もいて驚きましたが」

「それは心強い」

　島には皮肉を言う余裕が戻ってきた。

「海自の通信士が、なんとか他艦と連絡を取ろうと試みているようで」

　島の胃のあたりが、再び重くなってきた。

「反応は？」

「いまのところは……まだ何も」

「遭難《そうなん》信号は出したのか」

「いや、とにかく僚艦《りょうかん》の状況を知りたいと、いまはずっと『こんごう』を呼び続けてます」

「俺が行く。遭難信号を出し、海自の艦《ふね》でも米軍でも民間船でも何でもいい！　とにかくこの艦に応えてくれる奴を探《さが》すんだ！」

　望月禄郎《ろくろう》2尉は、潮風の中、その端正《たんせい》な顔を引き締めたまま、上甲板に現われ始めた陸自隊員たちの姿を見つめていた。

　朝、尿意を催して目覚めた彼は、トイレからの帰りに突然激しい衝撃を受け、そのまま通路に昏倒《こんとう》した。意識を取り戻《もど》した彼が幹部用の居住区に駆け込むと、そこで休んでいたはずの上級幹部の姿は霞《かすみ》のように消えていた。

いったん上甲板と艦橋に上がり、現在交戦中ではないことを確かめると、再び居住区に戻り、騒ぎ始めた隊員たちに上甲板後部に出るよう指示を与えた。指示を出す権限が自分にあるかどうかは確認する暇もなく、指示の内容すら何でもよかった。が、指示を出すタイミングが遅れればパニックになる。パニックになれば収拾《しゅうしゅう》にはさらに時間がかかる。望月はそれを恐れた。

防大創立以来の秀才と呼ばれた彼は、今回の派遣部隊の先任小隊長に任命されたとき、なんとか辞退できないものかと上官に掛け合ってもみた。

答えは否だった。

この世界で生きている以上、命令には従わざるを得ない。望月は妻に、娘の満1歳の誕生会には出られなくなったと詫《わ》び、出航のための荷物を詰め込んだ。

彼がこの航海に出たくなかったのは、長女の誕生日を一緒に祝いたかったからだけではない。そもそもこの航海自体に、彼は何の意義も見い出せなかったからだ。

たとえば自衛隊がPKO協力部隊として海外に出かけることに異存はない。形式的にせよ、国連という組織の一員として働くことは、国際社会の秩序《ちつじょ》がそれによって守られているという、相互認証《そうごにんしょう》のシステムを維持する面からも有用なことだ。

だが今度の出動はいったい何か？　すべては米国の都合とお膳《ぜん》立《だ》てにより決まったようなものだ。

この組織がもとをただせば米国の都合で生まれたものだと考えるなら、いわば自衛隊は米国が日本という女に生ませた私生児である。だが生まれた子はいつまでも親の従属物ではない。ましてこの子どもは、日本という母親を守ることだけを第一義に考えることで、かろうじて存在を認知されてきた組織のはずだ。

　だからこそ自衛隊は発足以来、良くも悪くも平和憲法と称される憲法下の軍隊とはどういう存在なのかと自問自答を繰り返し、日本国民に自分たちの姿がどう見られるかということを気にし続けてきた。

　自衛官の父を持つ望月は少年時代、好きだったテレビドラマを見ていてショックを受けた覚えがある。熱血教師を主人公にしたその学園ドラマの大ファンだった望月は、その影響で将来は教職に就《っ》こうと、半ば本気で考えていた。おそらくそんな志を持った若者を大量に生んだであろうドラマは視聴率も好調で、ついに新シリーズが作られることになった。

　その第1話は、前シリーズで主人公の教え子だった生徒たちの後日談が語られる展開になっていた。前回から3年の月日が流れ、教え子たちはそれぞれの進路に悩むという設定だ。前半はこのドラマの持ち味でもあるコミカルなテンポで話が進み、望月は存分に楽しんでいた。

　ところが半ば以降、生徒の一人が、高校を出たら自衛隊に入るつもりだと主人公の同僚の教師に明かしてから、物語の雰囲気ががらっと変わる。話を聞いた女教師の顔は青ざめ、慌てて主人公や校長に相談する。教師たちは集まって、どうしたらその生徒を思いとどまらせることができるか、自分たちのやってきた教育は間違っていたのかと深刻な表情で悩み始めるのだ。

　ドラマは結局最後に主人公が、同窓会で集まったかつての教え子たちに、人の命の大切さについて独特の説教をして終わるのだが、望月はそのとき初めて、自衛隊という組織が国民にどう見られているのかということに気づいた。

　結局、望月はあれほど好きだったそのドラマをそれ以降一度も見なくなり、高校卒業後は迷わず防衛大学校に進学した。

　それもふた昔ほども前の話だ。いまは自衛隊というだけで、「人殺し集団」とでも言わんばかりの扱《あつか》われ方をされることはまずなくなった。だいたい発足以来、一度も人を殺したことのない軍隊など、世界のどこにあるというのか。いずれにせよ現在の国民にとっての自衛隊の姿は、半世紀にわたる自衛隊自身の神経の使い方によって、認知されてきた部分が大きい。

それがどうだ。手順こそ複雑に入り組んではいるが、要は米国が意向を示せば、自衛隊は日本国民の意見は無視してそれに従うという姿を、今回の出動は天下にさらしたようなものではないか。それはまるで、この組織の出自をあらためて米国の私生児の立場に貶《おとし》める行為になりかねない。

望月は出航以来、繰り言《くりごと》のようにそんなことを考えては、ずっと不機嫌だった。しかし彼の周囲にいる人間で、そんな彼の気分に気づいたものは少なかっただろう。なぜなら彼は、普段からずっと同じ顔をしていたからである。

「小隊長、艦内の人間は全員出たようです」

望月麾下《きか》の第1小隊助川曹長《すけがわそうちょう》が声をかけた。

「小隊長はどれくらい残ってる？」

「ご命令どおり、尉官《いかん》は第2甲板の第2士官室に集まるよう触れましたが、自分が直接声をかけたのは第3小隊の立原《たちはら》3尉、第6小隊の涌井《わくい》2尉だけです。あと第2小隊の島3尉も無事だと聞きました」

「そうか、島が」

望月はわずかに表情を動かした。

島とは2年前、幹部レンジャー課程で3ヵ月余りをともに過ごしたことがある。今回の朝鮮有事派遣部隊は、一言で言えば全国の駐屯地《ちゅうとんち》から選抜された寄り合い所帯だが、その中に島の名前が含《ふく》まれているのを見たときから、島との再会だけが、望月にとってこの任務における唯一《ゆいいつ》の楽しみとなった。

望月が島に興味を引かれた最初のきっかけは、彼の経歴である。

普通、一般大学を出て自衛隊に入隊する場合、大卒者に用意された一般幹部候補生《かんぶこうほせい》試験と呼ばれる試験を通れば、その人間は防大出身者と同じく幹部コースでの任官が約束される。だが島は、高卒者と同じ条件の一般募集に応じて入隊した。そして一般隊員としての訓練を重ねながら幹候試験を次々にパスし、いわば自力ではい上がってきた。一口に試験と言っても、ヒラ隊員としての訓練と職務をこなしながら尉官にまで到達するのは、それほど簡単なことでもない。なぜそんな面倒なことをするのか。望月は訓練期間中に聞いてみたことがあるが、島は笑って答えなかった。

レンジャー訓練中の島は、とにかくタフな男、という印象が強い。だからといって蛮勇《ばんゆう》をふるうタイプではない。常に周囲や部下への目配りは行き届いていた。もし実際に本物の戦場に放り込まれるようなことがあれば、自分は間違いなく島の麾下に入ることを望むだろう。それがもっとも生き残れる可能性が高いからだ。

「よし。隊員たちには30分待てと伝えろ。私も士官室に行く」

望月は助川の前で踵《かかと》をずらせて反転すると、艦内へと向かった。

島が遭難信号を出し渋る海自の通信士をどやしつけているところに、掛井曹長がやってきて、士官室に集合するようにとの望月の指示を伝えた。

第2士官室は『おおすみ』に乗艦する幹部のための公室として充《あ》てられていた。島が室内に入ると、白いテーブルクロスを掛けられた細長いテーブルの両脇に、7人の陸自隊員がすでに席に着いていた。ほとんど尉官クラスの小隊長か班長で、佐官《さかん》は一人もいない。たったこれだけか。島は内心、愕然《がくぜん》とした。

「無事でなによりだった。島3尉」

望月がにこりともせずに声をかけてきた。

「はっ。ありがとうございます」

「通信室の様子は掛井曹長より聞いた。遭難信号は出したのか」

「はい」

「反応は」

「ありません」

　室内の全員に落胆《らくたん》の色が見えた。涌井2尉に促《うなが》され、空いていた右側の一番手前の席に島が座《すわ》ると、その向かいの望月が立ち上がった。

「これまでにわかっている状況をまとめよう。本艦は日本海を作戦行動中、0620《マルロクフタマル》時に航行不能を余儀なくされる事態に陥った。この事態を招いたものが事故によるものか、他の要因によるものかは不明。船体の被害状況は海自側で現在調査中。行方不明者も現時点では多数としか言えん。生存者のほとんどは我が派遣中隊の隊員で、現在上甲板に集合している人数はざっと100名余り」

「行方不明？」

　丸顔に黒縁眼鏡をかけ、ずんぐりした体型の長浜《ながはま》3尉が望月に聞き返した。彼はこの中隊の補給責任者である。

「なぜ死者と言わん？　残った人間を生存者というなら、死人は何人出たのかも正確に把握《はあく》しておく必要があるのじゃないか」

「死人はいないんだ、長浜3尉」

「そんなバカな。これだけの被害を受けて」

「じゃ、あんたはここに来るまでに死体を見たか」

　正面に座る涌井に問い返されて、長浜は詰まった。

「それは……自分は居住区から真《ま》っ直《す》ぐ甲板に出たから、それほど艦内を動き回ったわけでは」

「島3尉はどうか」

　いきなり涌井は島に聞いてきた。

「自分も……見ておりません。艦橋にも上ってみましたが、いままで人がいた形跡《けいせき》はあるものの、人の姿だけがどこにも見えなくて」

「みんな同じ経験をしている」

　望月があとを引き取って言った。

「艦首の損傷《そんしょう》は俺も確認した。あれだけの衝撃を受ければ、普通、艦内にも怪我人《けがにん》や死者の姿が見えるはずだが、骨折や擦《す》り傷の報告はあるものの、死体を見たという報告はどこからもこない。不可思議といえば何もかも不可思議だが、いまこの艦内に残っているものはほとんど無傷で、そうでないものは消えた、としか言いようがないのだ」

「隊員の中に吸血鬼でも紛《まぎ》れ込んでたんじゃないか。朝が来たんでみんな灰になっちまったとか」

第3小隊の立原が自分で苦笑しながら言ったが、誰も笑わなかったので再び黙り込んだ。

「し、しかし、それじゃ僚艦はどこだ？　いや、いくらなんでも第7艦隊まで消えてなくなるなんてことはあり得ないだろっ」

やや興奮した長浜をなだめるように、望月は表情を動かさずに答えた。

「この事態に合理的な解釈を試みるなら、僚艦が消えたのではなく、我々の艦が孤立したと考えられる」

「どうしてそんなことが？」

「わからん！」

望月がやや声調を強めた。

「台風か津波か、あるいは想像を絶する大竜巻か、とにかくこの艦だけが艦隊から弾《はじ》き飛ばされた。いま言えるのはそうとでも考えねば説明がつかんことが多過ぎるということだ。いずれにしろ飛ばされた瞬間を覚えているものはいないんだからな」

「だが、無線機は生きているのに応答がないんだろ？　そうだ、本艦の位置は？　ＧＰＳで調べられるはずだ」

「それは自分も試みました」

口を開いた島に全員が注目した。

「海自の通信士に頼んで、ＧＰＳが無事かどうか確かめてもらったんです。装置自体はどこにも異常はありませんでした」

「わかったのか？　本艦の位置が！」

涌井の問いに島は、一拍《いっぱく》置いてから答えた。

「結論から言えば……無理でした。本艦は計測不能の場所にいるようです」

「そんなバカな。通信衛星を利用すれば地球上にいる限り、たとえエベレストの山頂だって位置を特定できるはずだ。それともここは地球上じゃないってのか？」

「いえ。通信士によれば、衛星の存在自体が確認できないそうで」

「……なんだって？」

突然、海曹長の肩章《けんしょう》をつけた浅黒い顔をした男が興奮した表情で入って来た。

「朽木《くつき》海曹長、会議中、失礼します！」

望月が顔だけ向けた。

「何事か」

「船倉《せんそう》に浸水《しんすい》が確認されました。どうも艦首だけではなく、船体のあちこちに亀裂が入っているようです」

「なにっ!?」

室内が浮き足だった。

「落ち着け」望月はぴしりと制して、再び海曹長に顔を戻した。「沈むのか」

「手の打ちようがありません。なにしろこっち側の人手はほとんどいませんし。すぐにどうこうということはありませんが、陸自の対応を考慮いただきたいと」

「確実なところ、どれくらいもつ？」

「浸水のペースがこれ以上ひどくならなければ……最大3時間」

「3時間……」

望月は絶句した。

いったいこのどことも知れない海の真ん中で10 0名余の隊員を抱《かか》え、沈みゆく艦上で何をしろというのか。それもたった3時間以内に。

「よろしいですか」

島が望月に声をかけた。

「うん」

「OH—1を飛ばしましょう。帰艦できる燃料の範囲内で、この艦を中心に同心円を描きながら陸地を探すのです。陸地が見つかれば、輸送ヘリ、LCA《エルキャッ》C《ク》を総動員して上陸します」

「『おおすみ』を捨てるのか？」

「やむを得ません」

「その権限が、私にあると思うか？」

「隊員を無事に連れ帰る義務はあると思います」

島の目は強い光を放って望月を見つめていた。望月も腹を決めた。

「よし。そうしよう。その前に隊員たちに状況を説明せねば」

後甲板に出ると、状況説明を要する人間がもう一人増えていた。

「参りましたよ。誰かあのおっさんの相手をしてやってください」

望月たちと上甲板に出てきた島の姿を見つけた掛井が近づき、唇《くちびる》の端を歪《ゆが》めた。

掛井が顎《あご》で示した方向に目をやると、集まった隊員たちの前で、興奮した口調で何かまくしたてている藤原3佐の姿があった。

「何をしていたんだ！　小隊長が隊員をほったらかして何をやっている？」

島たちの姿を見つけた藤原が、口から泡《あわ》を飛ばしそうな勢いで、軽く右足を引きずりながら近づいてきた。

「状況の確認と今後の対応を協議しておりました。その、隊長のお姿が見えなかったもので」

「俺はぴんぴんしているぞ。まあいい、それで本部は何と言ってきている？」

「いえ、本部とはまだ連絡が取れておりません」

「なに？　通信機の故障か？」

「いえ。本艦に応答するものがないということです」

「言葉の意味がわからん。報告はもっと正確に行え」

「ですから……」

「隊長」

島の横手から進み出た望月が言葉を引き取った。

「自分が説明します。どうかこちらへ」

望月が藤原を艦内の方に導きながら、島に軽く目配せをした。その意味を島は正しく理解した。

時間の猶予《ゆうよ》はない。2人の姿が甲板から消えると同時に、島はヘリの操縦士を呼び、指示を与えた。残った隊員たちには各小隊長から、上陸に備えて準備を始めるよう命令が伝達された。隊員たちは再び蜘蛛《くも》の子を散らすように甲板から散開し、それぞれの荷物をまとめ始めた。

OH―1は、1968年に陸自が導入した航空偵《てい》察《さつ》用ヘリOH―6Dの後継機として、99年から配備されている。乗員は前後に配置されたタンデム複座《ふくざ》の2名で、高い運動性能を持ち、レーザー測距《そくきょ》装置、赤外線監視モニターを備えている。艦橋に上がった島に、飛び立ったOH―1から連絡が入ったのはその約10分後であった。

「『おおすみ』から2時の方向。陸地があります！砂浜の海岸線が続いています！」

「了解。陸地の様子はどうか。人家か道路は見えるか？」

「いえ、ここからではまだ。近づきますか？」

「いや、万が一日本の領海ではなかった場合、面倒なことになる。いったん戻れ」

通信を終えた島は、かたわらの掛井に顔を向けた。

「意外と近かったな」

「海自は艦長はじめ、艦橋にいた幹部は根こそぎ消えてます。曹士だけでこの艦を操艦《そうかん》できますかな」

「やってもらわねば困る。戦艦『大和《やまと》』の乗組員じゃあるまいし、俺たちに艦と運命を共にする趣味はない」

残った海自隊員のうち、操艦経験のあるものは艦橋に集められ、朽木海曹長の指示のもと、ヘリに誘導される形で『おおすみ』の進路を陸地に向けた。

朽木は先任警衛海曹《せんにんけいえいかいそう》と呼ばれるこの艦の海曹クラスの中でも最古参《さいこさん》で、『おおすみ』のことなら隅《すみ》から隅まで知り尽くしていた。

江田島《えたじま》を出たばかりの若い尉官はもちろん、艦長といえども朽木の機嫌《きげん》を損《そこ》ねれば、この艦で無事に任期を全《まっと》うすることは難しかった。いまのところ機関室への浸水は軽微にとどまっているが、無理に動かせばほどなくこの艦が沈む。そのことを百も承知であえて朽木が陸自の要求を呑んだのは、動かなくてもいずれこの艦は沈むからである。

だが、ここで判断を間違えば、朽木は30年近くを過ごし、誰よりも深い愛着を持っていた海上自衛隊を去らねばならなくなるだろう。それでもかまわんと思ったのは、陸自の島という3尉に説得されてからだ。彼にはこの状況を守るのではなく、状況を変えようという強い意志を感じた。朽木の好きなタイプだ。それにしてもこれが朽木にとっても大きな賭であることに違いはなかった。

「レーダーに映ったぞ！」

レーダーを覗き込んでいた隊員の声に、島たちも思わず駆け寄った。

レーダースコープの中に、緑の光を発しながら、岬の突端のような形が見えてきた。

「こいつは……」

島の隣で朽木が唸《うな》るような声をあげた。いぶかる島たちを後目《しりめ》に、朽木は海図台の前に行くと、海図を広げてバンと手のひらを叩きつけた。

「やっぱりそうだ！」

「どうした？」

島の声に、朽木は煙草《たばこ》のヤニで染まった歯を見せながら答えた。

「なんでかはわからんが、本艦は日本のごく近海まで流されていたようです。ま、不幸中の幸いでした。ここは敦賀《つるが》沖です。海岸線の形から見て間違いない」

「敦賀!?」

その知らせは数分のうちに上陸準備中の陸自隊員たちの間にも伝わった。中には甲板に走り出て、見えてきた陸地に手を振りながら、涙を流さんばかりに喜ぶものもいた。

　だが、素直に安堵《あんど》する気持ちになれない人間もいた。

　島は、通信機が生きているにも関わらず、この艦の呼びかけに応《こた》える人間が誰もいないことに引っかかっていた。第一、日本の陸地にこれだけ近い場所にいながら、なぜ日本側から救援機、あるいは偵察機が一機も飛来しないのか。あの陸地が本当に敦賀だというなら、これはどう考えても不自然だ。島は前甲板に下りて一般隊員たちとクレーン作業を手伝いながら、考え続けていた。

　島とはまったく違う理由で、上陸に躊躇《ちゅうちょ》していたのは藤原である。本土ならなおさら、無許可で上陸するわけにはいかないと頑《がん》として言い張り、説得しようとする望月を艦橋で困惑させていた。

「海自の説明ではここが限度です。これ以上近づこうとすればこの艦は沈没します」

「ならばここで停泊し、本部の指示を待つ」

「連絡が取れません。このまま停泊していても、この艦は2時間以内に沈むのです。とにかく物資だけでも上陸させないと」

「責任は誰が取るのだ？　尉官が謝ってすむ問題ではないぞ。そもそも県知事の許可もなしに勝手に自衛隊が上陸できるわけないだろうが！」

「緊急避難です。やむを得ません」

　そのやりとりを横目で見やりながら、朽木は笑いたい気分を通り越して呆れていた。

　人間だけならともかく、この『おおすみ』に積んできたものを全部降ろす気なら、もう時間はない。海自の幹部が海の上に出た以上は、ある程度自分の判断で最善と思われる処置を果断《かだん》に行うだろう。だがあっちのお偉いさんは、この期《ご》に及んで来るあてもない命令を待つという。こっちは陸自の要請《ようせい》に従ってすでに艦内応急を放棄《ほうき》し、ＬＣＡＣとクレーンに人員を配置しているのだ。本当なら艦の現状から言って、すぐにでも総員離艦を開始したいところだが、お客さんである陸自を置いて逃げるわけにもいかない。

　どっちでもいいから早く決めてくれ。

　とうとう朽木は、まるでこの艦に乗り込んだばかりの若造尉官に接するような態度で、この3佐に忠言することにした。

「隊長、この艦に艦載《かんさい》してあるおたくの装備はいくらぐらいするかご存じですか」

「なに？」

　藤原は、朽木のぎょろりとした大きな目に見つめられて、明らかに気圧《けお》されたようであった。

「前甲板の90式だけで10億くらいしますな。ヘリも導入されたばかりの新型が2機、あの89式装甲車《そうこうしゃ》なんて、確か戦場のキャデラックとか言われた豪勢なもんでしょ」

「何が、言いたい？」

「いやあ、これだけのもんを海に沈めるとは、陸上さんは気前がいいものだといたく感心いたした次第で」

「貴官は……」

「朽木さんの言われるとおり、これらの装備はすべて国民の血税なのです」

　朽木に何か言い返そうとした藤原を制するように望月がすかさず言った。

「陸地を眼前にしながらみすみすこれらの装備を放棄したとなれば、いずれ国会でも問題になりかねません」

「国会、だと？」

「はい」

　藤原は考え込んだ。

　自分の判断ミスで、防衛庁の幹部が問責《もんせき》されるようなことにでもなれば、庁内での自分の前途は完全に断たれる。だがそれは部隊を上陸させるのがミスなのか、それともこのまま艦に留《とど》まるのがミスなのか、彼には正解が見えなかった。だが、艦に留まっていては隊員ばかりか自分の命まで危なくなることを理解する程度の分別《ふんべつ》はあった。

「よし、望月2尉、各隊員に……装備の避難を実施するよう命じる」

「了解しました」

「いいか、装備の避難だ。決して上陸ではない！」

どちらでもいいではないか。藤原の言葉を最後まで聞き終えないうちに、望月はラッタルを駆け降りていった。


上陸自体は、実に整然と行われた。

あらかじめ決められた手順しか必要としない作業なら、自衛隊に勝《まさ》る軍隊はない。50トンの積載能力がある2隻のエアクッション揚陸艇《ようりくてい》ＬＣＡＣが、上陸地点の砂浜にピストン輸送で隊員と物資を運ぶのと並行して、『おおすみ』艦上からは隊員15名を乗せてＵＨ―60ＪＡが飛び立った。

「派遣隊員の避難はほぼ完了です。あとは残った燃料、弾薬などの補給物資が少々」

『おおすみ』の消えた艦首の前に立って、陸地を見つめている島に、掛井が声をかけた。さらにその後方から、大賀も89式小銃を肩にかけて近づいてきた。

「朽木海曹長があとはうちに任せて、陸自の幹部もそろそろ上陸してくれって」

「幹部ならもう行った。いまのヘリに中隊長と望月さんが乗っている」

「へっ」

大賀は呆れたような声を出して、ヘリの機影《きえい》を目で追った。掛井は島に並ぶと呟《つぶや》くように言った。

「どうして日本側からは何のアクセスもないんでしょう」

「どうしてだと思う」

「さて。自分は出された命令を円滑《えんかつ》に実施するよう務めるのが職分でしてな。難しいことを考えるのは、インテリの小隊長さんにお任せしましょう」

頭をかく仕草《しぐさ》をする掛井に、島も苦笑して返した。

「よく言う。俺が新任の頃は、いまどきの大卒はこんなことも知らんのかと、さんざん人をなぶってくれたくせに」

「はて。そんな恐れ多いことをした覚えはありませんが」

横で聞いていた大賀はおかしかった。今年35になる掛井曹長の小姑《こじゅうと》のような小隊長いびりは隊内でも有名だ。おかげでノイローゼになった若い3尉を少なくとも2人は知っている。きっと掛井は海自の朽木と気が合うタイプに違いない。

「いずれにせよ、あの浜が朽木さんの言うとおり敦賀なら、俺たちはともかく日本に帰ってきたんだと安心しよう。それから先のことは上陸してから考えればいい。それこそ、俺なんかよりもっとインテリのお偉いさんにな」

実際のところそれは、島の本音であった。

島たちが浜から戻ってきたヘリに乗り込もうとしていた頃、LCACで浜に向かっていた陸自隊員が海上に奇妙な浮遊物《ふゆうぶつ》を見つけていた。

「おいっ、あれは何だ⁉」

隊員たちが騒ぎだしたのに気づいたLCACの操縦士は速度を緩《ゆる》め、陸自の隊員が指さす方向に、ゆっくりと艇を進めていった。

「人じゃないか?」

「本当だ!　人の背中だ!」

「まさか、水死体かよ」

「ええっ?　こんな浜の近くでか?」

「見ててもわからん!　俺が調べてくる!」

いきなり思いきりのいい隊員が一人、半長靴を脱いで海に飛び込んだ。そのままクロールで海面にぷかりと浮いている人間の背中に近づくと、その水面下に沈んだ肩の部分に手をかけた。

それは水中でくるりと回転し、体の正面側が上になった。

「うわあああっ!」

突如《とつじょ》、その隊員があげた悲鳴に、LCACの乗員はいろめきたった。だが、艇側からでは泳いでいった隊員の体に遮《さえぎ》られて、何が起こったのかは見えない。

「船を近づけろ！」

「いかん！　溺《おぼ》れるぞっ！」

ＬＣＡＣは微速で隊員に近づき、ばしゃばしゃと水飛沫《しぶき》をあげながら暴れる隊員に誰かがロープを投げて、仲間たちが引き上げた。

「おい……なんだよ、あれ」

陸自隊員の一人が海面を指さし、そこで他の隊員もようやくそこに何が浮かんでいたのかを目にすることになった。

その浮遊物は確かに人間だったが、溺死体《できしたい》ではなかった。

海面に仰向けになったその人物の頭部は、全体に白っぽくふやけて、顎骨《あごぼね》の一部が露出していた。何よりも隊員たちの目を引いたのは、左目の眼窩《がんか》と思《おぼ》しき穴に突き立った、１メートル足らずの細い木の棒である。

その棒の先端部分には、矢羽《やばね》のような飾りがついていた。

２　遭遇

照りつける太陽が海岸の砂を焼き、浜全体に気化した磯《いそ》の匂《にお》いを充満させていた。

だが、それとははっきり異なる臭いを、島はその物体のかなり手前から感じ取っていた。

「うええっ。ひでえな、このにおい？」

島のあとをついてきていた大賀は、首に掛けたタオルで鼻と口元を塞《ふさ》ぐように押さえながら、ぶつぶつ文句を言っていた。その隣を、掛井が無言で歩いている。そこは上陸地点の砂浜からは、海岸に突き出た岩場で遮られて陰になっており、事情を知らない隊員たちの目からはうまく隠された浜辺になっていた。

「これです」

島を案内してきた助川が立ち止まり、浜の上にシートをかけて置かれているものを指さした。そのかたわらで望月が、腕組みしたまま、足元を見下ろしている。

シートを挟《はさ》んで島が立つと、望月は顔を上げた。

「LCACで避難中の隊員が見つけた。どう考えていいものかわからんでな。さしあたって発見した艇の隊員には箝口令《かんこうれい》を敷いたが……医学部卒業の経験がある貴官の意見を聞きたい」

島はしゃがんで、シートをめくり上げた。こもっていた腐臭《ふしゅう》が、一気に広がった。だが、島の肩越しにひょいと覗き込んだ大賀が、弾かれたように波打ち際に駆け寄ってげえげえ呻《うめ》きだしたのは、臭いのせいだけではなかった。

島は表情を変えずに、死体の眼窩に突き立った木の棒を握ると力を込めた。棒は何の抵抗もなくゆるゆると抜き取られ、その先端が予想していたものと同じ形をしていることを確認した島は、事態がさらに理解不能な領域に進行しつつあることを感じ始めてもいた。

「それは……」

「矢です」

棒の先端には、よく磨《みが》かれた錐形《きりがた》の鏃《やじり》が幾重《いくえ》にも巻いた紐《ひも》で取り付けられていた。

「それでは……やはりこの死体は、弓で射殺されたということか?」

島が右手の人差し指を、その死体の左の眼窩に差し入れて中を探る様子を、さすがに望月は気味の悪い思いで見た。

「いえ。重傷には違いありませんが、これが致命傷《ちめいしょう》というわけでもなさそうです。この矢は眼窩の奥の骨に当たって止まり、脳まで貫いてはいない」

眼窩から指を抜いた島は、シートをさらにめくって、死体の全身を日の下にさらした。

「つまりこの弓は至近距離から放たれたものではなかった、あるいは弓としては威力の弱いものだった可能性があるということです。それよりも気になるのはこの男の全身の傷だが」

「時代劇に出てくる……鎧《よろい》みたいだ」

呟いた掛井に、島は即座に答えた。

「鎧だ。しかもこの上からも無数の傷がついている。何か、刃物のようなものを叩きつけたようだな」

島はポケットからボールペンを抜き取ると、鎧の肩紐の下に差し込み、編み込まれた繊維の隙間《すきま》から小さな金属の破片のようなものを取り出した。

わずか1ミリほどの金属片を手のひらに載せると、島は立ち上がり、望月に見せた。

「なんだかわかりますか？」

「いや」

「たぶん、これは刃こぼれです」

「刃こぼれ!?」

「ええ。この男は相当激しい戦闘状態の中で命を落としたように思えます。右手の指が第2指から第4指まで切断されているのは、彼が何かを握《にぎ》っている状態で、手元を斬《き》りつけられたのでしょう。状況から考えてこの男も日本刀を持っていたのではないかと思えますが」

「ちょっと待ってくれ、島」

「突飛《とっぴ》な空想に見えるのは承知しています。自分だって言葉に出すと、いったい何を喋《しゃべ》っているのかと思ってしまいますから」

島は、2つの眼窩がぽっかりとあいた物言わぬ男を見下ろした。

「ただ、何の先入観もなくこの死体から判断すると、そうなるということです」

砂浜に膝《ひざ》をついたまま、もう近寄ろうともしない大賀を除き、死体の周りの全員は島の言葉に戸惑《とまど》い、誰もが反問できずに黙り込んだ。

「どう……考えればいいんだ」

ようやく望月が口を開いた。

「時代劇のような鎧を着た男が、砂浜で日本刀や弓矢を相手に乱闘して死んだ。海岸には見渡す限り、すぐ森が迫り、人家の一つ、道路一本すら見えない。だいたいここは本当に敦賀なのか？　日本の沿岸警備システムはどうなっているんだ!?」

「自分にもわかりません。まだ、状況を推論《すいろん》できる材料も少な過ぎます。ただ、一つ意見を言わせていただけるなら」

島はそこで言葉を区切った。

「ここは危険です。少なくとも、ここが日本の敦賀に間違いないと確認されるまでは、本隊はあらゆる状況に対応できるよう備えておくべきです」

「あーっ」

大賀が唐突《とうとつ》に上げた声に、島たちもつられて沖を見た。

「『おおすみ』が……沈む」

沖に停泊していた『おおすみ』の船体が、陽光にきらきらと輝きながら大きく右に傾《かし》いでいた。

みるみるうちにその角度はさらに大きくなり、艦橋がもんどりうつように海面に叩きつけられ、水柱をあげた。

「これでもう、俺たちはどこにも動けなくなった」

掛井がぼそりと、呟いた。


「なんとまあ。医者だったとはね」

死体を置いた浜辺から、岩場を迂回《うかい》して上陸地点に戻る間、大賀は感心したのか呆れたのかわからないような声でしきりに首をひねった。

「違うよ」

島は半長靴を濡《ぬ》れた岩場にとられないよう用心深く歩きながら、答えた。

掛井と助川は浜に残り、死体を埋葬《まいそう》している。ここが日本なら遺体の埋葬にも許可がいるが、あの死体の腐敗をこれ以上進めるわけにもいかなかった。なにより、上陸した隊員に噂《うわさ》が広まり、パニックを起こす危険を避けねばならない。

「だって望月2尉が言ってたじゃないですか。医大を卒業したって」

「確かに卒業したのは医大だが、俺は医者じゃない」

「わからないな。医大を卒業したら、みんな医者になるでしょ」

「みんなとは限らん。医師免許は国家試験だが、中には通らない奴もいる」

「えっ？　試験に落ちたんですか」

「俺は受けなかったんだ。うちは親父をはじめ、兄も姉もみんな医者だからな。一家全員医者になる必要もないだろう」

「へっ？　だってそれじゃ……防大を出て任官拒否するようなもんでしょ」

島はその話題はそれで打ち切った。自分が医師免許を取らなかったのは多分に個人的問題だ。ましてこんな状況下で話題にすることでもない。大賀も島の気配を察したのか、それ以上、話しかけてはこなかった。


岩場を回って上陸した陸自隊員の姿が砂浜に見えるようになると、大賀は誰か知り合いの姿でも見つけたのか、そちらへ駆け寄っていった。島は目的の場所を見つけると、歩調を早めた。

砂浜に上陸させられた90式戦車の横で、戦車の操縦手と砲手2人が胡座《あぐら》をかき、カードゲームに興じていた。見渡すと上陸作業を終えた者は所在なく車輛の陰で涼んでいたり、戦闘服を脱ぎ捨て、砂浜で背中を焼いている者までいた。

なんと平和な光景だ。もしもここが敵地なら、俺たちは5分で全滅する。

島は軽く頭を振り、装甲車の隣に設営されたテントに近づいていった。本来なら作戦本部用に使われるはずのそのテントは、要するに砂浜の熱を嫌った藤原の休憩所であった。

テント内には細長い机が置かれ、その上に通信機材がセットされていた。奥の方に並べられたパイプ椅子《いす》の一つに腰掛けた藤原は、伸ばした右足を前に置いた椅子に乗せ、扇子でぱたぱたと自分の顔を煽《あお》っていた。

「島か。死体がどうしたって？」

「その報告は望月2尉の方から」

島は通信機の前に陣取《じんど》って、虚《むな》しく応答を求め続ける通信手の姿を気にしながら言った。

「かまわん。すべての情報は即時指揮官の耳に入るよう、風通しのいいシステムを主唱《しゅしょう》しているのはこの俺だ」

だったら自分の目であれを確かめてみろ。

島は内心、毒づいた。

藤原は右股関節《こかんせつ》の脱臼《だっきゅう》を理由に、死体の検分に立ち会ってほしいという望月の要請を断わっている。その脱臼とやらも怪しいものだと島は見ていたが、さらにこれからこの部隊の指揮官が考えねばならないことは、あの死体を見なければ簡単には納得できないだろう。

「まもなく日が暮れます。自分はここに休憩及び仮眠所の設営と浄水セットの設置、野外炊具《すいぐ》展開の実施許可をお願いしに参りました」

「なぜそんな必要がある」

藤原の眼鏡の奥で、細い目がさらに細められた。藤原が自分の気に入らない人間を見るときの目つきであることを、島はすでに知っている。

「死体の状況に疑問点が多く認められましたので、とりあえず安全が確認できるまで本隊はこの地を動くべきではないと思います。それに上陸した隊員たちの士気を維持する面でも、ここに宿営地を」

「バカを言うな！」

藤原が癇癪《かんしゃく》を起こした。

「海岸で腐った死体の1つや2つ引き揚げたからって、それが我が隊と何の関係がある!?　災害派遣でもあるまいし、無許可で他県に上陸した上に勝手に宿営地など築いたら、それこそマスコミに何と叩かれるか！」

「ではせめて掩体《えんたい》を掘る許可を！」

「貴様、気は確かか？　この日本でいったい誰が我々に攻撃を仕掛けてくるというんだ⁉」

「ここは本当に日本ですか？　それならなぜ誰も我々の呼びかけに応えないのです⁉　せめて安全が確認できるまでは必要最低限の自衛措置を講じるべきです！」

「通信機が不調なのだ。貴様が心配せんでも手だては講じてある。ここが福井なら鯖江《さばえ》に施設部隊があるはずだ。すでに直接連絡を試みるべく藤田、沢井の両2名を派遣した」

「何ですって？　望月2尉はご存じなのですか？」

「指揮官は俺だ。いちいち望月に伺いなどたてるか。第一、おまえたちは海岸の向こうでこそこそやっとったではないか」

「装備は？　彼らは銃器を携行しましたか？」

「国内の銃器携行には許可を取る必要がある。どことも連絡が取れん以上、許可は出せん」

「ではすぐに呼び戻してください！」

「島！　俺の堪忍袋《かんにんぶくろ》にも限度というものがあるぞ」

藤原は島を睨《にら》み付けながら、噛み殺すように言葉を絞り出した。だがそれでも島は、ひるむわけにはいかなかった。

「処分は受ける覚悟です！　それよりいますぐ……」

「島3尉！」

テントの中に入ってきた望月が、島と藤原の様子に気づいて駆け寄ってきた。

「どうした？」

「はっ、実は」

だが望月は島の言葉を遮った。ここで島が発言すれば、藤原は島に何らかの処分を命じかねないことを気配で察した。この状況で島の活動を制限されれば、望月にとってばかりか、この隊にとっても大きな痛手になる。

「いや、話はあとで聞こう。おまえは外へ出ていろ」

「しかし」

「命令だ。席を外《はず》せ。私は隊長と話がある」

「……はっ」

島は敬礼してテントから外に出た。藤原のお守り役を買って出た望月の意気を無にするわけにもいかなかったからだ。だが、ジープ（73式小型トラック）で偵察に出たという隊員2名のことも気になる。

「掛井曹長！」

島は、岩場向こうの浜から円匙《えんぴ》を持って戻ってきたばかりの掛井を見つけると、手招きして呼んだ。

「何でしょう」

「うちの小隊を集めて、あのあたりに掩体を掘ってくれないか」

島は本部テントから左に50メートルほど離れた位置を手で示し、さらに左方に積まれた補給物資の山までを指さした。

「今日は穴掘りに縁がありますな」

掛井は別に不満そうな表情も表わさず、にやりと笑って手に持った円匙を軽くあげた。

「掘ってくれ、じゃなく、掘れって言えばいいんですよ、小隊長」

そう言って掛井は反転すると第2小隊の隊員に集合をかけた。いぶかる隊員たちには、訓練だと説明している。島はしたたかで頼りがいのある曹長が自分の配下についたことを感謝した。

島が上陸地の周囲を一回りして、全体の地形を頭に入れてから再び本部テント前に近づくと、向こう側から円匙を手に持って歩いてきた大賀と行き合った。

「何なんですか、いったい？」

掩体掘りに呼び戻された大賀は明らかに不機嫌だった。

「曹長から聞いたろ。訓練だよ」

「そんなこと誰が信じるもんですか。だいたい俺はいま、補給のＷＡＣ《ワック》とデートの約束を取り付ける寸前だったんです。こういうのはタイミングってもんがあるのに掛井さんときたら、男女のわびさびというものが全然わかってないんだからなあ」

そういうのをわびさびと表現するのは少し違うのではないかとも思ったが、島は苦笑しながら大賀の肩に手を掛けた。

「文句を言わずに早く参加しろ。俺もあとから行く」

「へいへい。ようやく穴蔵から出たと思ったら、今度は自分で掘れだとよ」

そのとき、テントの中から望月が飛び出してきた。

「島、いいところにいた！　ちょっと来てくれ！」

「どうしました？」

その様子にただならぬものを感じた島がテントの中に入ると、通信手が送信マイクに必死で隊員の名を呼びかけていた。そのかたわらには、さすがに緊張した表情で藤原が立っている。

「派遣した2名の偵察員から無線が入った。だが状況がおかしい」

「おかしいとは」

望月に聞き返した直後、島の耳に通信機のスピーカーから絶叫が聞こえた。

――うぎゃあああああっ！

「どうしたっ!?　藤田1曹、応答せよ！　繰り返す！　藤田っ、応答しろっ！」

通信手のマイクを握る手の指先は力を込めたせいか真っ白に変色している。

「隊長、何があったんです？　偵察員は何と言ってきたんです!?」

「わ、私は……聞いてない」

藤原の目からは先ほどの人を威圧しようとする光は消えていた。だが、この人物に指示を仰《あお》ごうとしても無駄であることを島はこの瞬間に悟《さと》った。

「敵襲だと」

「敵襲？」

島は望月を振り向いた。

「通信手の聞き間違いかもしれんが」

その言葉に通信手は望月に顔を上げ、きっぱりと言った。

「いえ。自分には確かにそう聞こえました。最初の言葉は敵襲、救援求むと。その直後に混乱状態になって」

「なぜそれを早く言わんっ！」

「島、どこへ行くっ？」

島は望月の制止も聞かずにテントを飛び出た。飛び出たところで中の様子をうかがっていたらしい大賀と危うく額《ひたい》をぶつけそうになった。

「大賀！　こんなところで何をしている!?」

「いや、なんか面白そうなことでも始まるのかなと思って」

「ふざけてる場合じゃない！　おまえは掛井に作業を急ぐよう伝えろ！」

走りながら大賀に声をかけると、島はテント横に並べてあった雑嚢《ざつのう》の中から、誰かがゆわえつけたままにしてあった9ミリ機関拳銃を掴んだ。

「島っ、どうするつもりだ!?」

後を追ってきた望月が、本部テント左方の車輌集結地に停《と》めてあったオートバイに飛び乗る島に走り寄ってきた。

「偵察員の救援に向かいます！」

「救援？　ち、ちょっと待て！　それなら救援隊を組織して……」

「それでは間に合わんっ！」

島は右手のスロットルを思いきりふかした。ホンダのオフロードXLR250改の後輪は、その瞬間、周囲に浜の砂を飛び散らせ、顔を背《そむ》けた望月が再び見ると、すでに島のオートバイは、浜と内陸を遮る壁のような林に向かって走り出していた。


ちょうど本部テントから真正面の位置に、3メートルほどの幅がある林の切れ目がある。下生えの雑草は刈り取られ、明らかに人為的に作られた道に違いない。だが、ジープの後を追ってオートバイを走らせる島は、この道を造った人間について推理をめぐらせている余裕はなかった。

ただし、ジープもこの道をすんなりと進んだわけではなさそうだ。ところどころに道の脇にどけられた一抱えもありそうな岩が転がっていた。偵察員たちは道の真ん中に置かれた障害物に遭遇するたび、車輌を降りて岩をどけたものらしい。

林の中の道は大きく左右に曲がりくねっていた。直進ならばこの林はそれほど深い森でもなさそうなのに、ふと気がつくと前後左右すべてが青々とした葉をつけた木々に囲まれ、自分の位置感覚が混乱しそうになりかけている。翳《かげ》り始めた陽の光はすでに森の底までは届かず、このまま日が沈んで周囲が真黒の闇になれば、たとえ道があっても遭難しかねない。

まるでこの森全体が、巨大な罠《わな》のようだ。

島の全神経がざわめき、ぴりぴりとひりつくような違和感が自分の顔の表面を、二の腕を、太股のあたりまでも覆い始めていた。

前方に幌《ほろ》を付けたジープのテールランプが見えたとき、その緊張は頂点に達した。

島は手前5メートルほどの位置でオートバイを停めると、機関拳銃の弾倉を確かめ、安全装置を解除した。

「藤田っ！　沢井っ！　そこに誰かいるか？」

島は周囲に物音がしないことを確かめてから、隊員たちの名前を呼びかけた。

だが反応はない。

島は機関拳銃を腰だめに構え、ゆっくりとジープの助手席側に近づいていった。

助手席のドアは微かに開いており、中から陸自隊員の半長靴の裏が少し突き出ていた。それを見た瞬間、島は駆け寄り、車内の座席に無線機のマイクを握ったまま、俯せに倒れている隊員の腕を掴んだ。

「おいっ！　どうした!?」

引き起こそうとして島は、自分の手が何か粘《ねば》っこい液体でぬるっと滑《すべ》るのを感じた。かまわず隊員の肩を掴み直して、ぐいっと体を半分ほど上向かせた。

藤田1曹の体の前半分はべっとりと血で真っ赤に染められ、床には血溜まりができていた。

「こ…れは…」

思わず島は、後ずさった。すると、車の前方にも、誰かの倒れている姿が見えた。

「さ、沢井か?」

島は半ばよろめきながらジープの前に進んだ。正面にやはり大きめの岩があり、沢井1士はその岩を抱いて倒れていた。

その背中にハリネズミのように大小の矢が突き刺さっていた。おそらく岩をどけようとして車を降りたところを、背後から矢の猛攻を受けたのか。首筋にも2本の矢が突き立っている。いずれにせよ2名とも、すでに呼吸はしていない。

目の前に、ついさっきまで一緒だった自衛隊員が死んでいる。いや、惨殺《ざんさつ》されている。

突然、島の下半身を痙攣《けいれん》が襲った。

足元がふらふらと揺れてまともに立っていられなくなり、島はジープのボンネットに手をついた。

いったいどうしたんだ、こんなときに!

島は背中をジープにもたせかけて林に体を向け、機関拳銃のグリップを握り直そうとした。が、引き金にうまく人差し指をかけられない。まるで視力の衰えた老人が、針穴に糸を通そうとするかのように指が左右に激しくぶれている。

島はいま、全身で恐怖していたのだ。

カサッ
前方の林の中から、確かに音がした。地面の枯れた枝を踏む音だ。

島は顔面をがくがくと震わせたまま、それでも必死で目を見開いて正面を見据《みす》えた。

木々の根元に近い部分は、すでに闇《やみ》と化していた。その木の幹の間に金属的な反射光が一瞬目に入った。

ヒョウッ
風を切り裂く音がして、何かが島めがけて一斉に飛んできた。

「わあああっ！」

叫ぶと同時に島の体は、ずるっと沈み込むように倒れた。その島の頭の上にシュカンッ、カンッと数本の矢が飛来してジープのボディに当たり、弾《はじ》けた。血溜《ちだま》りでぬかるんだ地面に足をとられ、半長靴が滑ったのだ。この瞬間、島の生存本能が恐怖を上回った。

半ば無意識的な動作で、島の右手が機関拳銃のボルトをガチャッと引いた。

「をおおおおおっ！」

島は自分を奮《ふる》い立たせるように叫び声を上げ、林に向かって機関拳銃を左から右に斉射した。銃撃の反動で機関拳銃は左手の支えを振り払って右上に跳ね上がり、林の中でも複数の悲鳴が上がった。

――当たったのか!?

斟酌《しんしゃく》している余裕はない。島は血で濡れた地面に足をとられそうになりながら立ち上がり、あたふたと後方に停めたオートバイに向かって走った。ジープの陰から飛び出た瞬間、顔前を今度は反対側の林の中から飛来した矢がシュシュッと通り過ぎた。

「くそっ！」

島は慌ててジープの陰に体を戻し、右手だけを出して機関拳銃を反対側の林に撃ち込んだ。左側の弓も沈黙した。そのとき島は後方から、ザザザッと複数の人間が林の中を駆け寄ってくる音を聞いた。振り向いた島は、我が目を疑った。

ジープ前方の林の中から、異形《いぎょう》の男たちが手に手に日本刀や長槍を振りかざし、それぞれ咆哮《ほうこう》を上げながら島めがけて飛び出してきたのだ。

「おおおおおおっ！」

いや、異形というには日本人である島にとってあまりにも馴染《なじ》みのある衣装ではあった。実際、隊員たちの血塗《ちまみ》れの死体を目にしていなければ、何かのアトラクションかと思って笑いだしていたかもしれない。だから島は何の脈絡《みゃくらく》もなく、ここが日本に間違いないことを確信した。だが、いまの日本のどこを探しても、あんな鎧を身にまとって人を殺す集団は存在しない。

じゃあ、いったいここはいつなんだ？

現われた男たちの姿を見たことで、島の思考は停止した。先頭を駆けてきた男は、島の前で勢いあまってたたらを踏むと、血のこびりついた日本刀を振り上げた。

ズキューンッ！

男がまさに刀を振り下ろそうとした瞬間、島の後方から腹に響くような銃声が轟《とどろ》いた。男はカクンッとのけぞって白い顎を見せると、刀を握ったままもんどりうって倒れた。

「小隊長ーっ！」

振り向くと島のオートバイのさらに10メートルほど後方で、横向きに停めたオートバイにまたがったまま、大賀が89式小銃を肩に当て、照準をつけていた。

「伏せてっ」

大賀の言葉が終わらぬうちに島は反射的に地面に突っ伏した。その島の体の上を89式から発射された銃弾の雨が通過した。

ビシビシビシッ！

銃弾が人間の肉に食い込む音を、島は生まれて初めて間近で耳にした。だが、ふと顔を上げてみると、明らかに銃弾をまともに受けたにも関わらず、なお3～4人の男たちが島めがけて刀を突きだしてきた。

島はもう迷わなかった。背後に飛びずさりながら、ズダダッ、ズダダダッと機関拳銃を迫る男たちに向けて発射した。

「反転しろっ！　偵察員はだめだ！　すぐに部隊に戻って報告せねば！」

「了解っ！」

オートバイに飛び乗り、右手を大きく左右に振りながら大賀に声をかけると、大賀も小銃を腹掛けに掛け直し、スロットルをふかした。

ジープの周囲には、なおも死にきれない襲撃者たちの何人かが蠢《うごめ》いていたが、もう島たちを追ってくる様子はなかった。

島と大賀は漆黒《しっこく》の闇となった森の道を、オートバイのライトのみを頼りに浜辺を目指した。

「よく来てくれた」

「はあ？」

島は大賀と併走《へいそう》しながら声をかけたが、大賀はよく聞き取れないようだった。島はさらに大声を出した。

「まったく、おまえの命令違反のおかげで命拾いした。感謝する！」

「人聞きの悪い！　俺はちゃんと掩体掘りに参加しましたよ」

「なに？」

「すぐ小隊長のあとを追えってのは掛井さんの指示です！」

そうだったのか。

島は、掛井の判断によって命を救われたことになる。

「掛井さん、言ってました。変なもん見たら迷わず引き金を引けってね。俺も掛井さんも海岸であんなもん見てなきゃ、そんな気にはとてもならなかったろうけど」

２人の前方にようやく林の切れ目から、白く光る砂浜が見えてきた。

海岸では各部隊が整列を始めている。どうやら望月がともかくの警戒態勢を布《し》こうと努力しているようだ。だが、敵は誰で、どこにいるのか？　まもなく、海も日が落ちる。

島たちが海岸に戻ったのと、ほぼ同時刻。その浜辺から南に一里ほどの街道を、やはり急な知らせを伝えるべく、息つぐ間もなく馬を走らせる男の姿があった。

この世界で「使番《つかいばん》」と呼ばれる役割のこの男は、

小袖《こそで》の上に具足《ぐそく》を着込み、腰に大刀を佩《お》びて背中に身の丈の倍近くはありそうな旗竿《はたざお》を結びつけている。

元来この指物《さしもの》は敵味方入り乱れる戦場において識別の役割を果たすものだが、これをつけたまま走るということは、ここが戦場か、あるいは戦時であるという状況を宣言するに等しい。男の背中で黒地に白い丸が三つ、縦に染め抜かれたその旗が風を切って翻《ひるがえ》っていた。

男の前方に、堀に渡された板橋が見えてきた。その向こうに閉じられた大きな木の扉があり、門の両横に立っていた衛兵が、男の姿に気づいて槍《やり》を構え直した。男は喉《のど》から血を吹き出さんばかりに叫んだ。

「かいもおぉん〜っ！　五助じゃっ！　岩佐五助《いわさごすけ》じゃあっ！　開門せえいっ！」

兵たちが門内の小者《こもの》と慌てて扉を押し開く傍《かたわ》らを、五助は馬の勢いも止めずにずどどっと走り抜けた。

宇津木長門守重兼《うつきながとのかみしげかね》はこの夜、死ぬ覚悟を決めていた。

城主の留守中、城を預かる身としては、己《おのれ》の命を軽んじる立場でないことを重々承知はしていたが、浜と城を信じられないほどの早さで往復しながら、逐次《ちくじ》状況を報せる素破《すっぱ》の飛助《とびすけ》の情報は、事態が思っていたよりも異常な展開となっていることを告げていた。

なにより偵察・監視のために送り出した足軽《あしがる》二十人が、林の中で遭遇したわずか二人の敵によって壊滅したという。想像を絶する敵と言えた。

城主は遙か関東の戦役《せんえき》に出陣し、おそらく半年は国元に戻れない。その間に、城とは目と鼻の先の海岸に異国人の上陸を許し、貴重な手勢に損失を出したとあっては、腹を切って詫びればすむというものではなかった。

だがそれ以上にいま、重兼の胸中に湧き起こっているのは、激しい好奇心である。

　――どのような敵か。

　どうせ死ぬなら、この目でその敵を確かめて死にたい。重兼は城内に下賜《かし》された屋敷で沐浴《もくよく》し、香を焚《た》きしめた鎧に腕を通して、身支度を整えた。日暮れと共に自らが出陣するつもりであった。

　城主の側仕《そばづか》えとして寸時も離れないはずの岩佐五助が、早馬にて城に戻ったという報せを受けたのは、そのときである。

　つけた鎧もそのままに、重兼は屋敷の庭に面した濡《ぬ》れ縁に出た。五助は庭で片膝をついてかしこまっていた。重兼は戦場で雷鳴のようなと評された胴間《どうま》声《ごえ》で、目の前の若者に呼びかけた。

「五助かっ！」

「はっ」

「何事ぞ?」

「殿より火急の報せこれあり！　まず城代《じょうだい》長門守様に内々に伝えよとの命を受け、かく参じ戻りました！」

　そこで五助は顔を上げた。まだ二十を少し過ぎたばかりだが、朴訥《ぼくとつ》な人柄ゆえか風貌《ふうぼう》は落ち着いて見える。そこらで畑を耕していた方が似合っていそうな風情で、いわゆる武者顔ではない。

　実際、彼の両親は城下に暮らす百姓である。だが、その律儀《りちぎ》な性格を城主に愛され、城に召し抱えられてからは、病持ちの城主の身の回りの世話を一手に任されている。その五助が遣《つか》わされたということは、やはりただごとではない。重兼は、顎一面に生えた髭《ひげ》に手をやり、次の言葉を待った。

「殿はすでに、ここより五里ばかりの駅を過ぎられ、この城に向かわれておりまする！」

「なんとっ⁉」

　その言葉はしかし重兼の予想を超えていた。城主はわずか十日ばかり前に戦陣に向かったはずである。この戦役は日本の主だった大名が軒並み参加するいわば連合軍であり、その戦陣を離脱するということは、下手をすれば他の国をすべて敵に回すということになりかねない。

「もしや……殿の病が？」

「さにあらず。ただ長門守様には城の守りを固《かと》うし、国元に残した兵も再度集めて備えをされたしとのこと。しかるのちに我を待てと」

「むうう」

重兼は唸《うな》った。唸るしかない。浜の異変に続いて城主の突然の帰国。いったい何が起こっているのだ!?

元来、実務家肌ではない重兼にとって、これらの処理はすべて手に余った。重兼は決めた。

「五助！　わしは殿に会う。案内《あない》せいっ！」

「なんと申されます？　長門守様は……」

「わかっとるがこっちも寸刻《すんこく》を争うのじゃ！　時をおけば我が兵をさらに失うやもしれず！　殿が戻られたならちょうどええ、じかにご裁可を承らんっ！」

敦賀城主大谷刑部少輔吉継《おおたにぎょうぶのしょうよしつぐ》が、千人の兵とともに領地内に足を踏み入れたところを、国境で待ち構えていた重兼が出迎えたのは、これより半刻《はんとき》もたたない頃である。

自分が戻ってきたと聞いて、おとなしく城で待っているような男ではないことを、重兼の性格を幼い頃からよく知る吉継は半ば予想していた。だが、板輿《いたごし》を止めて重兼の報告を聞いた吉継は、わずか二日前に佐和山《さわやま》城で受けた以上の衝撃を受けることになった。

「長門、何と言うた？　いま一度申せ」

「はっ」

輿《こし》の前にかしこまった重兼は、敦賀の浜に突然、異形の集団が鉄の船で上陸したこと、その数およそ百人余りながら、風のように走る鉄の車を持ち、火縄を使わぬ銃を操り、味方二十人を殺傷したことなどを説明した。

「殿のお留守にこのような不祥事出来《しゅったい》いたし、重兼面目次第もござらず、かくなる上は日の暮れとともに出陣いたし、拙者自ら我が国を侵すものども討ち払う所存にござ候《そうろう》」

　重兼が己の膝元を見つめたままそこまで言ったとき、かたかたかたとかすかに揺れる音が聞こえた。

　はっとして重兼が顔を上げると同時に、正面の簾《みす》が中から激しく巻き上げられた。

「ならぬっ！」

　中には全身を震わせながら膝を立てかけた吉継の姿があった。小姓が駆け寄らねばいますぐにでも輿から降りてきそうな勢いであった。

「ならぬぞ、長門！　その者たちに手出しはいっさい無用！　ただちに兵を退《ひ》け！」

「殿？」

　見上げた重兼の目に、普段は青黒い吉継の顔が紅潮しているように見えた。それは顔と頭部を覆う白い頭巾によって、ことさら際だったのかもしれない。ただ、少年時代から吉継の側に仕えてきた重兼にとっても、主君のこれほど興奮した姿を見た記憶は稀《まれ》であった。彼にとっての吉継像とは、およそいかなる戦場にあっても沈着冷静かつ剛胆《ごうたん》、名を恥じることを恐れても、死を恐れることなど微塵《みじん》もない。

　だが、いま目に映る主君の様子を見て、重兼はいぶかった。

　殿は怖《お》じておられるのか？

3　奇襲

　浜は混乱していた。

　無理もない。整列した自衛隊員たちの前に、半長靴と迷彩服を血塗《ちまみ》れにした島が戻ってきたのだ。しかも続けて彼が口にした言葉は、さらに動揺を広めた。

　――各自武器を携帯し、敵襲に備えよ！

　敵襲？　どういうことだ？　ここは日本ではないのか？

投光器で照らされた隊員たちの間にざわめきが広がり、その声は次第に大きくなっていった。中には『おおすみ』遭難以来のトラブルで島の頭がどうかしたのだと、露骨に島を非難する声もどこからか聞こえてきた。

浜で一緒にあの腐乱死体を見ていなければ、おそらく望月もそう思った一人だったろう。

森から戻ってきて興奮した様子でまくしたてる2人を制し、まず大賀を隊員たちの列に入るよう促《うなが》してから島の説明を聞いた望月は、隊員たちに背を向け、自分の体で島の姿を遮《さえぎ》るようにしながら、小声で島に言った。

「ともかく服を着替えろ、島。いま全員にそういう話をするのはまずい」

「敵は待ってはくれませんよ、望月さん。いま態勢を整えておかないと」

島は暗い森を指さし、また抑えが利かなくなったのか、やや声を張り上げた。

「藤田らを殺した連中は、あの林のすぐ向こうまで迫っているかもしれないんです！」

「藤田が殺されただとお？」

島の後方の闇から、甲高い声が聞こえた。ハッとして島と望月が顔を向けると、短めのスチールパイプを杖《つえ》代わりにした藤原が立っていた。島は藤原に向き直り、敬礼した。

「藤田1曹、沢井1士、偵察任務中に襲撃を受け、両名ともに死亡を確認いたしました」

「誰が死亡を確認したって？」

「自分です」

「はん。貴様は医者か？　まあいい、他に証人もいるのか？」

「大賀1曹も現場に駆けつけましたが、彼は死体までは確認しておりません」

「ほう。では貴様だけが両名の死体を見たというのだな」

「はっ」

「証拠は!?」

「証拠は……自分の服です!」

そう言って島は、半歩、藤原の方に踏み出した。何を勘違いしたのか藤原はぎょっとしたように少し後ずさり、体を揺らした。それがきまり悪かったのか、藤原はしかめづらをしながら今度は顔をぬうと突き出し、島の迷彩服をじろじろと見つめだした。

「誰が襲撃したというんだ?」

「それは……わかりません」

島は一瞬、自分たちを襲った人間の格好を明かそうかと迷ったが、結局やめた。いまの藤原が相手では、状況をより悪くするだけに思えたからだ。

「ふん。そんなことだろうと思った」

だが、背筋を伸ばした藤原は、望月に傲然《ごうぜん》と言い放った。

「望月2尉。島3尉を拘束《こうそく》せよ」

「は?」

望月は、藤原の真意を測りかねた。

「な、なぜです?」

「いちいち聞き返すな!」

「しかし」

「もういい、助川! 助川曹長!」

「はっ」

整列した隊員たちの一番左手の列から、ひょろっとした助川が進み出てきた。

「島3尉を拘束し、あとで私が尋問《じんもん》するまでテント内で監視せよ。拳銃携帯を忘れるな」

「はっ」

助川は島に近づき、右手を出した。

「武器をお預かりします」

島は抵抗せずに、機関拳銃を渡した。助川はそれを受け取ると、そのまま島を促してテントに向かって歩き始めた。

「申し訳ありません。命令ですので」

「わかっている」

2人の姿が照明から外れ、後方の藤原から闇に紛れる距離になると助川はすまなそうな顔をした。島は気にするなと慰めた。

一方、浜では望月が藤原に食い下がっていた。

「隊長、全隊員の前です！　せめて拘束の理由をお聞かせください！」

「隊の安全を守るためだ。上陸以来、島3尉はどうも常軌《じょうき》を逸《いっ》した言動が目立ったがこれですべてわかった」

藤原は細めた目を望月に向けた。

「彼はおそらく『おおすみ』出航以来、今回の任務の重大さによる激しいストレスに耐えきれず、精神に何らかの変調をきたしたものに違いない。存在もしない敵をいると煽りたてたのは、隊にとって自分が何か重要人物でもあるかのような顕示《けんじ》をしたかったのだろう。だが、私が取り合わなかったので彼は強硬手段に打って出た」

「強硬手段？」

「ああ、命令を無視して単身森の中に入った彼は、偵察隊に追いつくと両名を殺害し、その血を自分の服に塗りたくった。そう考えればすべてのつじつまが合う。奴こそ危険人物だったのだ。私は隊の安全に責任を持つ身として、これ以上、あの男を野放しにはしておけん」

「ば、ばかな……」

望月は唖然《あぜん》とした。

「貴官はまだ若いな。もともと脆弱《ぜいじゃく》な神経を持った人間が軍隊などに入ればどうなるか。俺は世界の軍隊におけるサイコ野郎が起こした様々な事例を知っている。中でも多いのが同僚殺しだ」

藤原は得意げな笑みを浮かべた。

「あの野郎、撃ち殺してやる！」

第2小隊の列から大賀が前に進み出ようとして、背後からいきなり肩を掴まれた。振り向くと掛井がゆっくり顔を横に振った。

「なぜです！　あの野郎に上官殺しの方が多いってことを思い知らせてやる！」

「島小隊長がおとなしく拘束された意味を考えろ。いま隊を分裂させるわけにはいかん。おそらくあの人の頭の中にあるのはそのことだ」

「し、しかし」

「小隊長が我慢している間は、俺たちも我慢だ。その代わり、いざとなれば……俺たちは小隊長の命令によってのみ行動する」

大賀は前方を睨《にら》み付けたまま、89式の銃身を握り締めた。

だが、藤原は望月が整列させた隊員が全員小銃を携帯していることを見とがめた。

「なぜ彼らは武器を持っている？」

「任務ならば当然のことです」

望月は辛抱強く説得しようとした。

「任務は不慮の事故で中断された。我々は国内に戻ってきているのだ。すぐに武装を解除せよ」

「しかし隊長」

「望月2尉、これ以上命令に反抗するなら、たったいま貴官の職を解き……」

藤原の言葉の最後は、突如上がった悲鳴にかき消された。

本部テント内では、島がパイプ椅子に座らされ、少し離れた位置で助川が立ったまま、右手に持つ9ミリ拳銃（ＳＩＧ―Ｐ２２０Ｊ）の銃口を島に向けていた。

「貴官は優秀な隊員だよ、助川曹長」

「皮肉を言わんでください」

助川は困ったような顔をした。

「自分にも、どう行動すればいいのかさっぱりわからんのです。ここが日本で間もなく全員原隊復帰できるなら、間違いなくあなたは処罰されます。自分もここはなんだか変だとは感じています。しかし、自分が疑問に思うからという理由だけで上官の命令を無視するわけにはいきません」

ただ実直であることだけを取り柄に曹長まで昇任

してきた助川のような男にとって、上官の命令に反抗したり、不服従の態度を示す行為は思いもつかないに違いない。だが自分の命、あるいは他人の命がかかっているような状況で、明らかに不合理な命令を受けた場合はどうすればいいのか。

いっそ旧軍ならば答えは簡単である。それでも命令に従えばいいだけの話だ。しかし現代の自衛隊員に同じ理屈が通用するとは思えない。もちろん島自身にとってもそうだ。

幸か不幸か自衛隊は発足以来、そのような選択を迫られる状況に追い込まれたことがなかった。もし、いまがその状況だとしたら……もしも上官命令に従うことが、間違いなく自分や他の隊員たちの生命を危険にさらす行為につながるような選択を迫られたとき、はたして自分はどう行動すべきなのか。

助川の困惑は、自分も共有しているものだ。島はむしろ助川に同情したくなった。そのときである。

「座っていてください」

思わず腰を浮かした島に、助川が言った。

「いま、悲鳴が聞こえなかったか?」

「聞こえたかもしれませんが、いまの自分の任務はあなたを監視することです」

「それなら頼む、外の様子を見てきてくれ」

「申し訳ありませんが、隊長がお戻りになるまであなたから目を離すわけにはいきません」

「だったらいい! 俺が確かめる!」

外の悲鳴はさらにその数を増やしていた。隊員たちの声であることは確かだ。島は椅子から立ち上がり、テントの出入り口に向かおうとした。背後で拳銃の安全装置を外す気配がした。振り向くと、助川が泣きだしそうな表情で9ミリ拳銃を両手に構え、島に狙いを付けていた。

「お願いします! 座っていてください!」

「助川! 外が気にならないのかっ!?」

「島3尉! 席に戻って……」

その瞬間、ブツブツッと弾けるような音がして、黒く細い棒が4～5本、テントの中に飛び込んできた。島は反射的にテーブルの下に飛び込んだ。伏せた島の目の前に、助川が目を見開いたまま、どっと倒れてきた。

「助川っ⁉」

すでに助川は呼吸をしていなかった。海側の天幕を破って撃ち込まれた矢が、助川の後頭部から首の根元を貫き、鏃《やじり》の先端が助川の喉から突き出ていた。

「くそっ！」

島は助川が握っていた銃を奪い取ると、弓矢の攻撃が途切れた一瞬を狙って、外へ飛び出た。

浜は怒号と悲鳴が入り乱れていた。ときおりパンパンッと銃声が聞こえるが、統制のとれた銃撃でないことは明らかだ。集合場所に向かって走る島は、暗闇の中でそこから逃げ出してきた隊員と何度もぶつかった。

「浜は？　浜はどうなっている⁉」

島は逃げてきた隊員の一人をつかまえ、襟首《えりくび》をぐいと引き寄せた。

「は、離せっ！　離してくれっ！」

その男は脅えたように激しく頭を振り、島の体を両手ではねのけると、再び闇の中へと駆けていった。島は焦《あせ》った。

ようやく2台ある投光器のうち、一方の投光器の近くに望月の姿を見つけた島は、声を張り上げた。

「望月さんっ！」

「島かっ！　攻撃だ！　気をつけろ！」

「照明を消せ！　これじゃ狙い撃ちだ！」

望月はそれを聞いて、即座に背後にあった発電装置のケーブルを抜いた。一瞬で浜は真黒の闇となった。

だがヒョウッ、ヒョウッと弓が風を切る音はなおも断続的に聞こえ、そのたびに誰かの叫び声が上がった。

――うぎゃうっ！

――いてっ！

「どこから襲ってきてるのかわからん！」

姿勢を低くしながら望月の側に駆け寄った島に、望月が怒鳴った。

「海だ！」

「海？」

「小隊長ーっ！」

海に顔を向けた島の右方から大賀の声だけが聞こえた。島は彼が林の中へ救援に来たとき、腰に照明弾をつけていたことを思い出した。

「大賀っ！　海だ！　海を照らせっ！」

大賀は島の言葉の意味を即座に理解した。ボムッと破裂するような音が聞こえ、彼の立っていた辺《あた》りから閃光《せんこう》が弧《こ》を描いて海辺の上空に達した。

照明弾が光を放ちながら空中に留まると、その下方の波打ち際に、膝のあたりまで海に浸かった10人前後の男たちが立っていた。

彼らは腰蓑《こしみの》と矢筈《やはず》だけをつけたほとんど裸に近い格好で、矢をつがえた弓を思い切り引き絞り、浜を走り回る隊員たちに狙いを付けては放っていた。その先頭に立つ男の前に、砂浜で腹を押さえて体をくねらせながら苦しむ隊員の姿があった。先頭の男はつがえた弓の先端を、その隊員に向けた。

島は即座に片膝をつき、9ミリ拳銃を両手で構えて発射した。

「げっ」

先頭の男は体をひねりながら、海面に倒れた。

立ち上がった島は、今度は片手撃ちで弓集団を牽《けん》制《せい》しつつ倒れた隊員めがけて走った。だが数歩もいかないうちに、何かにつまずいて転んだ。起きあがろうとすると、島の半長靴を両手で握る男がいた。

「た、助けてくれっ！　助けて……！」

「隊長!?」

藤原は、右肩に矢を突き立てたまま、背中を丸めるようにガチガチと震えていた。

「負傷者を救出します。隊長は……」

島は首を回して、テント左方の暗闇を見やった。

あそこまで行けば装甲車か戦車がある。敵がこの程度の武器しか持っていないなら、車輌の中で十分しのげる。しかし、そこまでたどりつけるかどうかが問題だ。島は反対側の、投光器後方に積まれた補給物資を指さした。

「物資の左側に掩体を掘ってあります。あそこまで駆けていって飛び込んでください！」

「い、いやだ！　おまえそんなこと言って、俺が殺されるのを見たいんだろ！　俺がおまえに冷たくしたのをそんなに恨んでるのかっ？」

「だったらここを動かないでください！　すぐ戻ってきますから！」

島にはそれ以上藤原の相手をしている時間はなかった。再び島は海辺に向かって銃を発射し、飛び出した。

「おい、大丈夫かっ！」

島が波打ち際近くの隊員に駆け寄り、声をかけるとかすかに呻《うめ》いたようだった。島は隊員の胸ぐらを左手でぐいと掴むと、砂浜を引きずるように、林に向かって後ずさりを始めた。

突然、波の中から日本刀を抜き放った男が、斬りかかってきた。

「うおおおおっ！」

島は反射的に男に銃口を向けた。その真ん前に男の顔面があった。消えゆく照明弾の明かりの中に、一瞬、男の顔がはっきり見てとれた。間違いなく10代と思える顔つきだった。

――ズキュンッ
島は引き金を引いた。だが、無意識に銃口がそれたらしく、弾丸は男の裸の左肩をビシッと撃ち抜いた。

「うっ？」

一瞬、男は戸惑ったような表情をしたが、すぐに島に顔を戻すと、再び刀を振り上げた。島はもう迷わず、男の腹部めがけて引き金を引いた。が、発射できない。弾切れだった。もともと9ミリ拳銃は9

発装弾で、弾倉交換にも手間がかかる。もちろん島はテントを飛び出たとき、弾倉の予備にまで気を回す余裕はなかった。

「くそっ！」

島は拳銃を男の顔面めがけて投げつけた。

「ぐっ！」

突然、ハンマーで顔面を殴られたようなものだ。男は血を噴き出した鼻を押さえながら、その場に膝をついた。

——殺すならいまだ！

島の内部で叫ぶ声があった。

だが、島はその声を無視して、また隊員の体を掴むと、波打ち際から少しでも離れるべく、内陸側に引きずり始めた。

パパパンッ。パパパンッ。

投光器の陰から大賀が海中に立つ男たちに向けて三点連射していた。海からの襲撃者たちは多く見積もっても10人前後らしい。そのほとんどはすでに大賀をはじめとする第2小隊の隊員たちの銃撃によって次々となぎ倒されていった。海岸に向かう島の姿を見た掛井が、小隊全員に島の援護を命じた成果だった。

「100人の集団相手に決死隊が10人前後？　……そんな作戦は、普通考えない」

もともと教導部隊《きょうどうぶたい》でゲリラ戦の作戦立案と対応を専門としていた望月は、海岸の方を見ながら呟いた。

これが単にこちらの戦闘能力を測るための様子見なら、わざわざ退路を断った海からの襲撃は、リスクと損害が大きすぎる。

これが様子見ではなく、本気でこちらの全戦力を潰《つぶ》しにかかるつもりの奇襲なのだとしたら……。

望月は戦慄《せんりつ》を覚えながらかたわらの投光器を反転させた。同時に、もう一つの投光器の横で大賀に給弾している掛井に怒鳴った。

「掛井曹長！　投光器を森に向けろっ！」

「はあっ？」

「森だっ！　どこかに本隊がいるっ！」

　望月は電源にコードを差し込んだ。カッと2台の投光器のライトが、１２０メートルほど離れた林を照らした。

　このとき、林に顔を向けたほとんどの隊員が目撃した。

　狭い浜辺から林に入るすべての空間を封鎖するように、時代劇に出てくる鎧そっくりの衣装に身を包んだ男たちが、びっしり横一線に立ち並んでいたのだ。ほとんどの男たちは物干し竿のような棒を右手に持ち、その先端部分に取り付けられた刃が、投光器の照明を受けて、頭上できらきらと輝いていた。

「望月さんっ！」

　浜辺から戻ってきた島が、林の方に体を向けて伏せる望月の隣に飛び込んだ。

「あれなのか……おまえたちが、林の中で見たというのは……あの連中のことなのか」

「そうです」

「２００人はいるぞ。いまあいつらが一斉に襲ってきたら、おそらくもたん」

「テント前方およそ50メートルを突撃破砕線《はさいせん》に設定し、こちらも小銃部隊を横列に配置します。敵がそのラインを越えてきたら一斉射撃を」

「島、不意を打たれたとはいえ、指揮系統はめちゃめちゃだ！　いま浜辺で隊としての体裁を保ってるのはおまえの第2小隊くらいしかない！　あとはみんな逃げ出したか混乱してる。藤原隊長にしてからが、もう命令を出せる状態では……！」

「だったらあなたが指示を！　第１小隊の先任小隊長とはそういう役割のはずです！」

「俺には」

　無理だ——としか思えなかった。ここが本当の戦場だというなら、望月には今回の任務で、自分たちがそんな場所に放り込まれることになるという覚悟はできていなかった。

　戦闘に参加するとは、人を殺す覚悟と、人に殺される覚悟を持つことである。もちろん自衛官としての彼がそういう状況をまったく想像もしていなかったわけではないし、ある意味、自衛隊の日常訓練とはそうした状況を想定することで成り立っていると言えた。しかし、彼らが訓練で想定していた敵は決して反撃などしてこなかったし、まして隊員を実際に殺したりなどはしない。

ドーン。ドーン。ドーン。

そのとき、林の方から規則的な、太く響く音が聞こえてきた。誰かが太鼓《たいこ》を叩いているらしい。林立した長槍はぴくりとも動かず、この場の状況にそぐわぬ不気味な太鼓の響きは、混乱する自衛隊員たちをいっそう不安に陥れた。

夕方掘ったばかりの掩体の中から、林に向けて銃を構える大賀も、何が起こったのかと少し頭を上げた。

「頭を下げてろっ！」

隣にいた掛井が、大賀のヘルメットを叩きつけるように押さえ込んだ。

「だってなんか様子が変ですよ」

大賀は不満そうに口を尖《とが》らせたが、掛井は脂汗《あぶらあせ》をにじませたまま、前方に盛った土の陰から双眼鏡で林の方を睨み付けている。

「誰か出てくる」

「えっ、突撃？」

「いや、一騎……馬に乗ってるから、一騎でいいんだよな」

林の前に並んだ集団の中から、兜《かぶと》をつけ、左手に馬上槍をたばさんだ鎧武者が、松明《たいまつ》を持った小者に馬の轡《くつわ》を取らせ、ゆっくりと島たちに向かって進み出てきた。

「どういうつもりだ？」

望月もいぶかった。

「自軍の戦力の消耗を避けるため、こちらを油断させていきなり我が方の指揮官の命を狙う、という手もあるな」

「もし相手が名のある武将なら、単身我が方に近づいてくるのはリスクが大き過ぎると考えるでしょう」

　島が望月の推測に異論を唱えた。

「名のある武将だからこそ、己の勇猛さを配下の前で見せつけたいという欲求はあるかもしれんぞ」

　呟くように言い終えてから望月は島に顔を向け、どちらからともなく苦笑を浮かべた。2人ともすでに、ごく自然に武将などという単語を会話の中に使っていることに気づいたのだ。

「島……わかったよ。おまえが浜辺であの死体を見た直後から、何を考えていたかを」

「よかった。少なくともこれで、頭のおかしくなった人間が2人に増えたわけだ」

　馬上の武将は一定の歩速を保ったまま、島が自分の小隊に指示した突撃破砕線に近づいてきた。

「前方50メートル……。撃てます」

　大賀は引き金にかけた指に力を込めた。

「待て。小隊長の指示があってからだ」

　掛井が制止した。

　その島は腹這《はらば》いになったまま、前に積んだ雑嚢を掩蔽物《えんぺいぶつ》として、誰かが捨てていった89式小銃の照準の中に武将の姿をとらえていた。武将は島の前方、およそ30メートルまで近づくとようやく歩みを止め、まっすぐ雑嚢の陰に潜む島に視線を向けた。常識的に考えて、松明という光源を持った武将側からこちらの様子が見えるはずはないのだが、まるで彼らにはこんな闇など何の意味もないと誇示しているようでもあった。

　撃つか！　それともさらに別の罠が用意されているのか？

　照準を覗きながら息を殺す島の逡巡《しゅんじゅん》は、武将の声に断ち切られた。

「それがしは敦賀城主大谷刑部少輔吉継が臣、宇津木長門守重兼なりっ。貴殿らはどこの御家中かっ。まずは疾《と》く名乗り参らせよっ！」

その声は轟音《ごうおん》と言ってよかった。だから重兼の言葉は一言半句に至るまで、林に向かい合っていた自衛隊員たちの耳にくっきりと届いた。

だがそれだけに一瞬では言葉の内容が理解不能だった。

日本語であることは間違いないと認識できるのに、その発音、イントネーションなどはおよそ現代の日本語の使い方とはかけ離れていたからである。聞き取った言葉を一度頭の中で文字に置き換えて並べてみて、ようやく意味を理解する、そんな感覚であった。

「名乗ったのか?」

「そうです。こちらの正体を確かめに来たようですが」

「どうする? 話して通じると思うか?」

「通じなければ」

戦うしかないのだ。島は覚悟を決めた。だが、と、島は思った。光明はある。

今回の武力衝突は、双方に戦う意志があって起きたものではない。簡単に言えばまったく異なる文化を持つもの同士が何の予備知識もなく突然遭遇してしまったため、互いの恐怖心から引き起こされた事故のようなものだ。とはいえ人類の歴史は、往々にしてこの手の衝突が、どちらか一方の絶滅に至るような悲劇を巻き起こすことも証明済みである。今回の襲撃にしろ、襲撃者がそのまま問答無用で力押しに押してくれれば、勝敗は微妙なところになる。

しかし、襲撃者の真の狙いはまだ測れないものの、どうやら総攻撃の前にこちらと対話する意志はあるらしい。島はそこに相手の知性を感じた。知性ある相手なら、戦いを避ける選択肢もまた用意しているのではないか。

島は賭けた。もし自分が読み間違えていたら、次の瞬間、自分の全身に弓矢が突き立つだけの話だ。島は軽く息を吸うと立ち上がり、全身を闇の中にさらした。

「陸上自衛隊朝鮮有事派遣部隊第2小隊隊長、3等陸尉島和武です！」

島は一語ずつ区切るようにはっきりと発音したつもりだったが、特に島と和武の間は一拍置いた。そうすることで、これが自分の名前であることを相手に認識させるつもりだった。

止める間もなく立ち上がった島の隣で、望月は一瞬唖然とし、慌てて小銃を構え直した。

だが、髭面の武将は島の姿を認めると、闇にも映えるような白い歯を見せて、再び雷鳴のような声を放った。

「おおっ、よくぞお応えくだされた！　半日来、当家と貴殿の御家中に相争う不都合出来《しゅったい》いたしたる也。我らいずれの御家中にいささかの遺恨も含みも持たぬものなれば、なにゆえかかる仕儀とあいなったか、皆目見当がつき申さぬ。双方、無益《むやく》な怪我人を出すは我が方も本意ならず。寛容なる主は貴殿と直に話し合わば屹度《きっと》双方の行き違いをただし申すことあたうべしとの仰せ。いかに、島殿。かくなるうえは我らと同道し、城にて我が主に申し開きをなされる御存念ありやなきや」

「ご配慮、痛み入ります」

島は、彼らがなるべく理解しやすい言葉で話せるだろうかと気を遣いながらも、軽く一礼した。

「お申し出は確かに承りました。ただし私の一存では決めかねることもあり、しばらくお時間をいただきたい。朝までには、必ずご返答申し上げる」

「承知つかまつった。それでは返答あるまで、この林の前に布いた陣にて待たせていただこう」

重兼は手綱を引いてゆっくりと馬首をめぐらすと、島たちに堂々と背中を向けて、再び林の前へと戻っていった。


「行くつもりなのかっ？　あいつらと一緒に⁉」

涌井が信じられないという顔で島を見た。

作戦本部用に設営されたテントは、上陸以来初めて本来の目的で使用されることになったが、集まったのは『おおすみ』艦内で集まった小隊長クラスと補給責任者に、朽木海曹長ら海自から3名。さらに直接敵と遭遇した大賀を加えた形となった。

「俺は反対だ。現役の陸自隊員がわけのわからん武装集団に拉致《らち》されたなんてことになったら、しゃれにもならん」

「すでに我が方は陸自8名、海自3名の隊員が死亡し、重軽傷者は10名にのぼる。この現実はしゃれではない」

望月が、静かな口調で涌井に言った。

「わけがわかんないから、ともかく相手の正体確かめる必要があるんじゃないすか?」

天幕を背にして、掛井の隣に立っていた大賀が口を挟んだ。

「大賀1曹。おまえはオブザーバーだ。許可があるまで発言は控えろ」

島は大賀を一瞥《いちべつ》し、長机の向かい側に座る涌井と立原、長浜に顔を戻した。

「選択肢は2つしかない。ここに残って戦うか、それとも連中の懐に飛び込んでみるか、だ。そのいずれにせよ、隊全員の意思を統一しておく必要がある」

涌井は、島に皮肉な微笑を返した。

「島3尉、2尉の俺に急に偉そうな口をきくようになったもんだな」

「いま階級がどうとか言ってる場合じゃないだろっ!」

島の一喝《いっかつ》に、涌井はぎょっとしたように島を睨み返した。

「この状況では一瞬の判断の迷い、気後《きおく》れが隊員全員の生命に即関わってくる。俺と望月さんが浜で戦っていたとき、あんたらはどこにいたっ!?」

そう言われて、島の向かいにいた男たちはきまり悪そうに視線を下にそらした。彼らは襲撃が始まるとすぐに、ほとんどの隊員と共に岩場方面に向けて逃げ出していたのだ。

「重兼というあの男に朝までと言ったのは、それだけの時間があればこちらも応戦態勢を整えられるからだ。そのためには小隊長であるあんたらとの連携と協力が不可欠になる。もちろん、俺が隊を離れている間も警戒をゆるめるわけにはいかない。俺がいない間はあんたらが中心となって隊をまとめてもらわなきゃ困るから言っている」

「だがな、この隊の指揮官は藤原隊長だ。あのお方はどうする？」

立原が混ぜ返すように発言した。

「念のために言っとくが俺は藤原隊長派というわけじゃないぜ。ただ、あとでここでの行動が問題にされるようなことがあると困るからな。正当な権限なく隊を動かせば、海外じゃ死刑にだってなる重罪だ。いまの段階でおまえにこの部隊全体に関する権限があるとは思えん」

「藤原隊長は負傷治療中。現在、指示を出せる状態になく、隊長の傷が癒《い》えるまで現場の指揮はこの俺が執《と》る。この間の部隊行動に関して、いっさいの責任は俺が取るつもりだ。そして俺は、島3尉の意見を全面的に支持する」

望月の発言には、もう誰も異議を唱えなかった。

一人、部隊運営上の補給を担当する補給班の長浜は、頼りなさそうな表情で島を見上げた。

「し、しかし……おまえがあの連中と出かけて行って万一のことがあったりしたら……俺たちはどうすればいいんだ」

「そのときは」

自分自身の頭で考えろ——とは島は言わなかった。

「そのときはあんたらはここの守りを固め、襲撃する敵がいれば反撃してこれを粉砕してほしい。連中はいまのところ、弓矢と刃物しか持っていないようだ。完全武装した我々がマニュアルどおりに対応すれば、ほぼこちらは無傷のまま、連中をしりぞけられるだろう。とにかく専守防衛に徹して、援軍を待つしかない」

「来るのか？　援軍が!?」

　長浜の顔が、島に救いを求めるような表情になった。

「可能性は、ある」

　島は嘘をついた。そんな救いを求められても困るし、求められる立場になどない。だが、極限状況に陥った人間は、冷静に考えれば嘘とわかる言葉にでもすがりたくなるときがある。あえて望みを絶つような言葉を吐けば、誰がどんな行動に出るとも限らない。医師である父親から島が学んだ、数少ない教えの一つだった。

「まだ誰も、林の向こうに抜けてはいないんだ。もしかすれば異常なのはこの浜辺だけで、林の向こうには国道も走っていて、普通の日本人が住んでいるかもしれない。どっちにしろ、俺が行けば確かめられる。だから俺が戻ってくるまで待っていてほしい」

　島は、自分でもまったく信じていない気休めを言った。実際、本当にそうだったらどれだけありがたいことか。結果的にこの言葉が、あとでとんでもない事態を巻き起こすことになるとは、このときは想像もしなかった。

　会議は1時間足らずで終わった。

　各小隊長が持ち場の確認などの打ち合わせに入ると、島は一人、外に出て右に歩きだした。

　休戦状態になってから急遽《きゅうきょ》、本部テントの隣に4つテントが設営され、本部のすぐ右隣のテントは傷病治療用に充てられることになった。島がそのテントの入り口をくぐると、むっとするような医薬品の匂いと、それに混じってかすかな血の匂いが鼻をついた。入口の両横から2列に並べられた簡易ベッドの上には、顔面や上半身に包帯を巻いた隊員たちが横たわり、その間を2～3人の戦闘服を着た陸自隊員が点滴バッグの確認や検温のために動き回っていた。

「何かご用ですか？」

島が声のした方に顔を向けると、3曹の肩章をつけた女性が、彼を見つめていた。

半長靴のせいかもしれないが、身長は島と比べても遜色《そんしょく》がない。女性にしては大柄な方だろう。黒い髪は首筋が見える程度に短く、軽くパーマがあてられたように全体がウェーブしている。形のよい眉はきりっと引き締められていたが、この場の状況を考えれば誰だって笑顔でいられるわけはなかった。

「衛生班の海野《うんの》です」

「あ、第2小隊の島です。実は、伊沢という隊員の様子を知りたくて」

「伊沢……さん」

海野友江は、その名を聞いてやや語尾を濁しながら、持っていたクリップボードに挟んでいた紙を何枚かめくった。

「部下の方ですか」

「いや、名前もついさっき知ったばかりだが……浜辺で腹部に受けた傷はどうなったかと」

友江は視線を伏せたまま、めくった紙を元に戻した。

「残念ですが、伊沢1士はもうここにはいません」

「え？」

「10分前に武智《たけち》医官が死亡を確認し、遺体は他の犠牲者と同じく外に運び出されました」

「……そうですか」

「お気の毒です」

「いや」

島は友江に背を向け、テントの出入り口に向かおうとすると背後から呼び止められた。

「島3尉」

振り向くと奥の方から白衣を着込んだ、30を少し過ぎたばかりという印象の男が近づいてきた。武智幸英2尉は、衛生班の責任者として今回の派遣部隊に同行していた。島は軽く敬礼したが、武智は答礼もせず、話しかけてきた。

「藤原隊長の様子を見にきたんじゃないのか」

「いえ、ここへは別件で……」

「妙だな。天幕を設営して隊長を収容してから、尉官連中は一人も様子を見にこない。ずっと会議だとか言って、隣にこもりきりだ。いったい君らは何を考えている」

「今後の方針については、まもなく望月2尉の方から説明があると思います」

「我々も納得できる方針であることを願うね。隊長があんなことになったからと言って、経験もない若い尉官だけで我々の運命を決められてはかなわんからな」

武智は外科医としてはかなり優秀な男だという噂を聞いたことがある。海外派遣の経験も豊富で、全体の印象も医官というより、空挺《くうてい》隊員だと言っても通りそうな精悍《せいかん》な顔つきをしていた。だが、彼については別の噂も耳にしたことがある。それは自衛隊の中にあって、反戦的な思想やメッセージを広めているのではないか、というものだった。


その噂の真偽を島は知らない。しかし、浜の腐乱死体の検分に望月が武智を呼ばなかったのは、もしかするとその噂を望月も気にしたためかもしれなかった。

「そんなつもりはありません。ただ、傷病者に関しては、武智医官にお任せしておけば大丈夫という安心感と、むやみにここを訪れて、医官のお仕事の邪魔になってはという気兼ねがあるのでしょう」

「仕事も何も、そもそも今回の任務に戦闘行動の予定なんかなかったはずだ。こんな調子で負傷者が出れば、薬も設備もすぐに足りなくなるぞ」

「そうならないよう対策を考えています。隊長の様子は」

島は、話題を変えるつもりで藤原の様子を訊《たず》ねた。

「いまは鎮静剤が効いて眠っておられる。ただ、もともと線は細い人だったんだろうな。相当に神経が参ってるようだ。確かに、いまはしばらく安静にしておいた方がいいだろう」

武智はテントの奥に顔を向け、ようやく医師らしい気遣いを見せた。

「よろしくお願いします」

島はテントを出て、揚陸した車輌群が並ぶ一角に近づいた。89式装甲戦闘車の前に、掛井曹長以下、第2小隊14名がすでに整列して島を待っていた。

島の姿を認めた掛井は胸を張り、敬礼した。

「第2小隊、14名、いつでも出発準備はできています！」

「おまえたちを連れていくと言った覚えはないぞ」

「そんな殺生、言わんでください」

急にくだけた調子になった掛井が、力の抜けた声で言った。

「隊長に置いてきぼりにされた部隊ほど惨《みじ》めなものはありません。小隊長が連中の本部に行くって聞いたときから、もうみんな一緒に行くつもりなんだ。まさか本当に置いていくつもりだったんじゃないでしょうね」

「子どもの遠足じゃないんだ。この先、どんな事態が待ち受けているか想像もつかん。人的リスクは最小限に抑えるのが戦術の鉄則だろう」

「お言葉ですが島小隊長。リスクを最小限に抑えるために我々が同道するのです。隊長の発言は矛盾しています」

島は掛井を、そして大賀や他の隊員たちを見つめた。全員、目を逸《そ》らさずに島を見つめ返している。島は思わず口元がゆるみかけたことを気づかれないように、軽く溜息をついて首を振った。

「まったく。また望月さんと作戦の練り直しだ。余計なことをしてくれる」

「着任前にお聞き及びだったはずですよ。この小隊は問題児が多いと」

掛井は勝ち誇ったように笑みを浮かべた。

4　敦賀城

島をはじめとする第2小隊の隊員たちが89式装甲戦闘車とジープに分乗し、重兼の手勢と共に浜を出発したのは、島の腕時計で午前6時を少し回った頃だ。

装甲戦闘車とは戦車部隊と行動を共にする前提で開発され、砲塔《ほうとう》に主砲のエリコンKDE35ミリ機関砲を備え付けた外観は一見、戦車と同じ形に見える。だがこの車輛の主たる目的は、戦車に随伴《ずいはん》して戦闘地域に歩兵――自衛隊では普通科隊員と呼ぶしかないのだが――を輸送展開することである。強力な武装は下車した歩兵に十分な火力支援を行うためのものだ。だから戦車と違い車輛本体後部には、7名の歩兵を収容するスペースが設けられている。

ジープは73式小型トラックとも呼ぶものの、三菱パジェロのシャーシーをベースにしたV16型はRV車のような形をしており、こちらは6名の乗員を乗せることが可能である。

ちなみに『おおすみ』遭難前の時間が遭難後も同じ時間軸で通用するかどうか島には疑問だったが、現在の正確な時間を確かめる手段がない以上、無用な混乱を避けるためにも時計はあえてそのままにしておいた。

実際、日没と日の出の時間から考えて1時間も誤差があるようには思えず、このままでもさして不都合はなかったこともある。だがもうひとつ、誰もはっきりと口にはしなかったが、いまとなってはこの時間だけがもといた世界と自分たちをつなぐ唯一の絆《きずな》のような気がしていたという、心情的な理由も大きかった。

出発前、第2小隊全員は、島の時間に時計を合わせた。

2台の車輛は徒歩の雑兵たちに周囲を固められ、

まるで時代劇で罪人が護送されるような形で移動していた。

島は装甲戦闘車車長席のハッチ後方に腰を下ろし、車長の大久保が操縦手に与える指示を聞きながら、双眼鏡を胸に下げたまま周囲の地形に目を走らせていた。車輛が林を抜け、道幅がさらに開けた街道と思しき道路に出ると、磯の香りは消え、今度は濃密な草の匂いが、周囲の空気に充満した。

遠近に点在する林の隙間を埋めるように、大小さまざまの不定形な畝《うね》で区切られた水田が、山裾《やますそ》の森になったあたりまで続いている。水田の一つ一つはまるで自然が作り出した風紋のような形をして、そのいずれにも青々とした稲が実っていた。まるで水田全体から、官能的な生命の匂いがたちのぼっているようだ。

「十年じゃ」

いつの間にか行列の先頭から下がってきて、装甲戦闘車と並んで馬を歩かせていた重兼が島に声をかけた。

「我が殿がこの敦賀の地に封《ほう》ぜられて十二年、そのうち十年は殿直々のご下命により、侍も百姓も共にこのあたりの林を切り開き、田畑を墾《ひら》くことに専心したものよ。昔は気比《けひ》の浜から、ほれ、あの北に見える天筒山《てづつ》あたりまで木々が生い茂っておったがな。おかげでようやくこれだけの田を得ることができ、いまでは滅多なことで百姓たちも飢える心配はなくなった」

重兼はやや自慢げに笑みを浮かべたが、笑うと鬼のような顔が、愛嬌《あいきょう》のある表情になった。

水田に沿って街道を行くと、時折大きな行李《こうり》荷物を背負った行商人らしい男や、馬を引いた馬子たちに行き会った。

だが彼らのほとんどは、轟音を発しながら近づく異様な鉄の箱車に気づくと、一目散にまだ水を湛《たた》えた水田の中に飛び込んで、頭を両手で押さえながら、一行がただ通り過ぎるのをひたすらに待った。中には水田に顔をつけたまま、頭の上で何やら拝むような動作をしている者もいた。

「小隊長、見てくださいよ、あいつ、あんなことしてたら窒息してしまいますぜ」

島の隣でやはり装甲戦闘車の上に乗り込んでいた大賀が、指さしながら愉快そうに笑った。彼は狭い兵員室に入ることを嫌い、島に直訴して装甲戦闘車の上に乗ることを許されたのだった。

街道をさらに10分も行くと、ぽつぽつと藁葺《わらぶ》き屋根の農家らしい小屋が目に入るようになり、それはさらに密集の度合いを増して、ついには集落となった。

だが、装甲戦闘車の轟音がすべての音をかき消したためか、集落の中は水を打ったように静かだった。家々の軒先は固く板戸が閉じられ、人影はどこにも見えない。それでも島は、集落の家々の中から息を潜めて自分たちを見つめている刺すような視線を感じていた。

もちろん大賀1曹にはこれらのすべても、珍しいテーマパークに来たくらいにしか映らなかったようである。

「うっひゃあ、なんか日光江戸村にでも来たみたいだなあ。畜生、デジカメ持ってくりゃよかった」

「大賀、話し合いの成り行きではここは敵地になる。いまのうちに地形を頭に叩き込んでおけ」

島に釘《くぎ》を刺された大賀は照れたように正面に顔を戻したが、一行が長い板塀《いたべい》の角を曲がった途端、また声を上げた。

「おおっ！」

「今度は何だ」

島がうんざりした表情で大賀を見ると、彼は興奮した様子で前方を指さした。

「し、城ですよ！」

通りの正面に大きな木の扉が見えた。扉の手前にやはり木で組まれた橋が渡してあり、門の左右は壁面を白く塗り込めた土塀となっている。なにより目を引いたのは、その土塀の右端の角にはめ込むように建てられた、三層構造の方形の建物だった。

「天守閣だ！　本物の天守閣だっ！」

舞い上がって叫ぶ大賀の声を耳にして、兵員室の側面に取り付けられた銃眼に顔を押しつけて外を見ていた穴山が呟いた。

「大手門の横にくっついてるなら、櫓《やぐら》じゃないですかねえ」

「違うのか？」

隣の銃眼前に座っていた掛井が問いかけると、穴山1士はにきび痕の残る顔でややはにかみながら答えた。

「天守閣は普通、城内の一番高い場所に望楼《ぼうろう》や城の威容を示すために造られた場合が多く、戦術的な意味合いはそれほど高くありません。でも櫓は城門の近くや、敵が侵入してきそうな要所に造られ、矢を射かけたり、石を落としたりする、つまり完全に迎撃用の防御ポイントなんです」

「詳しいな」

掛井が威嚇力のある視線で穴山を見た。

「実家が犬山《いぬやま》城の近所なもんで……自分は高校時代、歴史研究クラブだったんです」

重苦しい緊張感が漂っていた車内は、その言葉にどっと笑いに包まれた。

「歴史研究クラブ!?　いいなあ、地味で！」

通信係の柴田が、笑いながら穴山のヘルメットをぱんと叩いた。

「……だから、あまり言いたくはなかったのに」

ぼやく穴山に、掛井も笑いを噛み殺した表情で答えた。

「いや、いいぞ、穴山。みんなの気分をほぐした功績で、無事に戻れたら今日のＭＶＰはおまえということにしよう」

装甲車の外では、重兼が島に敦賀城に着いたことを告げていた。

「これよりは城内。約定《やくじょう》どおり、島殿以下三名のみ下馬いただき、対面の間に案内いたす」

重兼は馬の腹に両足でひと蹴《け》りくれると再び隊列の先頭に戻り、彼の前で大手門の扉は重々しい音をたて、ゆっくりと左右に開いていった。


城内には島、掛井、大賀の3人が入ることで打ち合わせておいた。残りの人員は装甲戦闘車と共に門の前に待機し、柴田が浜の本隊と城内の島たちとの連絡役を務める。通信機はヘルメットに装着するインカムを取り外し、掛井が身に帯びて随時連絡を取り合うという段取りだ。

装甲戦闘車を出る直前、島は戦闘服のズボンの裾をまくり上げ、用意しておいたガムテープで、右足の脛《すね》に9ミリ拳銃を巻き付けた。それをめざとく大賀が見つけた。

「なんです、それは？」

「保険さ」

城内への武器の携帯は許さないと、島は重兼に念を押されていた。そのことにあえて反論はしなかったが、まったくの丸腰で会見に望むほど島もお人好しではない。なにしろこれから会うのはどのように思考し、どんな行動を取るか予測のつかない、現代の日本人がまだ誰も会ったことのない日本人であるはずだからだ。大賀には冗談めかして答えたが、島はこの保険を使わずにすむことを本気で願っていた。

大手門の中に入ると、前方に平屋の広壮な屋敷が幾棟も見えた。島たちは年若そうな武士に先導されて、板塀で区切られた建物の間を通り、玉砂利の敷き詰められた広い庭へと通された。その正面に回廊《かいろう》を備えた大きな屋根の建物があり、回廊の左側は、さらに奥の建物へと渡り廊下でつながっている。どうやらそこが城主との会見が行われる場所らしかった。

庭に向かって開け放たれた障子の向こうから、すでに甲冑《かっちゅう》を脱いで小袖姿となった重兼が姿を現わし、上がってくるように声をかけた。島たちは庭から上がる階段の下で半長靴を脱ぎ、屋敷の中へと足を踏み入れた。

　室内は板張りで20畳ほどの広さがあった。奥に段差のある3畳ほどのスペースがあり、そこだけ畳が敷かれている。向かって左側に5人の武士が、それぞれ腰から外した大刀を自分の右側の床上に置いて、胡座《あぐら》をかいていた。その一番上座にいた重兼は、黙ったまま右手を前に出して自分たちの向かいに座るよう促した。その席の背後は板戸の間仕切りが閉められていた。

「こんなことを言うと笑われるかもしれませんが」

　先客にならって胡座をかいた島の耳に、掛井が囁《ささや》いた。

「なんか嫌な感じがします」

「笑わんよ。俺も感じている」

　島は、一番端に座った大賀を見た。さすがの彼もこの状況には緊張しているらしく、装甲戦闘車上ではしゃいで見せた表情は影を潜めていた。

「方々《かたがた》、お見えである」

　そう言って重兼は、そのまま両手を体の脇について頭を床近くまで下げた。他の武士も同じようにしている。島たちも調子を合わせて平伏した。頭を下げた島たちの前を、すっ、すっ、と足袋が板をこする音が通り過ぎた。

「面《おもて》をあげよ」

　思っていたより若そうな、凛《りん》とした声であった。その声に島たちも顔を上げ、声の主に顔を向けたとき、思わず目を見開いた。

　畳の上に着座した人物は、白の小袖の上から赤地の布に家紋らしい刺繍《ししゅう》の入った羽織《はおり》を着ている。その左隣にやや奥まった位置で、小姓らしき若侍が両膝をそろえて正座していた。いかにも城主か小大名の貫禄である。ただし、その首から上が異様だった。

　その人物の頭部は両眼の周りを残して、白い頭巾ですっぽりと覆われていたのである。

「ありゃ何だ……月光仮面か？」

思わず呟いた大賀の脇腹を、掛井は軽く肘《ひじ》で小突いた。

「敦賀城主、大谷吉継である」

吉継は、両眼の瞼《まぶた》をしっかりと閉じたまま、静かに名乗った。

「陸上自衛隊朝鮮有事派遣部隊、3等陸尉島和武です」

島は浜で名乗った肩書きを繰り返した。名乗りながら必死で考えていた。

大谷吉継……大谷……。どこかで聞いたことがある。この名前は、確かに耳にしたことのある名前だ。

「大谷吉継だって!?」

最初に反応したのは装甲車の中だった。会見中に掛井が小型マイクから伝えたその名を、車輛無線機で受けた柴田が復唱したとき、穴山が絶句した。

「知り合いか？」

ヘッドホンを左耳にあてながら柴田が振り向いて聞いた。

「大谷刑部少輔《ぎょうぶのしょう》吉継……戦国時代の武将です！」

「戦国時代ぃ？」

「いえ、正確には信長や秀吉の登場した安土桃山末期というか……」

「待て待て。俺は大谷なんて知らんぞ。まあそりゃ、信長や秀吉くらいなら知ってるが」

「吉継は大名としてそんなにメジャーな人ではありませんでしたから。でも、彼の名を一躍有名にしたのは……」

関ヶ原だ！

城内で島も思い出した。大谷吉継は、確か西軍側について関ヶ原に参戦した武将だ。ということは、ここは関ヶ原の合戦より前の時代ということになる。

島は浜への上陸以来、ようやくパズルの一つが解けた気分になった。だが、それは同時に、新たな絶望に似た気分ももたらした。

俺たちは４００年も飛ばされたのか。

「島殿と申されたな」

吉継は、閉じたままの目を、かすかに島の方に向けた。

「子細は長門守より聞いた。だが、貴殿はいずれの家中より参り、なにゆえ我が領内でかかる騒ぎを起こしたか。肝心なることはいまだ明らかならず。我らに害意はあらずということならば、まずはその証《あかし》を示すべし」

「証と言われても……」

島は言葉を探した。

「もともと我々はこの浜に上陸するつもりはなかったのです。沖合を船で航行中、不慮の事故に見舞われてやむを得ず漂着することになりましたが、我々はここがどこの国かすら知らなかった。林の中での衝突は不幸なことでしたが、あれもまずは救援を求めるために浜を抜けようとしただけで、あのような戦闘が起こるとは思ってもいませんでした」

島は閉じたままの吉継の目を見つめながら、言葉を続けた。

こちらの言葉を信じるか、信じないか。相手の目の色を読めないことが島の不安を募らせた。だが、とにかく話し続けるしかない。

「あなた方の国とわかった以上、我々はあなた方の許可なく勝手に浜を動くつもりはありません。我が隊には戦闘行為を禁じ、私が戻るまで浜で待機することになっております。証と言われるなら、浜から動かぬことがその証になるかと」

吉継は島に顔を向けたまま、微動だにせず彼の言葉を聞いていたが、島の言葉が途切れると、問い返してきた。

「船に乗っていたと言うが、その船はどこに向かっておったのか」

「……朝鮮です」

「朝鮮？　おぬしは朝鮮のものなのか？」

「いえ……そうではありません」

「わからんな。ではいったいおぬしらはどこから参った者か?」

どう言えばいいのだ。

島は迷った。

この時代、日本のどこを探しても自分たちのような軍隊はいない。どこか彼らの知らない外国の名前をあげれば切り抜けられるだろうか。だが、しょせんはそれもその場しのぎの言い逃れにしかならない。といって正直に事情を話したところで、とても彼らに納得のいく説明にはならないだろう。島自身、この状況はまだ半信半疑なのだ。

逡巡《しゅんじゅん》する島に、掛井と大賀が不安げな顔を向けた。

島は慎重に、一語一語区切るように言った。

「時の……彼方より」

「なにっ!?」

ようやく島が見つけた言葉に、意外にも吉継は大きな反応を見せた。

「ときの、彼方とな!」

吉継は目を見開いた。その眼球には薄い膜がかかり、瞳を白く濁らせていた。白内障の末期のような症状である。あれでは確かに視力はほとんど失われているだろうと、島は見て取った。だが吉継は、その目で睨み付けるように、島たちの姿を確かめていた。

「ではやはり……おぬしらは、ときの末裔《まつえい》か!」

「は?」

再び島が迷う番だった。いったい吉継は、自分たちを何と勘違いしているのか。

「とき衆」

吉継は謎の言葉を呟いた。

「信長公が京の妙蓮寺《みょうれんじ》にて非業《ひごう》の死を遂げられてより十八年、すでにときの流れを汲む者はあらかた絶えたはずであったが……そうか、太閤《たいこう》殿下が恐れられていたのはこの日あるを知ってのことであったか」

妙蓮寺!? 島は一瞬、聞き間違いかと思った。信長は本能寺で討たれたのではなかったか？　だが、いまの島にその疑念を深く考えている余裕はなかった。

「島殿」

吉継の目は再び閉じられていた。

「こたびのおぬしらの目的は何ぞ。何の子細あって我が郷《さと》の浜を選んだのじゃ？」

「ですから、いまも申し上げたとおり、これは事故だったのです」

「たばかりを申すなっ！」

吉継の語調に怒気が含まれた。

「かつておぬしらはこの国に混乱と統一をもたらした。だが、信長公の死とともにおぬしらは役割を終えたはずじゃ。それをまた現われたとは、この天下に再び大乱を起こすためか？　それとも太閤殿下にときの意趣を返そうと思うてか!?」

予想もしていなかった方向に話が進み始めている。いったい何の話だ？

島は頭の中を整理し、吉継の話の中身を吟味しようと試みたが、考えれば考えるほど混迷は深まるばかりだった。

「それってもしかして……」

突然、大賀が吉継に問いかけた。

「俺たちには、先例があるってことですか？」

「大賀！」

島は大賀をたしなめようとしたが、吉継は大賀に関心を向けたようであった。

「その方は？」

「その方っていわれるほどの方じゃありませんがね、大賀剛一といいます。島小隊長の一の子分みたいなもんで」

大賀の表情に余裕が戻っていた。さっきまでは確かに彼も緊張で全身の筋肉が強ばっていたのだが、吉継の話を聞いているうちに、生来の好奇心が勝ってきたらしい。

「お話を伺っていたら、なんか前にも俺たちみたいのがいたように聞こえたもんで。もしそうなら確かめておいた方がいいかなと」

「おぬしらはときではないと申すか」

「そのときってのがよくわかんないんで。いったいそれはどんな連中なんです？」

「わしは直にときの戦《いくさ》を目にしてはおらぬ。ただ伝え聞けば彼《か》の者たちは、風より速き鉄の乗物を持ち、鳥より高く飛ぶ鉄の舟を持ち、いちどきに百人の敵を撃ち殺す鉄砲を持って、わずか数年のうちに北陸から東国の名だたる大名を次々と平らげた。おぬしらがこの城まで乗ってきたという鉄の箱は、まさにときの乗物そのものじゃ」

島と大賀は思わず目を合わせた。間違いない。それは自衛隊以外に考えられない。

「改めて申し上げるが、我々はこの御家中に、いえ、この国そのものに対してすら、なんら関わるつもりはありません。お許しがいただけるなら我々はあの浜か、どこか人里離れた山中にでも引きこもり、静かにときの迎えを待つつもりです」

島はたたみかけた。とき衆とやらがどんな存在だったかまだわからないが、吉継が自分たちの力を脅威に考えていることはよくわかった。

島は吉継の立場で考えてみようとした。もし自分が戦国大名の一人で、自分の領地に同時代のレベルを超える圧倒的な武力を持った集団が現われたらどうするか。

自分が野心ある大名ならば、その力を利用しない手はないと考えるだろう。あらゆる手を尽くして彼らを自分の陣営に取り込み、戦闘の先兵に立たせ、自国の版図《はんと》を拡大しようとするかもしれない。だが、もしその集団が自分たちの陣営に組み入れられないとなれば……。

島は、この部屋に入って以来感じていた、肌を刺すような違和感の正体を見た気がした。

吉継はいざとなれば、この時代のバランスを崩す自分たちの存在を抹殺するつもりではないのか！

「とき《・・》の迎えを待つ……まだ新たなとき《・・》衆が参ると申すか」

「遭難した我々の行方を、我々の国でも捜しているはずです。ここにいることさえわかれば」

わかるはずはない。仮にわかったところで、現代の自衛隊に時間を飛び超える装置があるわけもない。だが、この時代の連中に、浜に現われたのは自分たちが最後というわけではないと思わせることは、重要だった。

吉継は顔を正面に戻し、少し首を前に倒して腕を組んだ。その姿はこの集団をどう扱ったものか考えあぐねているようにも見えた。

「迎えは……いつ参る？」

顔を起こし、再び島を見据えて吉継は問いかけた。

「わかりません。我々は一刻も早く去りたいのですが、一両日で去れるか、あるいはひと月かかるかは」

「その間、かまえてあの浜より動かぬと」

「お約束しましょう」

吉継の声の調子が穏やかさを帯びたことに、島は安堵を覚えた。少なくとも自分たちを敵対勢力と思わせないことには成功したようだ。これならいけるかもしれない。浜での自分たちの安全を確保すること、さらに食料調達の方法などを吉継と交渉できれば、当面の文句はない。

島は内心の期待に軽く興奮し、隣の掛井がインカムを耳に当てたまま、島に目配せを送っていることにしばらく気づかないほどであった。

とうとう掛井が小声で島の名を呼んだ。顔を向けると掛井は強ばった表情を見せていた。島は、一目で何かただならぬ事態が起きたことに気づいた。

「どうした」

「浜が大変です」

「なに？」

そのとき、庭先に小さくザッと砂利を散らす音が聞こえ、同時に重兼が立ち上がった。

島は部屋の外を見やったが、彼の位置からでは回廊の下方は何も見えない。

　重兼は廊下に出ると階段を数段下りてしゃがみ、そこで二言三言、誰かと会話を交わしているようであった。

　会話を終えた重兼は立ち上がると同時に島を振り向いた。人を射すくめる眼力というものを、このとき島は生まれて初めて体験した。

　重兼はそのままずかずかと室内に戻り、吉継の前に片膝をついた。だが大賀は、重兼が離れたあと、階段の下からすっと立った小男に気がついた。

「あいつ……」

　思わず大賀が呟いたのは、泥と土埃《つちぼこり》にまみれてかなり色あせてはいたが、黒い動きやすそうな衣装にその男が身を包んでいたからだ。それは時代劇などで、いわゆる忍び装束と呼ばれるものに酷似《こくじ》していた。

　大賀は隣の掛井を見て、気づいた掛井に庭先を顎でしゃくるように示した。だが、視線を戻したとき、庭にはもう誰の姿もなかった。

　重兼は吉継の右の耳近くに自分の顔を寄せ、何事かを短く報告した。重兼が顔を離すと、吉継は島たちに顔を向け、吐き捨てるように言った。

「島和武とやら！　ようもこの刑部をたばかった！」

「は？」

「我らとの会見中に裏をかくつもりであったろうが、そうはいかぬ。我らの伝令の早さを甘く見たな」

「吉継殿!?」

「浜を動かぬと約束した舌の根も乾かぬうちから、おぬしの仲間たちは浜に残した我らの兵に戦を仕掛け、林を抜けたというではないか！」

「なんですって!?」

　島は掛井に顔を戻した。

「隊長が……意識の戻った藤原隊長が部隊の移動を命じたらしいんです！　他の小隊長もほとんどが藤原隊長側について、断固移動に反対した望月さんは拘束されたそうです！」

「なんてことだ！」

島が唸ると同時だった。彼らの背後の板戸がバンッと大きな音を立てた。

振り向くと小袖にたすきを掛けた10人以上の武士たちが、抜刀して居並んでいた。武者隠しと呼ばれる小部屋で、彼らはすでに会見前からいつでも飛び出せるように待機していたのだ。

「吉継殿、これは間違いだ！　私はいまからすぐに隊に戻り、彼らが浜に戻るよう説得する！」

島は叫んだが、吉継は小姓に手を支えられて立ち上がった。

「もはや問答無用！　うぬらともども、仲間も、生きて我が領内を出ることあたわずと知れ！」

武者隠しにいた武士たちが、ほぼ全員同時にザッと摺《す》り足で板の間に歩を進めた。島がハッと気づくと、正面には刀の柄《つか》に手を掛けた重兼が、姿勢を低く構えて島を睨み付けている。

「立て、島和武！　この重兼をこけにしてくれた礼に、おぬしはそれがしが斬ってくれる！」

「重兼殿、待ってくれ！」

「覚悟せい！」

重兼は自分の刀を鞘《さや》から抜き放ち、左手を柄の先に添えると、頭上に振りかぶった。

島は、ズボンの裾をまくりあげ、足首にガムテープで固定していた9ミリ拳銃をはぎ取ると、天井に向けて一発発射した。

ズガーンッ！

大音響に室内の全員が一瞬、動きを止めた。

「得物《えもの》は持ち込まぬという約定であったに、重ね重ねうぬはこのわしをだましおったか！」

重兼が島を睨み付けたまま唸る。

「やかましい！　そっちだっていつでも俺たちを斬り殺せるよう準備してたんじゃねえか！」

大賀も戦闘服のボタンを引きちぎり、腹部に貼《は》りつけていた拳銃を取り出して、水平に構えた。

「なに？　おまえも拳銃持ってきてたのか!?」

2人が銃を用意していたとは知らなかった掛井が、驚いて大賀に聞く。

「保険って奴ですよ」

「保険って……なに？　俺だけ丸腰だったの？」

戸惑う掛井に、背後の武士が、袈裟懸《けさが》けに斬りかかろうとした。

「きえええええ――っ！」

大賀は即座に銃を持った手を反転させた。

「大賀っ！　殺すなっ！」

島の怒声に、大賀は寸前、銃の狙いを床に下げ、踏み込んだ武士の右足の甲を撃ち抜いた。

「うがあっ！」

武士はそのままカクンと膝を折り、その場で右足を抱えるように転倒した。武士の周りの床に、血が飛び散った。

「掛井曹長、柴田に送信。会見不首尾。俺たちを収容したら即座に離脱できるよう待機せよ！」


重兼の眉間《みけん》に銃の狙いをつけたまま、島が指示する。

「我らが死を恐れると思うてか。すでにうぬらは間合いの内にある。見苦しき死にざまさらすでない」

重兼の言うとおりだ。この距離で一斉に斬りかかられれば逃げようはない。この場を生きて逃れる可能性はただ一つ。島は重兼の呼吸を読もうとした。

呼気……吸気……呼気……吸
いまだ！

島は重兼の左側をすり抜けるように身を躍らせ、吉継の手を支えていた小姓を蹴飛ばすと、吉継の背後から首に左手を回し、右手の銃を白い頭巾に突きつけた。

「殿っ!?」

武士たちは明らかに全員動揺した。

「刀を捨てろっ！」

島は怒鳴った。

「おのれえっ、卑怯《ひきょう》千万！」

重兼が口から血を吐きそうな形相で歯がみした。

「何とでも言え！　俺たちは生き残るためなら何でもやる！　おまえたちと争う気などさらさらないが、殺すと言われれば仕方がない！」

だが、吉継だけは動揺した様子は見せなかった。そればかりか、島に首を絞められながら、低く声を漏らして笑い始めていた。

「何がおかしい！」

「これが笑わずにおれるか」

「なんだと？」

「もとよりわしも命など惜しまん。だが、よしんばおぬしがこの屋敷を出たとしても、もはやおぬしに生き残る術《すべ》はない」

吉継は、左手をゆっくりとあげて、自分の顔を覆う白布に指をかけた。

「わしは十年来、悪しき病に取り憑《つ》かれ、このように目も顔も失うた。この病は人に感染《うつ》る。わしのこの顔に触れたもの、必ずや同じ運命《さだめ》となるべし！」

そう言うが早いか、吉継は白布をざっと引き下ろし、素顔をさらした。

吉継の顎から鼻にかけての皮膚が紫色に変色し、唇の左端から鼻梁《びりょう》にかけての部分が爛《ただ》れたように膨らみ、めくれあがっていた。露出した左の歯ぐきが、妙になまめかしく、つやつやと光っている。

「えっ？」

大賀は思わず目をそらした。

「見たか。この場を生きながらえたとしても、これがおのれの行く末の姿よ」

吉継は、めくれあがった唇の端を引きつらせるようにして笑った。

「そうかな」

「なに？」

「それほど感染する力が強いなら、いままであんたの身の回りで、同じ病になった人間は何人いる？」

「む？」

「この病はそう簡単に人には感染らん」

「何だと!?」

今度は吉継も動揺した。

いままでこの顔を見せて、平静だった人間はいない。重兼ですら、主君の素顔はまともに見られないほどだ。なのにこの男は、うろたえもしないばかりか、この病が人に感染することはないと言い切った。

この状況で単に強がってみせているのだろうか。否、そうではない。吉継は直観した。島が自分の首に回す腕の力は、素顔を見せる前も見せたあとも、寸毫《すんごう》も変わらないのだ。

敦賀城主大谷吉継が難病に苦しんでいたことは事実であり、病気の影響を受けた己の顔を人に見せることを嫌って、頭部を頭巾で隠していたというのは、よく知られた話である。ただ、その病名が何であったかに関しては確実な資料はない。

可能性の高い説として梅毒とハンセン病があり、主に人口に膾炙《かいしゃ》しているのは後者の説だ。確かに吉継の身体的所見は、ハンセン病の特徴を部分的に示してはいた。だがもし本当にそうなら——

恐れる必要などない。

医学部に籍を置いていた島は明快に断じた。

「吉継殿、申し訳ないがしばらく我々につきあってくれ。大賀!」

呼ばれた大賀はすぐにその意図を察し、拳銃を構えたまま板廊に出て、庭先と廊下に他の敵が見えないことを確認した。

「島和武! 殿は病の御身、その手を離せ。しからば我らも刀を引こう」

重兼が、吉継ごと庭に移動する島に、じりじりと詰め寄りながら言った。

「あんたの言葉を信用しないわけじゃないが、俺たちは仲間の命を救わねばならない。それまで大将は預からせてもらう!」

島は吉継の首に回した手を緩《ゆる》めぬまま、板廊から庭に下り、掛井と大賀もそれにならった。３人は庭を出て油断なく周囲に目を配りながら、城門に向かった。重兼はじめ、他の武士たちも抜刀したまま、島たちを遠巻きに囲む形でぞろぞろとついていく。

「殿っ⁉」

「小隊長っ？」

城門では第2小隊の隊員と警衛の兵が、島たちの姿を見つけてほぼ同時に声を上げた。それに気づいた櫓の兵が、弓に矢をつがえて島に狙いを付けた。

「矢をひけっ！　うぬの腕では無理じゃっ！」

重兼が慌てて制し、櫓の兵は弓を下げた。

「ちょっと狭いが我慢してくれ！」

城門を出た島は、橋の前に停めてある89式の後部扉から吉継を押し込むように乗せると、ハッチで待機していた大久保に指示した。

「出せ！　早く出すんだっ！」

後部扉を開けたまま、装甲戦闘車は土埃をたて、急加速で発進し、ジープもそれに続いた。

車輛が城門の前から走り去ると同時に、重兼は怒鳴った。

「馬ひけえいっ！　殿を見失うな！　城内の兵はすべてわしに続くべしっ！　殿をお救い申し上げるのじゃっ！」

装甲戦闘車内では、島が激しい口調で藤原とやり合っていた。

「隊長！　至急部隊を停止してください！　この土地でむやみに動くのは危険です！」

車載のＦＭ無線機はクリアな音質を伝えていたはずだが、加速する車輛の駆動音《くどうおん》に遮られて、ところどころ聞き取りにくい箇所《かしょ》もあった。しかし、何が起こっているかはすでに明白だった。

「……が敦賀なら鯖江は目と鼻の先だ！　あそこの施設部隊の……は俺と同期だ！　あらゆる通信手段で連絡が取れない以上、残された方法は直接移動しかない！」

「隊長、ここは確かに敦賀ですが、我々の知っている敦賀ではありません！　鯖江に駐屯地《ちゅうとんち》もありません！」

「なぜわかるっ！　なぜ貴様にそんなことがわかるっ！」

藤原の声は、ほとんどだだをこねる子どものようだった。

「聞いたぞ！　浜を抜ければ道路が走っていると言ったのは、貴様だそうじゃないか！　おまえ一人、助かるつもりだったんだろっ！」

ああ、それは——

島は慨嘆《がいたん》した。

確かに浜に残る仲間のため、島はそんな気休めを言った。それにしても実際に浜を抜け、林の向こうの風景を目の当たりにすれば、ここが自分たちの知っている日本とどれだけ違うか一目瞭然《りょうぜん》のはずだ。

だが島は、精神的に追いつめられ、常軌を逸してしまった人間の視線を忘れていた。この状態の人間は、おそらく自分の見たいものしか見えない。逆に言えば、眼前に突きつけられた事実でも、それを事実として認識する能力が欠落してしまっているのだ。

だがそれが、よりにもよって１００人余の部隊を率いる自分たちの隊長だとは！　この男に率いられた部隊は、いま確実に破滅に向かって速度を上げている。

「隊長、聞いてください！　せめて部隊に戦闘隊形を——」

「交信は打ち切る！　鯖江の司令部で貴様の出頭を待つ！　覚悟しておけ！」

「隊長！　待ってください！」

柴田が島を見上げ、諦めたように首を振った。

「応答しません」

「呼び続けろ！　いや、隊長に同行している他の車輌でもいい！　誰でもいいから呼び出せ！」

「おそらくこの会話は全無線機で聞かれてます。隊長の同行組で造反《ぞうはん》する相手がいるでしょうか」

「造反じゃない、仲間の命を救うんだ！　あきらめるな！」

「了解」

兵員室の隅で車の振動に身をゆだねながら、吉継は目を閉じたまま、じっと島に顔を向けていた。

それに気づいた島は、吉継の前でしゃがんだ。

「おぬしの下知《げち》にあらずとは、どうやらまことのようだな」

「いまとなっては、どちらでもいいことです」

「おぬしの仲間は鯖江に向かっておるのか」

「鯖江をご存じですか？」

「おそらく、たどりつけまい」

「えっ？」

吉継は、白く濁った目を開けて島を見た。

「この鉄の箱車が北に向かっておるなら、すぐ天筒《てづつ》山じゃ。そこの山城におそらくいま千人ばかりの兵が詰めておろう」

「何ですって？」

「敦賀の北、府中《ふちゅう》は堀尾吉晴《ほりおよしはる》の隠居所じゃ。だが奴は、急遽国元に舞い戻ったわしの心底を測るため、こちらの出方をうかがっとる。北陸の動静を逐一内府《ないふ》に注進するつもりでおるのだろうが、まだまだ生臭いご老人よ」

吉継は軽く溜息をついた。

「もとよりわしに内府に造反するつもりなどあるはずもない。堀尾の小賢《こざか》しさを笑うてやるも一興と思うておったが……我が領内から堀尾領に兵が北上したとあっては、笑うておるわけにもいかぬ。まして用心深い御仁のこと、我が領内をうかがうからには、必ず備えを固めてあるに違いない」

「内府とは？」

「太閤殿下五大老筆頭《ごたいろうひっとう》、徳川家康正二位内大臣《とくがわいえやすしょうにいないだいじん》のことじゃが」

ああ、やはり！

島は吉継の話の意味を、ようやく理解した。

いま、この国の勢力は真っ二つに分裂を始めている。よりにもよって自衛隊は、その真っただ中に飛び込んでしまったのだ。

――関ヶ原大戦の前夜という時期に。

「こんなことは気休めにしか聞こえないでしょうが、我々はあなたにご迷惑をかけるつもりはまったくなかったのです」

「いまとなっては、どちらでもよいことじゃ」

吉継は目を閉じたまま苦笑した。吉継はこの時代の人間にしては、ユーモアの感覚も備えているようだった。島は、少し救われたような気分になった。

「あなたの病気ですが」

「若い頃より、戦で多くの人を殺めた。我が一族郎党と領民を守るため、決して無慈悲な戦をしたつもりはないが、武士とは業の深きものよ。戦とはもともと天の許すべからざる行いであるに違いない。かくしてわしは天に罰を与えられ、このような病を得ることとなった」

「それは違います。病気は罰などではありません。不運ではあったかもしれませんが。我々の国では、すでにこの病気の特効薬も作られています。だからいまは、この病気にかかっても社会の中で普通に暮らしていくことが……」

言いかけて島は口ごもった。この病気に対する国の隔離政策があやまちであったと認められたのは、つい数年前のことだ。それまでの気の遠くなるほどの長い時間、この病気の患者、さらにはその家族まで、周囲の白眼視に耐え、つらい日々を過ごさざるを得なかった。確かにこの病の見た目の悲惨さが、人々にいわれのない恐怖心を植え付けた側面はあるだろう。しかし吉継は一軍の将、大名としてこの社会の中で活躍し､家臣たちの尊敬を集めてすらいる。いったい病人を社会的に殺すような政策をとり続けた現代の日本と４００年前のこの国と、どちらが社会としてまともなのか。そんな考えがふと脳裏にひらめいた。

「おぬしの言い方を聞いていると、ある男を思い出す」

「ある男？」

「その男もおぬしによう似ておる。自分が正しいと信じたことは断じて人に譲らん。だが、その男が言うことはたいてい理にかなっておる。だから反駁《はんばく》したくてもつけいる隙がない。しかしな、正しいことしか言わぬ男というのは敵ばかり作る。おぬしも心するがいい」

「島3尉っ！」

ハッチで双眼鏡を覗いていた大久保が怒鳴った。

「OH—1目視《もくし》っ！」

島は兵員室の中から砲塔に入り込み、砲手席のハッチから身を乗り出した。

目の前に山が見える。標高はそれほど高くない。せいぜい200メートル足らずだろう。その山の上空を偵察観測ヘリOH—1が旋回していた。下方に目を移すと麓《ふもと》の森に、ちょうど1台の大型トラックの最後尾が消えていくところだった。

「ヘリから指揮車輛への通信が聞こえます！」

柴田の声に、島は車載無線機の前に戻った。

「3時の方向に敵発見！　繰り返す、3時の方向より敵来襲！　攻撃に備えよ！」

ヘリの通信手の絶望的な声が聞こえる。

「隊長はっ？」

「まったく応答しません！」

「ヘリにつなげっ！」

島はマイクを掴んだ。

「OH—1、こちら第2小隊の島だ！　応答せよ！」

「島3尉、こちら飛行隊の松永です！　隊列の右手に浜で見たような連中が……大軍です！」

「落ち着け、我々はすぐ後方にいる！　いますぐ部隊を停止させ、各人下車して迎撃態勢をとらせろ！」

「隊長を説得してください！　先頭の高機動車です！」

進行方向からどよめくような喚声が聞こえてきた。堀尾の兵団がトラック部隊めがけて突撃を始めたに違いない。島は大久保に停止を命じ、彼は即座に操縦手の小林2曹に指示を伝えた。

「吉継殿、ここで降りていただく」

「どうするつもりじゃ」

「わかりません。ただ、ここで仲間たちが死んでいくのを黙って見ているわけにはいかない」

島は、吉継の手を引いて、後部扉から地上にゆっくりと導いた。

「仮にここで堀尾の兵を追い払ったとしても、我々が安住できる土地は、この国にはないでしょう。それでも、これ以上あなたにご迷惑をおかけするつもりはありません。どうか城にお戻りください。お送りすることはできませんが」

「天筒山の麓は深い湿地に囲まれておる」

吉継は、島の不安を言い当てるように口を開いた。

「攻める兵は体の自由が利きにくく、鉄の車なら進むほどに身動きが取れなくなる。かつて信長公はこの城攻めの折に浅井の裏切りに遭い、九死に一生ともいえる思いをされた。あと一歩、信長公があの湿地から抜け出るのが遅ければ、以後の天下平定の道はなかったであろう」

「ご忠告、ありがとうございます」

「まだじゃ」

吉継は左手をまっすぐ体の前に伸ばした。

「堀尾の兵が右から襲ってきたなら、おそらくこれを避けるに左の道をとりたくなる。だが左にはいま一つ、金ヶ崎《かねがさき》の城がある。わしが堀尾ならあらかじめこの城にも兵を配置しておく。この道をとったが最後、金ヶ崎には退き口《の》がない。つまり、進退窮まる」

島は慄然とした。吉継をその場に残して再び戦闘車に飛び乗ると、すぐさま発進させた。開いた後部扉から後方を見ると、吉継の姿がどんどん小さくなっていく。島は揺れる車内で、敬礼をした。

島たちが走り去ってまもなく、吉継にようやく重兼が追いついた。

「殿っ、ご無事でしたかっ！」

　重兼は馬から飛び下り、吉継の前にかしこまると泣きださんばかりの顔を上げた。やがて他の重臣たちの馬も次々に到着し、そのさらに後方に、足軽部隊が土煙をあげながら近づいてくるのが見えた。

「あの者たちは？」

「天筒山に向かった」

　重兼が顔を向けると、前方の森の中からパンパンッと間歇的《かんけつてき》な銃声が聞こえてきた。

「では堀尾勢と？　これはいかんっ！」

　重兼は焦った表情を吉継に戻した。

「殿、このままではあの者どもを堀尾に差し向けたのは我らということになってしまいますぞ！」

「いかさま」

「落ち着いておるときではありませぬ。そもそも殿は上杉討伐のため東下されたはず。それを急なご帰国の上にあのような者どもが領内を跋扈《ばっこ》したとあっては、内府に痛くもない腹を探られることにもなりかねず」

「長門」

「はっ」

「ここで兵を整えよ」

「はっ！」

「しかるのち、天筒山に兵を進める」

「堀尾に援軍ですな。かしこまってそろっ！」

「堀尾の兵を追い払うだけじゃ」

「は？」

　吉継の言葉に、思わず重兼はぽかんと口を開けて主君を見上げた。

「堀尾の兵を追い払い、あの者たちを領内に連れ戻す」

「殿……？」

「あの者たちは、鬼神も恐れるときの戦人《いくさびと》などではない。島とやらの言葉どおり、道を失い、行き場に迷う迷い子の如き者じゃ」

「し、しかし……それでは、内府を敵に」

「それでも島というあの男は、仲間を助けるため、わしをここに残して死地に向かっていきおった。あの男のおかげでわしもいま、ようやく思い出したのよ。わしにも守るべき信義というものがあった」

重兼はうなだれたまま、地面についた両手で土を握りしめた。

いま、この瞬間。越前敦賀五万石の命運が決しようとしている。

「窮鳥《きゅうちょう》懐に入らば猟師もこれを撃たずというではないか。なにより助けを求めてきたあの者たちを追い立て、見殺しにしたとあっては、この吉継の義が立たぬ！」

「ははーっ！」

重兼は地面に額をすりつけんばかりに平伏した。平伏しながら重兼は、両手の甲に涙が滴《したた》り落ちるのを感じた。

嗚呼《ああ》。我が殿ならばこそ。むべなるかな。

5　救出

「前方約５００メートル！　トラック隊列目視っ！」

車長席で叫ぶ大久保車長の声に、砲塔後部に乗っていた島も肉眼で確認した。

川の手前で土手になった坂を上りきったところで島は装甲戦闘車を一旦停止させた。

川から1キロほどで行く手を遮る天筒山の山裾に向かって、22名の歩兵を輸送できる大型トラックが3輌、同じく16名輸送可能な中型が2輌。人の腰近くまでありそうな茂みの中をもたもたと、左右に車体を大きく揺らしながら進んでいる。吉継が言ったとおり、川向こうは湿地が続いているのか。最後列の大型トラックは完全に立ち往生した様子で、先頭トラックとの距離が徐々に引き離されている。

双眼鏡を覗いた島は、トラックの荷台にかなり余裕があることに気づいた。浜にいた全員が移動しているわけではないらしい。そういえば隊列には戦闘車輛が一輛も見えない。

　脱出を急いだ藤原の頭の中には、ここが敵地であるという認識がまったくないということだ。

　湿地に足を取られた上に丸裸同然のトラックに向けて、前方右手の草むらの中を、長槍を体の前に構えた雑兵軍団が突進していく光景が見えた。その数、かいま見えるだけで１００人以上。距離と歩速から見てほぼ50秒もあれば先陣はトラックに到達する。

　だがトラックの隊員たちは、地上に降りて車輛を移動させることに必死で、誰一人迎撃態勢を取る者はいない。

「何をやってるんだ！　あの人数に接近されてしまったら相当の被害が出るぞ！」

　万一応戦の必要に迫られた場合を考え、兵員室から砲手席に入った小田部3曹が歯がみした。訓練を受けた砲手である彼と車長の大久保、操縦手の小林の3人がそろって初めて、この装甲戦闘車は本来の機能を発揮するのである。

　島はリップマイクを指で支え、車内の隊員に指示する。

「大賀、下車して雑兵とトラックの間に発煙弾をぶち込め！　大久保、着弾を確認後2時の方向に前進！　迂回して敵兵の後方に回り込む！」

　島の言葉が終わらぬうちに、開いたままの後部扉から84ミリ無反動砲《むはんどうほう》を抱いた大賀と、発煙弾を持った穴山が飛び降りた。

　大賀は即座に装甲車の横で立て膝をつき、肩に乗せた砲身に顔をすりつけるようにして照準を覗きながら距離を合わせる。穴山はその横で後部閉鎖機を開放し、発煙弾を装塡《そうてん》する。

「ハイッ！」

　穴山の声を合図に砲の後部から凄《すさ》まじいガスが噴出し、大賀の背後の地面を削《けず》った。

　砲口から飛び出した発煙弾は川を越え、トラックに向かって突撃する雑兵たちの鼻先に着弾、泥土と数メートル四方の草を飛び散らせると、空気と反応した燐《りん》がもうもうと白煙を上げ始めた。

辺りの視界は一瞬にして失われた。

「くそっ。ちょっと遠いか！」

砲身から顔を離した大賀が舌打ちする。

「いや、敵の足は止まった。本車輛はこのまま全速前進、掛井曹長はジープでトラック隊に向かい、退路を誘導せよ！」

後部扉の中から掛井が飛び出すのとほぼ同時に装甲戦闘車はガクンガクンと車体を揺らし、まるで転げ落ちるように土手を下り始める。その寸前、穴山は掛井と入れ違いに扉の中に飛び込み、大賀は装甲戦闘車のスカートに足をかけて砲塔によじ登った。

装甲戦闘車は車体の両側に水の壁を作り出すように飛沫を上げながら川を渡りきり、重いエンジン音を響かせて再び対面の土手を登りきった。

これが俺たちのルビコン川か。

島は振り落とされないように砲塔にしがみつきながら心の中で呟いた。

眼前に広がる平地は、すでに戦場だ。

「小隊長、望月2尉からの通信、回します！」

ヘッドセットから柴田の声に続いて望月の声が聞こえてきた。

「島3尉！　こちら望月、聞こえるかっ？」

「望月さん!?　いまどこに？」

「まだ浜だ！　無線機や主な装備をほとんど隊長に持って行かれてな。いま戦車の無線を使っている」

「90式はまだそこに!?」

「詳しい事情はあとで話すが、おまえが恐れていたとおり隊は分裂した。こっちには衛生班と負傷者を含めて30人足らずしか残っていない。隊長たちは……」

「承知してます、いま追いついたところです！」

望月の声にかすかな安堵が交じった。

「そうか。俺たちは大谷軍に投降して、いま連中の監視下にある。頼む、島、隊長を止めてくれ、このままでは……」

「11時の方向、敵だっ！」

島の隣で砲塔に背中を張り付けたまま大賀が叫んだ。島が視線を向けると、草むらを這うような白煙の中に、黒い円錐形《えんすいけい》の陣笠がわらわらと蠢《うごめ》くのが見えた。島は肩に掛けていた9ミリ機関拳銃を外し、大賀に手渡した。

「大賀！　機関銃で連中の足元を狙え！　追い払うだけでいい！」

「そんな器用な真似が！」

「おまえだから言っている！　なるべく殺すな！　相手は日本人なんだっ！」

「無茶をおっしゃる！」

言いながら大賀は機関拳銃のボルトをガチャッと引き、激しく揺れる車体の上から威嚇発砲を開始した。

島たちが渡河した地点から２００メートルほど西では、掛井がトラックの最後列に追いついていた。

「掛井、掛井曹長か！」

他の隊員たちと一緒に、トラックの尻を押していた長浜が、掛井に気づいてまるで泣きだしそうな笑顔を見せた。

「長浜3尉、これは？」

「ぬかるみにタイヤを取られたんだ。俺のトラックは山ほど物資を積まされてるからそう簡単に動かん。とにかくよく戻ってくれた、もう俺には何が何やら！」

「この先は危険です。トラックをバックさせてもう一度川向こうへ戻ってください。自分は前のトラックにも声をかけてきます」

そう言ってジープに戻ろうとした掛井の腕を長浜が掴んだ。

「行くのか!?　俺を、物資を置いて？　島小隊は俺たちの支援に来てくれたんじゃないのか!?」

「支援していますが襲われたら迎撃してください！

小隊長が敵を引きつけている間なら、まとまった敵はこちらに向かってこられません。退却するならチャンスはいましかない！」

「し、しかし、藤原隊長は……俺たちは藤原隊長の命令で」

「長浜3尉！」

掛井は思わず長浜の両肩を掴んだ。長浜は脅えたように視線を左右にして掛井から逸らした。小柄な長浜の体がいっそう小さく見える。

「隊長にも退却していただくよう説得します！　死にたくなかったら、部下を死なせたくなかったら、ここは島小隊長の指示に従ってください！」

掛井はそれだけ早口でまくしたてると、エンジンをかけたまま停止していたジープに飛び乗った。車は再びアクセルをふかし、長浜の横をすり抜けて先に進んだトラックの車列を追った。

ジープの新型V16エンジンはオートマチックトランスミッションながら排気量２８３５ccの４気筒ディーゼル、最高出力は１２５ps（４０００rpm）を誇る。だが、その車でも泥土にぬかるんだ湿地帯を走るのは容易なことではなく、動きがとれなくなるたびに、運転する瀬良《せら》士長はアクセルを思い切り踏み込んだ。メーターには赤やら青やらの警告標示が点灯を始めていたが、そんなことに構っていられる余裕はなかった。それでも車体自身の出力に落ちた気配がまったく見られないのは、ある意味でこの車のタフさを証明していた。

「なるべく乾いた地面の上を走れ！」

「そんなこと言われたって、こう草だらけじゃ地面なんか見えないですよ！」

掛井に怒鳴られ、ハンドルを握る瀬良は思わず怒鳴り返して舌を噛んだ。

「これじゃ前の車に追いつけん！　何とかしろ！」

「何とかって」

次のトラックの後尾まではまだ50メートル近くある。さらにその前に中型トラックが２輌、大型が１

輛、間延びした間隔をあけて、すでに湿地帯を抜けたのか、徐々に速度を上げ始めている。

「いかん……」

掛井は呟いた。車列は大きく左に迂回を始めていたのだ。掛井は双眼鏡を目に当てた。先頭の大型トラックのさらに前方を、1輛の高機動車が疾駆していた。乗員は……いない。誰が運転しているのか確かめようとして、掛井は息を呑んだ。双眼鏡の中に、明らかに取り乱した様子でハンドルにしがみつく藤原の姿があった。

ガクンと何かに引っかかったように車体が停止し、掛井は思わず車体から放り出されそうになった。

「どうした?」

「窪地《くぼち》にはまり込んだみたいです!」

瀬良がアクセルを踏み込むが、とうとう車輪は虚しく空回りの音を響かせ始めた。掛井は車載無線のマイクを握った。

「こちら掛井!」

「島だ!」

「本車はトラックを追跡不能! トラック隊先頭の藤原隊長の高機動車は目下金ヶ崎方面に向けて進行中! トラック4輛も隊長車に後続せり!」

「なにっ……!」

島は、装甲戦闘車上からの発砲を停止し、双眼鏡を目に当てた。

山沿いに開けた草原地帯となった麓の平地をまっすぐ西へ、すなわち吉継が指摘した伏兵の危険がある金ヶ崎の森に向けて、1台の高機動車が走り続けている。

運転席の藤原の背中が見えた。あの隊長のことだ。またもパニックを起こして、自分だけ一目散にこの危機から逃れようとしているのかもしれない。

島は一瞬、一抹《いちまつ》の哀れさを覚えた。だが、すぐにその隊長車にすべてのトラックが追従していることを思い出した。

突然、双眼鏡の視界が真っ暗になった。

双眼鏡を外した島の眼前に、素肌に具足を直接つけた色の浅黒い男が、脇差《わきざし》のような短めの刀を島めがけて振り下ろすところだった。

ダラバッ！

島の頭の後ろから銃撃音がして、男は胸にあいた3つの穴から血の放物線を描いたまま、装甲戦闘車上から地面に落下していった。

「なにぼけっとしてるんです！　あいつら、めちゃ身が軽い！　地面から走っているこの車輌に飛び移ってきますよ！」

大賀が機関拳銃の銃口を構えたまま、島に怒鳴った。その大賀の足元の向こうに、下からぬっと伸びてくる手を見つけて島はハッとした。

「大賀、後ろだっ！」

驚いた大賀が振り向きざまに、装甲戦闘車のスカートにしがみついていた雑兵めがけて機関拳銃を乱射した。大賀の足元にピンク色の脳漿《のうしょう》が飛び散り、男は落ちる寸前、もう片手に持っていた黒い球を装甲戦闘車の上に残していった。

ころころと目の前に転がってきたその黒い球を見た瞬間、島は本能的に半長靴でその球を蹴飛ばした。球は草原に転げ落ちる途中で、バンッと音を立てて破裂した。

「ありゃ……手榴弾《しゅりゅうだん》ですか!?」

「かもしれん」

現代の手榴弾に比べれば殺傷力はそれほど高くはなさそうだが、火薬を固めた上から導火線を巻き、さらにその上から膠《にかわ》で球形にしたそれは、間違いなく手榴弾と同じ原理と言えた。もちろんこのときの島たちは知る由もなかったが、彼らを襲ってきたのはただの足軽雑兵ではなく、特殊な修練を積んだ忍びの集団である。

俗に素破《すっぱ》や乱破《らっぱ》と呼ばれる情報収集、時には情報攪乱《かくらん》の役割を負う忍びがこの時代の忍びの一般的なイメージだが、それに対して戦場で攻撃的な働きを担う少数精鋭の集団も存在した。彼らは戦忍《いくさしの》びと呼ばれ、現代で言う特殊部隊と思えばわかりやすいだろう。いま、装甲戦闘車に襲いかかってきたのはまさしくその戦忍びであった。

バムッ！

島と大賀のすぐ後方で破裂音がした。

「しまった！」

島が振り向くと、砲塔の中から黒煙がもくもくと立ち上り、ハッチの中で大久保と小田部がそれぞれ真っ青な顔をして苦悶の表情に顔を歪めていた。

「大久保っ！」

島はハッチから出ている大久保の肩を掴んだ。

「だ、大丈夫です、自分は、それより……」

「こいつかあっ！」

大賀が装甲戦闘車の主砲にぶらさがっていた男を機関拳銃で蜂の巣にした。男は力尽きて地上に落ち、その上を装甲戦闘車が押し潰していった。

島は大久保のヘッドセットから操縦手に指示した。

「小林、停止しろ。怪我人が出た！」

幸い、大久保も小田部も命に別状はなさそうだったが、ハッチの隙間から投げ込まれて砲塔内で爆発した爆裂弾のために、下半身に派手な裂傷を負っていた。

「柴田、穴山、手伝え！ 2人を兵員室に運び込むんだ！」

島は兵員室の隊員たちに指示し、2人が砲塔内から兵員室に引き込まれると自分は車長席のハッチに入り込んだ。砲手席を見るとちゃっかり大賀も入り込んでいる。

「使えるのか？」

島が聞くと、大賀は平然と答えた。

「特科の火器は趣味じゃありませんがね、重MATくらいならそう違いはないでしょ」

島とて、装甲戦闘車の指揮を訓練した経験はない。だが、やらねば結果は死が待つだけだ。

停止した装甲戦闘車の周囲に、草むらの中から例の身軽そうな具足姿の男たちが、こちらの様子を警戒しながら現われ始めた。

「小林、発進、10時の方向、全速！」

「了解！」

再び加速し始めた装甲戦闘車を追って、男たちはわあわあと声を上げながら駆け寄ってきた。島は装甲戦闘車に追いつきかけた人間めがけて、片端から9ミリ拳銃でその額を撃ち抜いていった。

もう、なるべく相手を殺さないような戦闘などできない。敵を見た瞬間に撃たなければ、こちらが殺られるのだ。

島は大久保車長のヘッドセットを着けたまま、上空のOH―1と交信した。

「松永です！」

「大至急、高機動車前方の森を調べてくれ！」

「了解！」

轟音を立ててOH―1が島たちの頭上をかすめるように飛び去り、藤原の高機動車をも追い抜いて左方の森に向かった。これに気づいて藤原が車を停めてくれればいいのだが、おそらくそうはならないだろう。

ほんの30秒もたたないうちに、島のヘッドセットにヘリからの声が飛び込んできた。

「こちら松永！　林は危険です！　総数は見当もつきませんが、林は危険です、繰り返します、林は危険です！　総数は見当もつきませんがモニターにかなりの兵力が感知され、味方がこちらに向かえば地形的にも袋の鼠《ねずみ》になると思われます！」

「牽制できるか？」

「ミサイルを積んでません！　でも早く何とかしないと……みんなこっちに向かってくる！」

「わかった、引き続き空から本車輌周囲の雑兵の位置を確認してくれ」

「その前に隊長車に接近して、何とか停止してもらうよう説得します！」

「かまわん、こっちに戻ってこい！」

「しかし」

「命令だ！」

「……了解」

松永はそれ以上反問せず、OH—1は金ヶ崎上空で大きく迂回し、島たちの方向に戻ってくるのが見えた。

松永が島の口調に何を感じたのか、それを詮索《せんさく》している余裕はなかった。島は、自分が決断の時に直面していることを悟った。

「雑兵集団を突っ切りました、戻りますか？」

大賀が島に聞く。

「いや」と答えて島は、操縦手にそのまま山裾に沿って金ヶ崎方面に進路を向けるよう指示した。「とにかくトラックを止めなければ」

「間に合いません！　トラックは高機動車を追って次々とあの森に向かっています！」

「わかっている」

「あそこで大人数に囲まれたら、この車輛の火力だけで全員を救出するのは」

「わかっているから少し黙れ！」

島は珍しく部下を怒鳴り、大賀は黙った。

伏兵の潜む森まで、この位置からは2キロ近くある。小火器で手の届く距離ではない。その真ん中めがけて、藤原の車がトラックの全隊員を誘導している。

死ぬのか。

たった一人の上官の行動のために、残った部隊の半数以上が死ぬはめになるのか。ならば俺たちは何のためにここに来たんだ⁉　はるか４００年もの時間を超えて、ただ犬死にするためだけにやって来たというのか？

違う。

俺たちがここに来たのは何かきっと意味があるはずだ。そう思わなければ、あまりにこの状況はつら過ぎる。少なくとも、島を含め自衛隊員の誰一人として、無意味な死を望んではいないはずだ。

島は、そこでついに己がなすべきことを決断し、顔を上げた。

それからの1分間に起きたこと、島の指示の内容は、そのときの装甲戦闘車乗員の誰もが、決して、他人に明かすことはなかった。それはこのとき島のそばを離れていた掛井に対してすら同様であった。

その掛井は、やっとの思いでジープを湿地から脱出させ、助手席に飛び乗ってトラックを追いかけようとした矢先だった。

「装甲戦闘車がこっちに向かってきます！」

「なに？」

瀬良の声に掛井は右方を見た。

２００メートルほど向こうから、湿地の草をバダダダダダとキャタピラで踏み潰し、装甲戦闘車が猛速で近づいてくる。

「バックさせろ！」

「いまやっと出たばっかなのにっ!?」

掛井は装甲戦闘車の進路から車をどかせようと瀬良に指示した。

装甲戦闘車が左右に揺れるたび、砲塔もまたバランスをとるかのように左右に揺れている。このままではジープは踏み潰される。手を振ろうとして掛井は、装甲戦闘車のハッチにも車上にも人影がないことに気づいた。

みんな砲塔内に入ってるのか!?

掛井はマイクを握って装甲戦闘車に連絡を取ろうとした、その次の瞬間。砲塔の左右に取り付けられている79式対舟艇対戦車《たいしゅうていたいせんしゃ》誘導弾発射装置の左側が突如火を噴いた。

「うおっ!?」

掛井と瀬良は思わず頭を下げた。その頭上をワイヤー付のミサイルがやや尾部を下げた形でふわりと飛び越え、安定翼《フィン》が展開した。ワイヤー伝いに標的の指示を受けたミサイルは、徐々にそのスピードを上げていく。

掛井は慌てて双眼鏡を目に押し当て、助手席から身を乗り出さんばかりにミサイルの飛翔方向を確かめた。

その線上に高機動車の姿を認めた瞬間、双眼鏡の中が白く光った。掛井は思わず双眼鏡から顔を離して目を閉じた。

数秒おいて視界の中から白煙が風に流され、そこにあったものの形が見えてきた。もう一度双眼鏡を覗き込んだ掛井の視界に入ったのは、舐《な》めるような火に巻かれて、黒く焼け焦げた高機動車のフレームであった。上から運転席を直撃したらしく、屋根とドアは吹き飛び、まるでオープンカーのようになっていた。もちろんそこに座っていたはずの人物の姿は、影も形も残っていない。

「やっ……ちまった」

掛井は双眼鏡を下ろし、呆然と呟いた。

「掛井曹長！」

ジープの手前で停止した装甲戦闘車の車上から島が呼んだ。

「先行したトラック隊を誘導しろ！　本車輛は金ヶ崎に潜む伏兵にあたる！」

「了解っ！」

即座に気持ちを切り替えた掛井は車を発進させた。高機動車への砲撃に動転したのか、トラックはすべて停止している。掛井が一番先頭の大型トラック後尾に追いつくと、顔を真っ赤にした涌井が飛び降りてきた。

「やったな！　貴様らっ、藤原隊長を殺したなっ！」

「誤爆ですっ！」

掛井はずかずかと歩み寄ってきた涌井に胸ぐらを掴まれながら、咄嗟《とっさ》に嘘をついた。

「なにい？」

「前方の森の伏兵を狙うつもりが、ミサイルが高機動車に反応してしまったんです！」

「そんなでたらめが通用すると……」

突然、トラック前方に広がる山裾から、森全体がどよめいたのではないかと思えるような喚声が響いてきた。

森の中から長槍を水平に構えた雑兵たちが、その後方に騎馬武者を引き連れ、洪水のように草原に飛び出してきたのだ。高機動車への砲撃に驚いた敵は、待ち伏せ作戦を放棄したらしい。

だが、伏兵たちは思ったより近くの森にまで潜んでいた。右手の森から飛び出してきた雑兵たちの表情まで、いまははっきり見える。掛井は一瞬、見渡す限り敵に囲まれたのではないかと錯覚した。いずれにせよ、このままではトラックは数十秒で完全に退路まで断たれてしまう。

迫る大軍に顔を向け、ぽかんと口を開けていた涌井の手を掛井は振り払った。

「涌井2尉、全トラックに退却の指示を！」

「し、しかし……どこへ？」

すぐ近くで炸裂《さくれつ》するような轟音が響き、先頭を切ってトラックに向かっていた雑兵の一団の姿が炎と土煙に包まれた。

トラックの右後方から装甲戦闘車が徐行して近づいてきた。

「いったん川向こうに戻るんだ！　浜で望月さんたちと合流する！」

車上から島が涌井たちに怒鳴り、装甲戦闘車はそのまま再び速度を上げて直進すると、エリコン35ミリ機関砲を殺到する軍団に向けて連射し始めた。

砲弾は次々と草原に穴を開けていく。だが、直撃を受けた雑兵以外は一瞬、音と光にたじろいで地面に倒れこむものの、やがて自分の体が無傷であることに気づくとすぐまた立ち上がり、奇声を上げて突撃を再開する。はっきり言って狙いも何もない、破れかぶれのような砲撃であった。

「……ひでえな。誰が撃ってんだ？」

掛井はジープをバックさせながら、ぼんやりと呟いた。

「くそっ、やっぱりわかんねーよ、この砲の扱い方はっ！」

砲塔内の砲手席にいた大賀は、癇癪を起こしたように立ち上がり、ハッチから身を乗り出して車長席の島に声をかけた。

「小隊長、近接しましょう！　やっぱり小銃の方がいいや！」

「大賀っ、伏せろ！」

島の声と同時に砲塔の中に身をすくめた大賀の周辺に、カンカンッと音をたてて弓矢がぶつかった。

装甲戦闘車の右手の草むらの中から、ざっと10人ほどの弓兵が立ち上がり、二の矢をつがえようとしている。

「ちっ、いつの間に⁉」

立ち上がると同時に大賀は、右側面に向けて機関拳銃を乱射した。弓兵たちは端から順番に倒れていくが、残った者たちはなおひるまずに弓を射かけようとしている。

「逃げろよっ！　なんで逃げねえんだっ⁉」

大賀は叫びながら、機関拳銃の引き金を引き続けた。ボルトがガチャッと音を立てて戻った。

「弾あっ！　誰でもいいから9ミリの弾くれえっ！」

大賀は砲塔内から兵員室に向かって叫んだ。

島は左方から迫る雑兵に向けて機関拳銃を連射しながら、リップマイクに手を添えた。

「ＯＨ―１！　状況を報せよ！」

「こちら松永！　敵兵の進行速度はいまだ止まらず！　草原に現われた敵の総数、およそ１０００、このままでは囲まれます！」

「１０００人……」

島は呟いてこの装甲戦闘車に搭載するミサイル数と、小銃の残弾数を考えた。密集している敵ならともかく、このように四方八方から分散して迫る敵に対して、残るミサイルだけで面的制圧を行うのはほぼ不可能だ。といって、１０００人もの敵を駆逐するほどの銃弾はない。どうすればいいのだ。どうすれば全隊員をこの危地から無事に脱出させられる⁉

そのとき、後方から新たな喚声が上がった。

「なにっ⁉　また新手っ？」

大賀も思わず振り向いた。

「万事、休す！」

地上の掛井も、声のする方に顔を向けた。

島は、双眼鏡を目に当てて確かめた。いつからそこにいたのか、大谷領となる川向こうの土手の上を埋め尽くすように、ずらりと具足に身を固めた足軽兵たちが居並んでいた。彼らは黒地に白丸3つを縦に染め抜いた細長い旗を背負い、その旗が海側から川を上って吹く風にばたばたとはためいている。

列の中央辺りに鹿の角を取り付けた兜をかぶった、大柄な騎馬武者がゆっくりと姿を現わした。

「あれは……」

島は双眼鏡の中にその武将の姿を確かめ、呟いた。

その男、宇津木長門守重兼は右手を顔の横まであげ、左右の兵を確かめるように見渡すと再び正面に顔を戻し、右手を前に振り下ろした。

その合図と同時に、居並ぶ大谷軍団は「うおおおおおっ」と声を上げながら一斉に土手を駆け下り、猛然と川を越えてトラック部隊に迫り始めた。

「くそおっ、大谷吉継め！　やっぱり殺しときゃよかった！」

大賀は血走った目で島に迫った。

「小隊長！　装甲戦闘車を奴らに向けましょう！」

「待て！」

「待つ時間なんかない！　退路を大谷軍にふさがれては望月さんとも合流できません！」

「よく見ろ……大谷軍は俺たちに向かってきてるんじゃない！」

「えっ？」

大賀はもう一度、大谷軍の動きを見た。

川を越えた足軽は、長浜のトラック後方20メートル辺りで二手に分かれ、それぞれ左右から迫る金ヶ崎の伏兵たちに向かって攻撃を開始したのだ。

それは島たちが初めて見る、刃物と刃物による白兵戦だった。

大谷兵たちの動きは早く、そのうえ圧倒的に強かった。先鋒《せんぽう》の槍隊が堀尾の兵と交錯したかと思うと、草原の随所からパッパッと赤い飛沫が舞い上がり、文字どおり辺りに血の雨が降った。

「島殿ーっ！」

ただ一騎、川から直進してきた重兼が、馬で駆け寄ってきた。

「重兼殿、これは？」

島がまだ頭を整理しきれないまま問い返すと、重兼は柄の太い短めの槍を左脇にたばさみ、右手に手綱を掴んだまま島に顔を上げた。

「我らが殿軍《しんがり》として堀尾の兵にあたる。いまのうちに貴殿の兵を我が領内へ戻り参らせよ！」

「しかし……それでは吉継殿のお立場は？」

「こは殿の御命令なれば、我らは下知に従うまでのこと」

重兼はそこで島に凄みのある笑顔を見せた。

「我が殿の御性分じゃ。是非に及ばず！」

重兼は左手の槍を高々と挙げ、響くような笑い声を上げながら、両の踵《かかと》で馬の腹を蹴った。驚いた馬は重兼を乗せたまま、再びトラック後方で衝突する堀尾勢と大谷勢に向かって駆けだしていった。

「小隊長！」

ヘッドセットに掛井の声が聞こえた。

「ここから見える状況がちょっと判断しかねるのですが、いま川向こうから……」

報告しようとする掛井を島は遮った。

「状況は確認した。大谷の兵が加勢についた。よって本隊はこれより上陸地点の浜を目標として退却する」

「何ですって？」

「反問するな。掛井曹長、すみやかに命令を実行せよ！」

「り……了解！」

全トラックはようやくもと来た方向に向けて移動を始めた。

今度は長浜のトラックが先頭で戻ることになる。

島の装甲戦闘車はもっとも金ヶ崎の森に向かって突出していたため、自衛隊の殿軍を務める形になったが、退路の両翼を閉じようとしていた敵に重兼があたってくれたおかげで、金ヶ崎方面から殺到しようとする敵を牽制すればすむ。

だが敵もまた、大谷軍の出現を見て士気が挫《くじ》かれたのか、後退し始めた自衛隊車輛に対し、必要以上に追いすがろうとする態度は明らかに消えた。

俺は……いや、この戦場に足を踏み入れた自衛隊員は全員、大谷吉継によって命を救われたようなものだ。

装甲戦闘車がようやく大谷領側の土手へと戻ったとき、縦横に戦場を馬で走り回って兵をまとめながら戻ってくる重兼の姿を振り向いた島は、そう心の中で呟いた。

撤退に成功した島は敦賀城前で装甲戦闘車を降り、吉継に礼を述べるため今度は単独で会うことにした。装甲戦闘車は大久保と小田部の手当を急ぐためにそのまま浜に戻した。彼が吉継との短い会見をすませ、運転手の瀬良と共にジープで浜に帰りついたのは、彼の時計で午後4時13分のことである。

トラックはすべて無事に戻っていた。また、浜に残っていた隊員を監視していたはずの大谷兵は吉継からの報せが届いたのか、林に入る道の手前に残る槍を立てた雑兵数人を除いて姿を消していた。

「島っ！」

ジープから降りた島に、望月がそう叫んで駆け寄ってきたとき、島はすでに心身ともにぼろぼろの状態だった。

いったい今日一日で何人の人間を殺し、何度ここで死ぬのかと肝の縮む思いをしたことか。それとも戦国に生きる人間はこんな日常の繰り返しを生きているというのか？　もしそうなら、それが自分たちと同じ遺伝子を持つ日本人だとは、このときの島はとても信じる気にはなれなかった。

休みたい。せめて1時間でもいい、誰にも邪魔されず横にさえなれるなら、命と引き換えでも惜しくはない。

島は地面に足を下ろしながらそんな混乱した思いが頭をかすめた。が、望月の顔を見た瞬間にかろうじて踏みとどまった。

まだだ。まだこれから、自分にはやらねばならないことがある。

「よく無事で戻ってきた！」

望月が島の両肩を何度も叩き、手を握った。

「望月さんこそ、いろいろ大変でした」

「俺はいい。俺は、結局何もできなかったんだ。あの隊長を止めることも……」

そこで望月はふと気づいたように言葉を切り、少し声を低くした。

「藤原隊長のことは聞いた。あれは……事故だったんだな」

「望月さん」

「何も言うな。事故だったんだ。掛井曹長が触れて、みんなそれで納得している。結果的にそのおかげでそれ以上の犠牲を出さずにすんだ。そのことに文句を言う奴はいない」

「恐れ入ります」

「とりあえず今夜、派手なことは何もできんが、ここで隊長を含めた犠牲者の隊葬をしようと思っている。こんな言い方は何だが、今後の方針について考えるいい機会だと思うが」

「ええ、実はそのことで相談が」

「あれえ？」

先に装甲戦闘車で浜に戻っていた大賀が、小銃を肩にかけて近寄ってきた。島の背後でジープの後部席からひょいと降り立った人物に興味を引かれたからである。

「小隊長、その男は？」

「ああ、敦賀城で重兼殿が、我々との連絡役としてつけてくれた。名は飛助というそうだ」

「飛助？」

大賀は飛助の前に立ち、しげしげと頭の先から足元まで眺めた。

飛助は小学生といっても通りそうなほどの小柄な男だった。おそらく身長１６０センチにも満たないであろう。だが決して彼が年少に見えなかったのは、その黒く日焼けした顔面に彫り込まれた無数の皺《しわ》と、農民が着ているような袖の短い衣服からのぞく腕の、凄まじいばかりに鍛えられた筋肉のためである。

「おまえ、あのときいただろ。俺たちが敦賀城で吉継さんと話しているとき」

気安く語りかける大賀を、飛助は上目遣いにちらと見上げたが、何も言わずに黙り込んでいる。

「おまえが余計な報告をしてくれたおかげで、俺ら危うく殺されそうになったんだぜ」

大賀は例によって軽口を叩いたつもりだったのだろうが、飛助はにこりともせずにぼそりと答えた。

「下知さえあれば」

「は？」

飛助は顔を上げて大賀を睨み付けた。

「殿の御下知さえあれば、この浜でうぬらを殺す機会はいくらもあった。この兵の中で面倒そうな奴は誰と誰か、ちょっと見とればすぐわかったからの」

飛助は大賀と島を交互に見た。

「これさえ先に殺《あや》めてしまえば、他の兵がいかな得物を持っていようと恐るるに足らず、大谷家が御面倒に巻き込まれることもありますまいとな。じゃが殿は御承知くだされなんだ。城に向かう鉄の車の上のうぬらを、わしがずっと狙うておったことも知るまい」

「な、なんだとっ!?」

大賀は思わず頭に血が上って声を荒らげた。それを見て飛助は、初めてにやりと笑った。年齢不詳の顔はその一瞬、童子の顔になった。

島は２人の様子に気づいて、大賀に言った。

「ちょうどよかった。俺は望月さんとちょっと話がある、大賀、飛助に隊の中を案内してやってくれ」

「な、なんで俺がっ？」

「気が合いそうじゃないか」

「なんでっ!?」

だが、大賀の反問を背中で受け流し、島は望月と本部テントに向かって歩いていく。残された大賀は飛助に顔を向けた。

「うぬの殿の御下知じゃ。従うしかあるまい」

飛助はやや顔を大賀に突き出し、挑発するように言った。

「あれは殿じゃない！」

「では何だ？」

「あれは、つまり、上官だ」

「じょーかん？　それは何だ？」

「だから、我々に指示を与えたり、命令したり……」

「では殿ではないか」

「それは……ち、違う！」


大賀は自分で泥沼に入っていった。


午後7時。浜では、この2日間に命を失った犠牲者のための隊葬が執り行われた。

この浜に上陸して、島が吉継との最初の会見に向かうまでの間に、大谷兵の襲撃によって陸自8名、海自3名の死者が出ていたが、島が再びここに戻ってきたとき、その数は陸自11名、海自4名に増えていた。その代わり、重軽傷者の数は8名に減った。武智医官によれば残った8名の隊員は、まず命に別状ないだろうという。これに藤原を加えると、上陸以来自衛隊員は実に16名が死亡し、残った隊員の数はちょうど100人となった。

葬儀にはそのほとんど全員が参加し、黙禱《もくとう》を捧げた。天幕で武智の治療を受けていた傷病者も、重傷でベッドから動けない人間2名を除いて隊列の端に連なり、昨日まで苦楽を共にした仲間を見送ったのだ。

棺桶代わりの遺体搬送袋に入れられた隊員たちは次々とジッパーを閉じられ、林の中に掘られた穴へ埋められた。ただ、藤原のみ死体は回収されなかったので、彼の着ていた制服が代用された。林の中に自生していたクリの木を伐《き》り、形ばかりの墓標も作られた。

　いずれはこのあたりもすぐにまた深い森に覆われ、朽ちた墓標は周りの木々に溶け込んで見分けもつかなくなるだろう。そのおかげで数百年は、彼らの眠りを妨げるものはいないはずだ。だがその後、敦賀が大きな都市となり、この森が開発のために切り開かれるようなことがあれば、もしかするとその整地工事中に、彼らの骨が発見されないとも限らない。果たしてそのとき彼らは、ようやく現代に戻ったと言えるのだろうか。島は隊員たちが穴を埋め戻す作業を眺めながら、ぼんやりとそんな想像を巡らせていた。

　一通りの儀式がすむと、望月が投光器で照らし出された明かりの中に進み出て、整列する隊員たちを、浜の砂上に座らせた。

「さて、諸君ももう気づいてはいるだろうが、我々はいま、極めて特殊な状況に置かれている。そこでこの機会に今後の方針を諸君と相談したい。以後は階級職種関係なく、質問や意見のあるものはいかなる発言をも許可する。ただし、勝手な発言は慎むように。できれば全員が、全員の発言を検討できるようにしたいのだ」

　隊員たちはざわざわとざわめき始めた。ほとんどの隊員が不安な表情で、隣の隊員と顔を見合わせたり、ぼそぼそと話したりしている。望月は声を張り上げた。

「いま勝手な発言は慎めと言ったばかりではないか。意見のある者は手を挙げろ」

　最前列にいた普通科の2士が手を挙げた。

「今後の方針って……それは、本部の指示を待たずということですか」

「本部はすでに存在しない。いや、方面総監《ほうめんそうかん》も陸幕も、我々の知っている日本政府という存在すら、ここにはないと断言する」

隊員たちの間を明らかな衝撃が突き抜けた。

もちろんこの2日ばかりの経験で、ここが自分たちがいままでいた世界とはまったく異なる場所であることは、もう誰も疑ってはいなかった。だがそれでも、ここが自分たちの世界と皮一枚でもつながっているのではないかという、かすかな希望は残していた。それとても確かな証拠があるわけではなく、ただ、誰かが言った言葉や、自分の思い込みにすがっていただけだが、その心理の裏には上層部はヒラ隊員が知らない情報を何か握っているはずだという、彼らにとっての常識も作用していた。しかし、いまの望月の言葉はその最後の希望を完全に打ち砕いた。

「どういう意味だ？　それはいったいどういう意味なんだ!?」

それでもまだ実体のない希望にすがりつきたい隊員が叫んだ。望月は、いつものポーカーフェイスで、声のした方を一瞥した。

「いま説明する。今後の行動について、この状況のコンセンサスを得ておくことは前提条件だからな。上陸以来、最前線でこの国の現地人ともっとも多く接触した島3尉の発言を聞け」

望月からマイクを受け取って、島が投光器の照明の中に姿を現わした。

「我々は地理的に日本から離れた場所に移動したわけではない。ここは日本だ。日本の敦賀だ。そのことを疑う余地はない。さらに現地人も日本語を喋り、我々とのコミュニケーションに原則的に問題はない」

島は隊員たちの姿を見た。前列の方で島の姿を見上げる隊員たちの表情は見えるが、奥の方になると、もう半分闇に紛れてぼんやりとした人影程度にしか認識できない。それでも島は、いま全員が彼の一言一句に集中しているその視線を、ひしひしと体に感じていた。

「だがそれでも我々は、我々がもといた世界から恐ろしく遠く離れた場所に飛ばされたと言わざるを得ない。単刀直入に言おう。我々がいまいるこの場所は、我々がいた世界からはおよそ400年離れた過去の時代である」

隊員たちには何のリアクションもなかった。ただ、水を打ったようにしーんと静まりかえっている。だがそれは、島の言葉に呆《あき》れているわけでもなかった。

「そう、諸君の中にも、もしかするとそういうことではないのかと感じていた者もいるだろう。だがあまりに突飛な考えだと、すぐに頭の中で打ち消していたかもしれない。俺もそうだった。だが、ここで生き残るためにはいかに不合理な現実であろうと、目の前で起きている事実を受け入れるしかない。そうしなければ混乱したまま死ぬことになる。いま俺たちが見送った、16人のように」

中列にいた年若そうな3曹が立ち上がって聞いた。

「島3尉はそんな……SF小説のようなことが実際に起きたと考えられたのですか？」

「SFなら死んだ人間も生きている人間もすべて架空の登場人物だ。死んだ俺たちの仲間はそうではない。つまりこれはSFでも小説でもない現実の出来事だということだ。なぜそんなことが、どういう理屈で起きたか、それはこの際まったく関係ない。俺たちは科学者ではないし、科学者だって説明できる人間なんかいないだろう。いま起きている事実をのみ受け入れろと、そういう話をしている」

3曹は黙ったまま座り込んだ。

「ただ、我々にとって幸いだったのは、時を超えて上陸したのが、敦賀を支配する大谷吉継の領地だったことだ。吉継殿は我々の苦境を察し、当面の食料補給、また林の一部を切り開いて、我々が宿営するための施設を設置することを認めてくれた」

隊員たちの間に、また微《かす》かなざわめきが広がった。それは当惑なのか安心なのか。だがとりあえずは、この浜にいる限り、敵に襲われる危険が少なくなったということは理解できたようだ。

「ここが我々の知っている歴史に正しく沿った世界であるなら、今日は西暦１６００年の7月10日であることも確認した。ただし、月の方はおそらく旧暦呼称だろうから、現代の7月よりは多少進んでいるはずだ。我々の部隊が日本を出港したのが8月18日だから、もしかすると日付的にもその前後ということになるのかもしれん」

島はここで言葉を切った。いよいよこれから、もっとも重要なことを伝えねばならない。

「吉継殿はこの浜にいる限り、我々の安全を保証してくれた。だがおそらく、この約束は2ヵ月程度しか守られないだろう」

隊員たちのざわめきは、明らかに当惑の色が濃くなった。「なんだって?」「どういうことだ?」微かな声が、島の耳にも届いた。

「この中に、この時代の歴史に詳しい奴はいるか? 徳川家康が実質的に天下を握った関ヶ原の合戦が行われた正確な日付を言えるものがいるか!?」

島は隊員たちを見回した。前列にいた隊員たちは、島が顔を向けると、みんな自信なげに顔を伏せた。

「穴山１士」

島が指名すると、第2小隊の列の中にいた穴山が立ち上がった。

「西暦１６００年、9月15日です」

「ありがとう。実は俺もそこまで歴史に詳しくはないのでな」

島は苦笑したが、隊員たちは誰も笑わなかった。

「どういうことかわかるか? つまりおよそ2ヵ月後、この国は一気に徳川家康が支配する国に変わるということだ。大谷吉継は西軍側につき、関ヶ原で戦死する。敦賀は吉継に代わって徳川の息のかかった武将が送り込まれてくることになるだろう。その武将が吉継殿と同じように友好的に接してくれるかどうかはわからん。いや、後の徳川政権の性格から考えて、我々のような正体不明の異人は、徹底的に抹殺される危険性が極めて高い」

「そ、それじゃ俺たちはどうなるんだ！」

たまりかねたように、前列にいた長浜3尉が立ち上がった。

「状況はわかった。俺たちは関ヶ原前夜の日本にいる。笑うしかないが、それはそれで納得しよう。だがそんなことより、俺たちはどうやれば元の世界に戻れるのか、それを教えてくれ！」

「そんなことは俺にもわからん！」

島は長浜を一喝した。

「どうしてここに来たのかすらわからないんだ。帰れる保証があるかないかもわからん。ただ、はっきり言って俺は帰れる可能性はないと思う」

「そ、そんな」

「歴史が絶対に過ちを犯さないなら、そもそも現代から来た我々に死者が出た時点で歴史の歯車が狂ってくる。もちろんいまから我々が現代に戻れると仮定すると、この時代で死んだ人間をどうするのかという問題が出てくる。つまり、少なくとも俺たちをここに運んだ何らかの力に、俺たちを現代に連れ戻そうなんて意志はないということだ」

長浜は顔を真っ青にしたまま、俯《うつむ》いた。島は一瞬、彼がそのまま泣きだすのではないかと思った。

「状況は以上のとおりだ。だが長浜3尉、我々はまだ、ここにこうして生きている。どうなるか、ではなく、どうするか、を考えることはできる」

望月が光の中へ戻り、島と並びながら長浜に声をかけ、そして隊員全員に顔を向けた。

「とはいえ、我々が隊の体裁を保ったまま行動する場合にとれる選択肢はそれほど多くない。したがって、これより今後の我々がとりうるプランを全員で検討したい。まず選択肢の一は、隊をここで解散することである」

望月のその言葉に、隊員たちは少なからずショックを受けたようだ。微かに聞こえていた私語もぴたりとやんだ。

「隊を解散し、各自が個人、もしくは少人数で協力しながらこの時代の中に紛れ、ひっそりと暮らしていく人生を全《まっと》うする。ただしその場合は、身を守る最小限の武器と弾薬は渡すが、戦闘車輌並びに野戦砲の類《たぐい》はすべてこれを海中に破棄する」

「どうしてそんなことしなくちゃならないんだっ⁉」

憤激したように隊員の中から声を上げるものがいた。

「考えてもみろ。俺たちの武器は、すべてこの時代の身の丈には合わないものばかりだ。本来、存在するはずのない兵器であり、もしもこれをこの時代の連中が使えるようになれば、日本史どころか世界史が塗り変わってしまう可能性すらある。いくら勝手に飛ばされたからと言って、俺たちにそこまで歴史を混乱させる権利はない。これは自衛隊員としてというより、一人の日本人として、現代に生きていた人間として守るべき原則であると信ずる」

望月は、表情を動かさずに淡々と続けた。

「次の選択肢は、このまま隊として行動すると仮定した上での話だが、この時代、我々を受け入れてくれるような大名は少なく、仮に受け入れてくれたとしたら、それはあくまで我々が保有する武器能力、つまりは我々自身を利用したいという思惑が隠れている公算が大となる。その場合、我々自身が争乱の火種になる可能性もある。そこで我々は適当な土地を見つけ、そこにこの時代のいかなる勢力とも関係を持たない自治区を造る。我々の保有する武器は、そのために使用する」

この話には、隊員たちのほとんどはそれが具体的にどういうことを意味するのか、すぐにはうまくイメージできなかったようだ。しかし、瞬間的に反応した人間もいた。

「おもしれえ!」

口から顎にかけて無精ひげの目立つ、大柄な男が立ち上がった。90式戦車の車長を務める三好弘海《みよしひろみ》陸曹長である。

彼は個人的に藤原が気にくわないという理由だけで、90式の移動を拒否、望月と共に浜に残った数少ない居残り組の一人でもあった。性格の荒いことは隊内外ですでに有名だったが、彼の戦車操縦術は性格とは正反対に、大胆でありながらも緻密《ちみつ》繊細だと評するものもいた。

「要するにこの国の中で独立国を造っちまおうってことだな。おもしれえ。いっそその勢いで、この国まるごと乗っ取っちまったらどうだ?」

その試みには先例がある。しかも、そんな目論見《もくろみ》は必ず失敗する。吉継と直接話した島は知っていたが、いまはまだその話題を持ち出すべきではない。

島は腕組みしたまま黙っていた。

「問題もある。まず第一に、我々がその目的を達成するのにどれほどの時間がかかるのか読めない。すなわち、武器弾薬の補充がまったく期待できない状況で、どの程度の火力を消費すればどの程度の土地を確保できるか、現段階ではまったく予想できないことだ。さらには仮にある程度の土地を手に入れたとして、今度はそれを維持するための火力も必要になる。先ほど島3尉から説明のあったとおり、この国はこれから徳川の統一政権が支配する時代に入る。そうなると国内すべての大名が敵に回る可能性があるということだ。有名な島原の乱では、原城に立て籠る農民たちに対して、幕府は10万人以上の兵力で臨んだという。同じような事態に至ったとき、我々100人だけで、10万人を相手にどこまで戦えるか、そういうことも想定せねばならない。まして日本全国をどうこうしようなどというのは、まったくの絵空事でしかない」

望月は三好の発言を切り捨てた。もっとも、ここでこの選択肢がほぼ空想に近いプランだということははっきり隊員に示しておく必要があった。そうしなければ、次に示すアイデアに隊員たちの気持ちが流れていかない。

「さて、これが最後の選択肢だ。やはり、隊として行動することが前提になるプランだが、これに関しては再び島3尉の方から説明してもらおう」

島は、望月が渡そうとしたマイクを断わった。この程度の人数なら肉声でも十分届く。さらに肉声ならば人は、聞き耳を立てるものだ。聞こうと思わなくても勝手に耳から入ってくる言葉と、積極的に聞きにいって入ってくる言葉は心理的にも影響が違う。島は、これから話す言葉には、全員に聞き耳を立ててもらいたかった。

「俺たちはいま、ある一つの目的を達成するために考えている。それは、俺たち自身が生き残るということだ。どうするのがもっとも生き残れる可能性が高いか、その一点について考えている」

島は、まるで陪審員の前で最終弁論をするアメリカの弁護士のように、隊員たちの前をゆっくりと歩き出した。

「その意味で第1案は非常に難しい。一人でこの時代に放り出されたとしたら、おそらく火をおこすのにも苦労するはずだ。まともな食事にありつけるようになるのだって、かなりの時間がかかるだろう。それも運良く、この時代の人間とトラブルを起こさずにすんだとしての話だ。では第2案はどうか。我々の武器を利用しながら隊として行動する、これはかなり心強い。当面は生き延びるチャンスも一番多いと思われる。だが、望月2尉が指摘したように、我々だけのコミューンを造ることに成功したとしても、はたしてそれをどこまで維持できるかという点が大きな問題となる」

島は立ち止まって隊員たちに体を向けた。

「実はこの第1、第2案ともに、共通するコンセプトがある。それは、なるべく我々の手で歴史をいじらないようにしようという暗黙の了解だ。第2案にしても、我々が暮らせる独立自治区を造るだけであって、積極的に日本の政治やこの時代の状況に絡んでいこうという話ではまったくない。ある意味、誰からも手を出されない、放っておかれるような環境が作れればいいのだが、これからの時代、恐らくそうはならないだろう」

「参勤交代するくらいですむなら、それでもいいけどな」

立原が言った言葉に、まわりの何人かが笑ったが、島は無視した。

「そこで第3案だ。はっきり言っておくが、これはもっともリスクが高い。しかし同時に、成功すれば我々は長期にわたって安全を確保できる可能性がもっとも高くなると思われるプランでもある」

明らかに隊員たちの表情が、興味を示す顔つきになった。よし、そのまま食らいついてこい。島は続けた。

「本日、我々のトラック部隊が大谷吉継殿の兵によって危地を救われたことはすでに承知のことと思う。直接会ったから言うわけでもないが、吉継殿は我々に対して何らの思惑もなく、我々がここに駐留することを許可してくれた。しかも先ほど聞いた話では、彼は今夜、再び兵をまとめ、この敦賀を出陣するという。何度も言うが歴史が正しく進むなら、彼が関ヶ原からここに戻ってくることは二度とない。東西両軍の決戦で西軍は負け、彼は死ぬからだ」

さあ、いよいよだ。島は軽く息をついだ。

「だが、もしもそうならなかったらどうなるか。吉継殿が生き残り、引き続きこの敦賀の領主として経営を続けていけるなら、少なくとも敦賀国内において、我々は身の安全を保証された立場で生活していくことも可能になると思われる。すなわち第3案とは、我々は吉継殿と軍事同盟を結び、来たる家康との決戦では西軍に加担し、これを勝たせるという作戦だ」

この言葉には、隊員のほぼ全員が唖然とした表情で島を見つめた。軍事同盟？　それは独立国が使う言葉だ。西軍に加担？　それはつまり、戦争をするということか？

「そのとおり。我々は西軍の兵力としてこの戦争に参加し、戦闘行為を行う」

　場の雰囲気を読んだ島は、先手を打つように話した。

「そんなことができるのかと思うものもいるだろうが、関ヶ原に参戦すれば戦うのは我々だけではない。西軍だけでも数万の大軍が集まる。我々はその中でピンポイントで、敵の主要部隊を壊滅させればいい。しかも東軍が勝つ歴史ではそのあと大坂城で2度の戦争が起きるが、西軍が勝ち、ここで家康が死ねば、恐らく天下を分けるような戦争はこの1度で済む。我々の働き如何では、その後できる新政権に対してある程度の発言力も持てるようになるだろう。その後の我々の生活と安全を保障するのに、これは大きい」

　徐々に隊員たちの間にざわめきが広がっていった。当惑の時期は過ぎ、その声は不安半分、期待半分に分かれてきているようであった。ここで望月がマイクを口に近づけた。

「俺はこの場で、島3尉の第3案を支持することを表明する。同時にこの案に諸君が賛成してくれるなら、今後の指揮権を島3尉に一任し、隊の組織も新たな戦闘部隊としてこの時代の戦い方に合う形で再編制するつもりであることを伝えておく」

　これは、望月が島から相談されたときに、望月から提案したことであった。望月は、島が隊長となって新たに編制した部隊を率いる条件でなら、島の案を支持すると言ったのだ。島としては当初、望月に指揮してもらえないかと懇願したのだが、望月はにべもなくはねつけた。俺は自分の分《ぶ》というものをわきまえている、というのがその理由であった。

　隊員たちの声は次第に大きくなっていった。危惧する声よりも、新たに提示された希望にすがろうとする声の方が大きく、やがては隊全体が島の示した方向へと流れていくのはほぼ確実と思われた。

そのとき、パチ、パチ、パチと間延びした拍手の音が聞こえてきた。島と望月が顔を向けると、隊員たちの最後列に立っていた武智医官であった。

「お見事だ。いやあ、立派な演説だった」

武智は、隊員たちが自分に十分注目するまで間を取ってから発言し始めた。

「島3尉、私は君は自衛官としては案外まともな人間ではないのかと勘違いしていたよ。だがいまようやくわかった。君ほど危険な人間を私はいままで見たことがない。いったいみんなをどこへ連れて行こうとしているのだ!?」

「ご質問の意味が、わかりかねますが」

島は、医官に対しては丁寧な言葉を使った。

「逆に君こそ、自分が何を言っているのかわかっているかと聞きたい。ついさっき、君たちは我々が勝手に歴史をいじらないのが原則だと言ったばかりじゃないか。それを西軍に加担するだの、家康を殺すだの、そんなことがもし本当に行われたら、日本の歴史は完全にひっくり返ってしまう。そんなことが許されると思っているのか?」

「我々は誰に許しを請わねばならないのですか?」

「良識だよ。モラルだよ。自分たちの都合で歴史を勝手にねじ曲げる、そんなことが許されていいはずがない」

「武智医官、歴史ならすでに曲がっているのです。我々がこの時代に流れ着いた時点で、この国の歴史は我々が知っている歴史とは微妙に異なっていた。だとすれば、我々がこの時代でどう自由に動こうと、結果的にそれが歴史になっていくのではないでしょうか」

「自分の行動を正当化するための詭弁《きべん》だな。それなら隊としての我々の行動原理から考えてどうなんだ?　自衛隊とは外敵から我が国土を守る場合においてのみ存在を許された武装集団だ。その武力を我々自身の安全を守るために使うことが許されるのか？　ましてここが日本なら敵もまた日本人だ。君はもしかすると君や私の先祖になったかもしれない人物をその手で殺すことになるのだ。いや、もう殺したかもしれんのだな。そのことに君は一片の良心の呵責《かしゃく》も感じないのか？」

　そこを衝かれると島は痛かった。だが、もう始めてしまったことなのだ。武智の言い分にも理はあると思うが、いまそんなことを言っている場合か、という苛立《いらだ》ちも覚えた。島が何か言い返そうとする直前、武智の前で三好が再び立ち上がった。

「賢い奴はいろいろ言いたがるが、現実を見て考えようぜ。俺は島3尉の意見に賛成だ。実際、俺たちが生き残るためにはそれ以外手はないだろ？　どうだ？」

　三好の問いかけに、隊員たちの中から「そうだそうだ」と同調する声があがった。こうなると場の流れは完全に、島の思惑どおり進んでいった。武智はなおも何か発言しようとしたが、その声は周囲の隊員たちのブーイングにかき消されて、ほとんど聞こえなくなった。やがて彼は諦めたように黙り込んだ。

「島3尉、俺たちはあんたを支持する。あんたを隊長として信任するかどうかなら、俺たちは全員信任だ。隊長がこんな方法で決められたなんて話は聞いたこともないが、ずいぶんと自衛隊も民主的になったもんだよな！」

　三好の言葉に、多くの隊員がどっと笑った。あとは全体の雰囲気に流されるまま、興奮した隊員たちが次々に立ち上がり、島への支持を表明した。島はいま、自衛隊を掌握しつつあった。

　そしてこのときを境にして、日本政府が派遣した朝鮮有事派遣部隊は事実上消滅したのである。

　敦賀城の東側に、気比神宮《けひじんぐう》という古い社《やしろ》がある。社殿の周囲は広壮な森で囲まれ、境内は古代の面影に包まれている。この本殿前にいま、大谷吉継と共に敦賀城を出た１５００の兵が集結していた。

吉継自身は、神仏の加護などというものはあまりあてにはしていなかったが、引き連れる兵たちにとって、神前で必勝祈願を行う儀式は欠くことのできないものであった。それをしなければたちまち兵の士気に影響するからである。だが、どう神に祈ろうと、今回の出陣の行く末は、目の見えない己が一番見えているという自負があった。

十中八九、負けるであろう。

それを知りながら、戦いに赴《おもむ》こうとしている自分の姿が、いっそ滑稽ですらあった。だが、何も知らずに主君である自分を信じて、戦場についてくる兵たちのことを考えると、吉継の胸は痛んだ。つつましくおだやかに暮らす我が領民たちの、何人の夫、何人の父親、何人の子どもを殺すことになるのか。

吉継は神に、許しを請うていたのである。

「殿」

参殿で神主の祝詞《のりと》を受ける吉継に、重兼が近づいて囁いた。

「聞こえませぬか」

「なに」

「空より、なにやら雷《いかづち》の如き音が、近づいておりまする」

吉継が岩佐五助に手を取られ、参殿から姿を現わすと、空も割れんばかりの轟音が頭上に響き渡り、参集した足軽たちは槍を構えながら上空を見つめ、一様に青ざめた表情で右往左往していた。

「しずまれっ！　うろたえるでない！」

重兼が叫んだが、足軽たちの耳には届かなかった。

重兼が顔をあげると、夜空の色よりなお黒い巨大な鉄の箱がゆっくりと神社の森を越えて近づいてきた。その箱は境内上空で静止すると、中から細い縄が投げ出されるように垂らされた。と、箱の中から身も軽く飛び出した人影が、その縄をつたってするすると舞い降り、最後はぴょんと飛び降りて、足軽たちの真ん中に着地した。

「飛助かっ！」

重兼は怒鳴った。

「さんそうろうっ！」

小柄な影は、着地点でかしこまったまま、応えた。

「首尾はっ⁉」

飛助は顔を上げて参殿の重兼を見た。

「お喜びめされっ！　ときの方々、御味方になり参らせそろっ！」

「長門、この次第は何とした？」

吉継が背後から問いかけると、重兼は反転して膝を折り、右手を床について言った。

「すべてはこの長門の一存にて謀《はか》りしこと、申し開くすべはござりませぬ」

「なんと？」

「先刻、島殿が殿との接見を終えられた折、それがし島殿と談合に及び」

「談合じゃと？」

「とき衆、我らの味方になってもらえぬかと。島殿、これを快諾され、いまその返答を持って参じられた由」

「ならぬ！」

吉継は目を閉じたまま、頭巾の下の血相を変えた。

「その議ならば無用！　ときの力に関わったものは必ず滅ぶ！　我らの戦にときの助力などいらぬ、このこと城でもしかと島殿に伝えおいたはずじゃが！」

「重兼殿を責めないでください」

いつの間にか、境内に立っていた。UH―60JAからリペリング降下した島が、

「これはどちらかといえば、自分から申し出たことなのです。自分が隊に戻り、全員の意思統一ができたなら、きっと加勢に駆けつけると」

「島殿、わしが城内で話したときの末路、聞いてはおらんかったか？」

「聞きました。その上で、覚悟を決めたのです。これは吉継殿のためというより、我々が生き残るために選んだ道でもあります。あなたが戦場で命を落と

せば、せっかくあなたが保証してくれた我々の安全も危ういものになります」

「わしが死ぬと？　戦はやってみなければわかるまい」

　吉継は兵の手前、強がって見せた。

「確かにそうですが、あなたはすでに我々の命を2度までも救ってくれた。1度目は浜で、我々を殲滅《せんめつ》することも可能だった状況で兵を退き、我々と話し合いをしてくれた。2度目は川向こうで、何の得にもならぬのに、いや、そのために自分の立場を追いつめる結果となることを承知で、我々の救援に駆けつけてくれた」

　島は吉継に2歩近づき、参殿の上の彼の顔を見あげた。

「そういう行いは、真の友人がとる行動です。そして私がそうあってほしいと願う日本の自衛隊は、決して友人を見捨てはしない！」

「友人……友、か」

　吉継は呟いた。その足元で重兼は俯いたまま、こぼれ落ちそうになる涙をこらえていた。

第二章　佐和山《さわやま》

1　盟約《めいやく》

ローターが発する轟音《ごうおん》が、間断なく機内を振動させている。

歩兵15名を輸送可能なUH―60JAの胴部で、吉《よし》継《つぐ》は軽く興奮した様子であった。

「飛んでおるのか。わしはいま……空を飛んでおるのか？」

膝《ひざ》の触れる位置で隣に座っていた島が吉継に説明した。

「天筒山《てづつ》の山頂よりも高い空を南に向かって飛んでおります。まもなく、琵琶湖《びわこ》上空にさしかかりましょう」

「おお」

吉継は島の肩に手をつくようにして機内で立ち上がった。

「わしはいままで、己《おのれ》の身に降りかかるいかなる宿命《さだめ》も恨んだことはない」

この歴史上初めて空を飛んだ戦国武将となった吉継は右手を伸ばし、愛《いと》おしむようにゆっくりと掌《てのひら》をヘリの窓に押しつけた。

「だが今宵《こよい》このときほど、失った両の眼を口惜《くちお》しいと思ったことがあろうか」

ヘリは敦賀《つるが》から湖北の山塊《さんかい》を飛び越え、眼下に月の光を浴びた琵琶湖の水面が広がってきた。夜霧にまぎれた対岸は、どの辺《あた》りにあるのか肉眼ではまったく見当がつかない。そのことがいっそうこの湖の巨大さを際だたせた。

ナイトスコープをつけて操縦桿《そうじゅうかん》を握る松永は、湖面だけを眺めていると眩惑《げんわく》されそうになり、思わず機体を倒してしまいそうになることが2度ほどあった。左方に湖岸を確認しながらの南下ではあったが、島からはあまり陸に近づき過ぎないよう厳命されていた。移動にわざわざ深夜の3時過ぎという時間を選んだのも、本格的に戦闘態勢を整えるまでは、なるべく他の土地の人間に自分たちの正体をさらしたくないという思惑《おもわく》があったからである。

だがいかにナイトスコープを装着し、高層建築や他の飛行物に気を配る必要がないとはいえ、ランドマークのまったくない暗夜《あんや》飛行は神経を消耗した。陸地に明かりなどほとんど見えず、ただ月光を照り返す湖面だけが頼りなのである。米軍のヘリ部隊ならば夜間飛行訓練もかなりの頻度《ひんど》で積んでいるが、実際、松永にはそれほどの経験はなかった。視界は限られ、両側頭部の神経がぴりぴりと頭を締《し》め付けるように感じた。

それでもときどき東方の伊吹山系《いぶきさんけい》に連なる山中に、煌々《こうこう》と焚《た》かれた篝火《かがりび》を受けて白く浮かび上がる巨大な建築物を視認することができた。それらは、たいてい城だった。

「10時の方向、湖岸に城が見えます」

松永が報告するたび、穴山《あなやま》が双眼鏡を持って確認する。

「天守は3層5階、櫓《やぐら》が左右に2基の平城《ひらじろ》」

「長浜《ながはま》城じゃ」

穴山の説明にその都度吉継が判断を加える。

「懐《なつ》かしい城じゃ。太閤《たいこう》殿下が国持ちになったはすべてこの城が始まりであり、わしや佐吉《さきち》が殿下に出仕したのもこの城からであった」

吉継は往事《おうじ》を思い出すように、目を閉じたまま軽く顎《あご》を上げた。

「長浜を過ぎたなら、佐和山はこのすぐ目と鼻の先。このまま山沿いに進むがよい」

湖の中から屹立《きつりつ》するようにそびえる長浜城をやり過ごし、大きく左に旋回したUH―60JAは、いよいよ近江《おうみ》の内陸へと侵入した。松永は呼吸困難になりそうなほどの息苦しさを覚えた。

「佐吉とは？」

島は、いま吉継の話題に出てきた名前が気になった。

「これからおぬしらが会いに行こうとしている男よ」

「ではやはり」

「うむ。石田治部少輔三成《いしだじぶのしょうみつなり》がこの近在で小坊主をしておった頃の名じゃ」

吉継は軽く溜息《ためいき》をつくように続けた。

「わしも十二の年から同じ寺に奉公しておった。思えば奴とのつき合いはその頃からになる。佐吉は当時から小癪《こしゃく》な童《わっぱ》でな、己が言い出したことは頑として曲げぬ。ために同じ奉公仲間はおろか、住職まで辟易《へきえき》させるようなところがあったが、不思議とわしとはうまが合《お》うた。なぜかと言うに、わしはたいてい佐吉の言い分に筋があると思うておったからよ」

吉継は、頭巾に隠れた口元から小さく含み笑いを漏らし、「しかし嫌われた」と付け足した。

「敦賀《つるが》城からおぬしに連れ出されたとき、思い出した男がおると言ったであろう。あれは佐吉のことじゃ。過ぐる年、太閤殿下が奉行衆《ぶぎょうしゅう》を集め、茶会を催されたことがあった。わしもその席に招待されたが、つい粗相《そそう》をしてしまってのう。わしはこの病ゆえ、茶碗に口を付ける真似だけをしようと思ったのだが、ちょうどその頃、顔の腫《は》れがひどく、膿《うみ》を吸わせるために口の端に当てておった布が、茶碗の中に落ちてしまった。慌《あわ》てて取り出したが、あとの祭よ。わしの隣に並ぶ連中は露骨に嫌な顔をしよったな」

なぜか吉継は、愉快そうに目尻に皺《しわ》を寄せた。

「わしは目が弱ってから、妙なことにかえって人の振る舞いがよう見えるようになってきた。わしの隣の奉行衆は茶碗に口もつけず、形だけ茶碗を手元に寄せると、次々と隣の客へと回していきおった。仕方あるまい。逆の立場ならわしでもそうする。まだ頭巾はつけておらんかったが、その頃のわしの顔はすでに、十分正視するにつらいものがあったろうかな。ところが、末席の佐吉は違った。奴は茶碗が自分の番になると、音を立てて最後の一滴まで茶を飲み干しおった。わしは驚いて茶会のあと、佐吉になぜあんなことをしたのか聞いてみた。すると奴は、おぬしと同じことを言ったのじゃ」

三十年近くも同じ釜の飯を食ってきたのだ。おぬしの病が感染《うつ》るなら、わしにもとうの昔に感染っておる。ゆえにおぬしの病が人に感染るとはただの迷信である。わし自身がその証《あかし》じゃ。

三成は、普段と変わらぬ仏頂面《ぶっちょうづら》で吉継にそう説明したのであった。だが、吉継はその言葉でどれほどか救われた思いになり、また太閤秀吉の茶会における面目も保たれた。

「あやつはもしかすると、早く生まれ過ぎたのかもしれぬ。ために、自分以外の周りの人間がみんなうつけに見えるのだろう。だが、殿下だけは佐吉の才を見事に見抜いた。殿下の立身出世の陰には領国経営に関わり始めた佐吉が無駄を省き、理にかなったやり方を推し進めて蓄えを増やしたことが大きい。さらに奴は清濁併《あわ》せ呑《の》むということを知らず。特定の商人とのつながりも持たない。他の奉行に口利きを頼まれても聞く耳を持たない。それは殿下の親戚筋に対してさえ徹底しておった。常に正しき治部少輔よ、とは奴への賞賛ではなく、陰口ではあったがな」

吉継は島に顔を向けた。

「おぬしがこれから会うのは、そういう男じゃ。そのことは肝に銘《めい》じておけ」

穴山が島の肩を軽く叩いて注意を促した。

「山頂に城が見えます。天守は5層、北東やや下がった中腹の尾根にも土塀《どべい》に囲まれた広場があって、幾棟《いくむね》かの建物が配置されています」

「佐和山城の太鼓丸《たいこまる》じゃ。大手から入って登城《とじょう》する際は必ず太鼓丸を通ることになる」

吉継の言葉に、島は機内マイクで操縦士の松永に伝えた。

「佐和山北東の広場だ。そこに着地する」

「了解！」

山頂にそびえる天守閣《てんしゅかく》を横手に見ながら、ヘリはぐぐっと垂直に高度を下げ、尾根を削って広大な削平地とした太鼓丸のほぼ中央に着地した。

土塀の内側には数メートルおきに篝火が焚かれていた。その前を歩いていた歩哨《ほしょう》らしき具足《ぐそく》姿の雑兵《ぞうひょう》が、降下を始めたヘリに気づいた途端、慌てふためいた様子で何か叫びながら、天守の方角に続く森の中に姿を消した。だがものの5分もたたないうちに、その森の中から押っ取り刀で駆けつけた雑兵たちがわらわらと現われ、着地したヘリの周囲をぐるりと遠巻きに取り巻いた。その数、およそ50～60人。

篝火に照らし出された彼らの顔はどれも、空から突然舞い降りてきた巨大な異物を目の当たりにして露骨に緊張していたが、さらに彼らの肝を抜くような声がその黒い鉄の箱の中から聞こえてきた。

「刀を引け。わしは越前敦賀城主、大谷吉継じゃ」

雑兵たちは槍を構えたまま、互いに顔を見合わせた。大谷吉継？　その名なら確かに知っている。どころか、つい先日も吉継は軍旅の途次、垂井《たるい》の宿で休憩しているところを、彼らの主人に招かれてこの城を訪れたばかりのはずだ。

しかし、その吉継と突然天から降ってきた巨大な鉄の箱とは、どう考えても結びつくはずはなかった。こはあやかしかもののけの仕業に違いない。ものども、ぬかるな。警衛の組頭の声に、兵たちが長柄《ながえ》を握る手に力を込めたそのときである。

「刑部《ぎょうぶ》？　そこにいるのは刑部なのか⁉」

雑兵たちの間を割って進むように、彼らの後方から羽織姿の額の広い男が現われた。年は吉継とほぼ同年輩の40を少し過ぎたあたりか。贅肉《ぜいにく》はなく、細い眉と口髭《くちひげ》が、少々神経質そうな印象を与えている。

その男、石田治部少輔三成は半ば呆然《ぼうぜん》とした表情でＵＨ―60ＪＡの前に近づくと、機体を見上げた。

「おお、治部か。夜分に騒がせてすまぬが、おどかすつもりはなかったのじゃ。いまよりここから出て参るゆえ、撃つなよ」

拡声器から吉継の言葉が響き渡ると、ヘリの胴部が音を立てて開いた。その中に夜目にも白い頭巾を着けた大谷吉継が立ち、彼の両横には膝《ひざ》撃ち姿勢をとった島と柴田が、左右の様子を確認しながら小銃を構えていた。

「刑部？　いったいこれは!?」

三成は我が目を疑うように立ちつくした。

「子細は上にて話すべし。まずはこの者たちを案内《あない》してやってくれ」

そういって地上に降り立った刑部が背後を振り返り、あとに続く島たちを促そうとすると、三成は我に返ったように両手を広げて吉継の前に立ちふさがった。

「ま、待て待て！」

吉継はいぶかしげに三成を見た。

「何のつもりじゃ？」

「刑部、四日前、わしが申したこと、よもや忘れてはおるまい」

「うむ」

「あの折、おぬしはいたく腹立ちした様子でこの城を出ていった。わしがこの城で明かしたこと、よほど気に入らなかったと見える」

「ああ、気に入らん。いまでも思い出すとはらわたが煮え始める」

「そ、そうか」

三成は落胆した様子で肩を落とした。

「考えてもみよ。わしはあの折は内府《ないふ》の軍に参陣するため東下の最中であったのだぞ。それをいきなり横からおぬしが出てきて、こともあろうにその内府を共に討てと言う。驚かぬわけにいくまい。わずか二十万石足らずの佐和山城主、しかもいまは蟄居《ちっきょ》謹慎中の身であるおぬしが、五大老筆頭にして二百五十万石の内府と覇《は》を競うという。熱に浮かされた病人でもかような戯言《ざれごと》、口にするものか」

三成は思い詰めたように吉継の顔を見つめた。

「おぬしに突然明かしたことは謝る。これはわしがこの佐和山に戻って以来、練りに練ってきた謀《はかりごと》ではあるが、いかんせん下手に漏らせば必ず内府の耳に届くところとなる。それほど内府の手は、大坂はおろか、あらゆるところに入り込んでおるからな」

三成は言い訳めいたことを口にしたが、吉継は黙っている。三成は思いきったように顎を上げた。

「わしはおぬしと共に戦いたかった。が、いまは言うても詮《せん》なきこと。袂《たもと》を分かったからにはわしとおぬしは敵同士。かくなる上はいかに刎頸《ふんけい》の友であろうと、おぬしをこの城内に入れるわけにはいかぬ。また、内府についたおぬしも、わしの招請《しょうせい》を蹴ったあとにこのように会《お》うたりすれば、後々内府に覚え悪《わろ》きこともあらん。わしに別れの挨拶をするために寄ってくれたのであれば、しばしここを酒宴の場とせん」

三成は背後を振り向いて、若党の一人に床几《しょうぎ》を持ってくるよう命じかけた。その三成の肩を、吉継が右手でがしりと掴んで「待て」と止めた。三成は驚いたように吉継に顔を戻した。

「誰がおぬしの敵になると言うた」

「なに」

「おぬしはいま、わしとおぬしは刎頸の友と言うたばかりではないか。敵味方に別れては、いかにして共に首を刎《は》ねられるのだ？」

「ぎ、刑部……まさか、おぬしは？」

吉継の閉じた目からは、相変わらず何の表情も読みとれない。だが頭巾で隠された彼の口元に薄い笑みが浮かんでいるのを、島は見たような気がした。

「ようもこんなあほうなことを考えた。おそらくおぬしのようなあほうにつき合《お》うて死ぬ輩《やから》なぞ一人もおるまい。おぬしは間違いなく、天下を敵に回そうとしておる」

「刑部、この期に及んで説教はいい。天下とは太閤殿下が造られたこの国の形である。それを姑息《こそく》な手で盗もうとしておるのは内府の方じゃ。たとえ孤軍となろうと天下の義はわしの胸にある」

三成は精一杯意地を張るように背筋を伸ばした。が、悲しいかなその姿は吉継より一回りも小さく見えた。吉継は「相変わらずじゃな」と呟《つぶや》きながら目を開けた。それはまるで、出来の悪い弟をいたわる兄のような態度であった。

「ながのつきあいゆえ、おぬし一人で死なすのは忍びない。よし、一蓮托生《いちれんたくしょう》じゃ。我が手勢と敦賀五万石、まとめておぬしに預けてやる」

「刑部!?」

三成はしばらくぽかんとしたように口を開けて吉継の顔を眺めた。

「そ、そはまことか?」

「わしがわざわざおぬしをからかいに来たとでも言うか」

三成は自分の肩を掴《つか》む吉継の手を両手で握り締めた。

「すまぬ……おぬしがついてくれたなら、わしは百万の味方を得たようなものだが……おぬしには……苦労を、かける」

三成は首を垂れて口ごもった。吉継は、自分の手に温かく濡れた感触が広がるのに気づいて、そこで初めて三成が涙を流していたことを知った。


佐和山は近江の国北東に位置する標高200メートル程度の山である。この山頂に天守を備えた佐和山城は、三成が城主となってから全山を総曲輪《そうぐるわ》として改修に改修を重ねてきたと、後に島は吉継から聞いた。

実際、夜が明けて本丸から眼下に広がる景色を見渡した穴山は島に、この山全体が巨大要塞として機能するように造られていると興奮した口調でまくしたてた。もっともこの時点での島は、戦国時代の攻城戦に対する知識も興味も薄かったため、それがどれほどの規模の軍勢を相手にできるものなのかは見当もつかなかった。

へリでの到着後、島ら自衛隊一行には城内にある建物の一室があてがわれ、そこで軽い休息を取ることになった。約3時間足らずの睡眠ではあったが、島はこの世界にやってきてから初めて、ゆっくりと眠ることができた。

城主との会見の準備ができたと、まだ前髪を垂らした若い侍《さむらい》が呼びに来たのは島の時計で午前7時20分のことである。

島はあらかじめ用意していた予備の戦闘服に着替え、腰のホルスターに9ミリ拳銃のみを装着すると、案内されるまま天守閣へと向かった。石垣の間にうがたれたような入口から中へ入ると、1階内部はひんやりした石の冷たさに満たされ、黴《か》びた藁《わら》のような臭いがした。だが、窓のある2階から上は風通しもよく、ほとんど梯子《はしご》のような階段を上って最上層の床の上に顔を出すと、すでにそこには吉継も座っていた。

「島殿、こちらへ」

吉継に促され、島が板敷きの上に置かれた藁で編んだ円座の上に胡座をかくと、吉継は上座の三成に顔を戻した。

「この御仁がときの大将じゃ」

「おお」

三成は両手を前について、島に深々と頭を下げた。島も軽く会釈《えしゃく》を返した。

「石田治部少輔三成にござる。委細は刑部殿より伺い申した。こたびは我らにお力添えをいただけるとか。三成、感謝の言葉もありませぬ」

「うむ。ようできた！」

吉継が目元に笑みを浮かべて膝を叩いた。

「以後、おぬしが味方に頼む武将にはすべてそのようにいたせ。断じて義は我にあるから我らに付くのが当然のような言い方をするな。それでのうてもおぬしは上からものを申すような平懐《へいかい》なところがある。心せよ」

「う、うむ。あいわかった」

吉継は三成に指揮官のノウハウを教え込もうとしているらしい。島は2人のやりとりを見て、思わず苦笑しそうになった。

三成はそこで改めて島に、目下の状況を説明し始めた。おおよそは佐和山に来る前に、吉継から耳に入れられたことと重なったが、彼が今回の家康討伐計画を秀吉の死の直前から練っていたと聞いて、やや意外な感じもした。島が漠然と抱いていた関ヶ原の戦いに対するイメージは、家康が三成を巧妙に追いつめていって、自分の天下盗りに利用した印象が強かったからである。

「無論、内府もこのわしが目障《めざわ》りには違いなかったであろう。太閤殿下亡き後、日増しに豊臣家の内部を喰い荒さんと謀《はか》る内府に対し、わしは前田利家公を動かし、政《まつりごと》の筋目を守らんとした。が、内府の悪運と呼ぶべきか、利家公は昨年急逝され、大坂に内府の頭を押さえられる者は誰もおらんようになった。勢いに乗った内府はこのわしも大坂から追い出して、佐和山に押し込めることに成功した。だが、これは半ばわしの狙いどおりでもある。もはやここに至って内府を除かねば、殿下がようやくまとめられたこの国は、わずか一代でまたも戦国の世に戻りかねず。そのためには大坂城内にいるよりむしろ、ここにいた方がいろいろとやりやすきことも多し」

三成はそう言って鼻から息を吐いた。

「会津《あいづ》の上杉景勝《うえすぎかげかつ》公の重臣、直江兼続《なおえかねつぐ》殿とわしは古くから昵懇《じっこん》の間柄。しかもかねてより殿下亡き後、天下にとって最大の障《さわ》りは内府となるであろうことでも考えを同じうしておった。もし万一、そのようなことが起これば天下安泰を守るため、わしと兼続殿はあることを行う取り決めをしておった。そしていよいよここに戻ったわしは、その取り決めを行うべく、兼続殿に書状を送ったのじゃ」

その取り決めこそ、家康をおびき出す究極のプランとも言うべき作戦だった。その内容とは――。

昨年8月に大坂から帰国した会津領主上杉景勝

は、帰国すると同時に領内の城の修築、増築を急ピッチで進め始めた。

そこで年が改まった今春、実質的に大坂城の支配者となった家康は景勝に、領内の不要な城を即時破却し、申し開きのために西上しなければ、周辺諸国と豊臣家に対する重大な戦意ありとみなすという最後通牒《つうちょう》を突きつけた。

これに対して上杉側からは、こちらに戦争を仕掛ける意思などさらさらないが、それでも攻めてくるというなら遠慮なくどうぞという、ある種開き直りとも挑戦状とも取れる返書を家康に送りつけてきた。

家康は激高し、ついに6月、豊臣政権下の主要大名を率いて、上杉討伐《とうばつ》のための連合軍を会津に向けて進発させたのである。

このあたり、現代アラブのどこかの国と、某超大国の争いを連想させる部分もある。だが、これが現代の国際社会の争いと根本的に異なるのは、上杉側は最初から家康を自国におびき寄せるために、一連の挑発行為を行っていたということだ。

すなわち、家康が上杉の挑発に乗って会津に向かえば、その背後で今度は三成が反家康勢力の大名をまとめあげて兵を挙げる。形から言えば家康は前と後ろから挟《はさ》み撃ちになり、最後は反家康勢力によって押し包むように潰《つぶ》されてしまうだろう。これぞ主君上杉景勝をも意のままに操《あやつ》ると言われた謀臣直江兼続が描いた、壮大な家康殲滅《せんめつ》作戦だったのだ。

もともと吉継が、この家康を総大将とする上杉討伐軍に参加するため敦賀を出たという話にはすでに触れた。この時すでに豊臣の将士《しょうし》5万人余が家康に付き従い、その数は討伐軍最終集結地である下野《しもつけ》小《お》山《やま》に近づくにつれ、さらに膨れ上がっていた。

三成が挙兵の行動を起こしたのは、まさにそんなタイミングだった。いかに以前から他の大名とも内内に話を詰めていたにせよ、この時点ではっきり三成の挙兵につき合うと確言したのは大谷吉継と、島率いる自衛隊のみという状況だったのである。

「我々はあくまで吉継殿と軍事的な協力関係を結んだだけです。もちろん吉継殿が三成殿に御味方するとなれば、結果として我々もそうなることは承知の上ですが、我々としては吉継殿の領内で居住と生活の安全を保証していただくことが第一の目的で」

自分たちの立場を説明しようとした島の言葉を三成は途中で遮《さえぎ》った。

「承知しておる。しかしいま刑部とも話しておったのだが、いっそ島殿にはこの佐和山に留まってもらえまいか」

「な…んですって?」

島は吉継を見た。

「わしもそれがよいと思う。戦《いくさ》をすると決めた以上は、勝ちを得るためにもっとも理にかなうやり方をするべきじゃ。内府方と手切れとなれば、わしは北陸とも行き来せねばならぬ。なにせ敦賀の周りは内府方に囲まれておるからな。だが戦全体の指揮はこの佐和山を中心として行われる。局地の戦闘でいくら勝利しても、この本陣を突かれれば元も子もない。おぬしは常に治部の側にいて戦の大局を見てほしい」

吉継のあとを継いで三成が続けた。

「とりあえず島殿には、大谷家の客将という名目でこの城に入っていただく。しかし見事天下平定の暁には大坂城内に屋敷をつかわし、大和《やまと》か山城《やましろ》近在で五万石あたりの領地をお任せしようと思うのだが」

「お気持ちはありがたいのですが」

島は戸惑った。司令部幕僚として対徳川作戦に関われるなら、それは願ってもないことだ。しかしそのために自分の名前で領地が与えられるとなれば、それは島が大名になることを意味する。この時代の人間には理解しがたいかもしれないが、自分と他の隊員たちは決して主君と家臣の関係ではない。微妙なことだが、それによって隊の内部にいらざる火種を抱える可能性を島は懸念した。

「島殿」

島の内心を察したかのように、吉継が声をかけた。

「ここは呑んでおけ。そうせねば我ら三人、この場で盟を結ぶ話が先に進まぬ。まずはこの戦に勝つことが先決じゃ。あとのことはあとのことよ」

吉継は腰から脇差《わきざし》を抜き取り、右手で柄《つか》を掴んで少し刀身を見せると、再び押し込んでガチャリと鍔《つば》を鳴らした。続いて三成も同じように脇差の鍔を鳴らす。それが何らかの誓いの動作であると悟ったものの、島はもちろん刀を帯びているわけもない。一瞬、迷った末に彼が抜いたのは拳銃だった。三成はぎょっとしたような表情を見せたが、島が弾倉をいったん外し、再び押し込んでガチャリと音をたてたのを聞くと、珍しそうに島の手元を見つめ、それから顔を上げて、島に微笑を返した。

案外、涼しげな笑顔だ。

島は、三成にそんな印象を持った。

その頃、敦賀の浜からは、掛井《かけい》、大賀《たいが》と戦車長の三好《みよし》が、重兼《しげかね》と共に北国街道《ほっこくかいどう》の偵察に出かけていた。


これもあらかじめ島が指示しておいたことである。

決戦が史実どおり関ヶ原で行われるかどうかはともかく、すでに関東に集結した徳川軍を迎え撃つ主戦場が、その近辺になることは間違いない。だとすれば自衛隊がその能力を遺憾なく発揮するためには、決戦前に最大限の装備をその戦場に送り込んでおく必要がある。武器弾薬の運搬ならオートバイでも何とかなるし、軽車輛《しゃりょう》ならヘリで運ぶことも可能だろう。だが20トンを超える89式装甲戦闘車や50トンにもなる90式戦車は自力で走らせる以外に道はない。

北国街道はそのほとんどが険《けわ》しい山の中である。しかも重兼によれば、峠の前後には人一人通るのがやっとという隘路《あいろ》もあるという。案内役の重兼は馬に乗り、大賀たちはそのあとをジープでついていったのだが、敦賀領から近江にさしかかる山道に入ってものの数分もたたないうちに、三好は「停めろ停めろ」と騒ぎだした。一行が停止すると三好は腕組みをしたまま吐き捨てるように言った。

「無理だな」

「おいおい、まだ峠も見てないのにそれはないだろ」

運転席の大賀がミラー越しに後部席の三好を睨《にら》む。

「見なくたってわかる。確かにここまでは多少道を外《はず》れたって、田んぼの中を走りゃ問題ない。だがどだい、戦車は山道を走るようには造られてないんだ。こんなとこ走らせたら、90式《キューマル》は一発で使いもんにならなくなる」

「一発でも使えればいいんだ」

掛井が助手席から三好を振り向いて言った。

「俺たちが相手にしなければならないのはおそらく何万人単位の歩兵だ。我々が100人足らずの集団であることを考えると、これは小火器の性能差などまったく無意味にするほどの数差と言える。だから島隊長は一発で戦局を左右することのできる戦車の投入を最優先で検討しろと指示してるんだ」

「島隊長か」

三好は憮然《ぶぜん》とした表情で言った。

「確かにあの男を隊長に選んだのは俺たちだが、90式でこんな山中を走れなんて、ほとんど自殺しろと言ってるようなもんだぜ。俺はあの男に、命まで捧《ささ》げると言った覚《おぼ》えはない」

「とにかく、もう少し先まで見ておこう。戦車移動の方法は戻《もど》ってから考えれば、何か良い案が浮かぶかもしれん」

掛井がとりなすように言うと、三好は不快そうに鼻を鳴らしたが、それ以上は何も言わなかった。

彼らが北国街道と、その関ヶ原に抜ける分岐道である脇往還《わきおうかん》の視察を終えて敦賀に戻ったのは午後も遅くなってからだ。

浜と街道を遮る森に沿った道に出てきたところで、敦賀城の方角から土煙をたてながら馬を走らせてくるものがいた。

「よお、飛助《とびすけ》じゃないか」

車を停車させた大賀が、馬上の人物に気づいて声をかけたが、飛助は一行の前で馬の首をそり返らせて手綱《たづな》を引き、大賀には目もくれずに地上に飛び下りた。

「長門守《ながとのかみ》さまに申し上げます！」

「いかがした？」

「越前に潜《ひそ》ませていた我らが手の者、先ほど火急《かきゅう》の報せを持って帰参つかまつりまいた！」

「火急とな」

重兼は顎鬚《あごひげ》に手をやった。掛井と大賀も飛助の様子にただならぬものを感じて、次の言葉を待った。

「加賀《かが》の前田《まえだ》、昨夕急ぎの陣触れを出し、兵が整い次第、金沢より出馬の気配とのこと！」

「なんと、前田がもう動くと申すかっ⁉」

あの剛胆《ごうたん》な重兼に動揺の色が見える。掛井と大賀が思わず顔を見合わせると、後部席から三好が助手席のシートに肘《ひじ》をついて2人の間に顔を出した。

「前田って何だ？」

「おまえ、大河ドラマ見てなかったのかよ」

大賀が呆《あき》れたように三好に聞き返した。

「知らん。教えてくれ」

「前田っていやあ、あれだよ、確か……前田利家《としいえ》だ！　ねえ」

大賀は救いを求めるように掛井を見たが、掛井は曖昧《あいまい》に頷《うなず》き返しただけであった。

「利家公は先年亡くなられた」

「え？」

大賀はぽかんと口を開けた。

「いまは御嫡男利長公《ごちゃくなんとしなが》が跡を継いでおられるが、利長公はすでに御生母まつ殿を内府への人質として江戸に送られておる。すなわち前田が出陣するなら、その軍は内府方に違いない」

「前田の兵力とは……どれくらいのものです？」

掛井が聞くと、重兼はじろりと顔をジープに向けた。

「こたびの上杉討伐のために内府が各大名に呼びかけたは、百石につき三人の割り当てじゃ。無論それぞれ御家の事情もあるゆえあくまで目安ではあるが、加賀前田は八十三万石。その前田がもしも全軍を動かすならば、少なくとも二万人はくだるまい」

「2万……!?」

車上の自衛隊員たちは、全員絶句した。

加賀の前田が動く。

その報せは即座に望月《もちづき》から、無線で佐和山に伝えられた。

佐和山城天守の軍議の席に戻った島がそのことを伝えると、さすがの三成と吉継も驚きの色を露《あら》わにした。

「なぜじゃ!?　なぜ前田が?」

「うろたえるな、治部。内府に反旗を翻《ひるがえ》すとなれば、前田が動くのはあらかじめわかっておったはず」

「わしが申しておるのはその早さよ。内府弾劾《だんがい》の檄《げき》文を全国の主だった大名に発したのはわずか五日前。遠国《おんごく》ならばまだ書状を受け取っておらぬ者もおるだろう。つまりわしはまだ内府に正式に戦を宣《せん》したわけではない。なのにおぬしが佐和山に入った時を同じうして前田の出師《すいし》とは、あまりに都合がよすぎる!」

吉継はやれやれという様子で首を振った。

「お人好しもええかげんにせい。戦はすでに殿下のみまかられた直後から始まっておったのだ。わしも前田が動くはあと半月はかかると踏んでおったが……わしが堀尾《ほりお》の兵を蹴散らした動きを見て腹を決めたのであろう。親父の利家は確かに傑物《けつぶつ》だったが、あの倅《せがれ》にそこまでの肝があるとは思えん。上杉討伐軍を起こす前に、あらかじめ内府がこのときあるを見越して言い含めておったに違いない」

島は少し混乱していた。吉継は当初、家康に付くつもりだった。確かに三成に真意を打ち明けられて、慌てて敦賀に舞い戻ったが、それはむしろ自分の留守中に、敦賀とは目と鼻の先の佐和山から攻め込まれるのを警戒してのことだったはずだ。だとすれば、もし島たちがあの浜に出現しなければ、この歴史では吉継は徳川方として戦ったのかもしれず、それを三成側に追いやる動機を作ったのは間違いなく島たちである。

　自分たちは歴史を変えるのではなく、結果的に歴史どおりのシナリオを作るために動かされているのではないか。

　島が漠然とそんな不安を持ったのは、このときが最初である。さらに、自衛隊の出現という異常事態すら予想していたのではないかとも思えるほどの戦略を立てる徳川家康という男の名を、島は微《かす》かな戦《せん》慄《りつ》をもって脳裏に刻みつけた。

「前田軍は、必ず南下しますか」

　島の問いに三成が答えた。

「する。おそらく内府は大坂に事あるときは、前田に大坂を押さえるよう命じてあったに違いない。北陸から京、大坂への道は北国街道から東山道《とうさんどう》へ出るか、湖北から朽木谷《くつきだに》を抜けるかしかないが、いずれの進路を取るにせよ」

　三成はそこで息をついで、腕組みしたままの吉継を見た。

「敦賀は踏み潰される」

　座を長い沈黙が支配した。島は頭の中で考えを巡《めぐ》らした。前田軍２万。対する吉継の兵力は２０００人に満たない。10倍以上の兵力差を自衛隊の火器はひっくり返せるだろうか。だが、もしそれができれば、ときの力はこの世界で一目も二目も置かれる存在となるに違いない。

「刑部、すまぬがわしはいま、北陸に出せる兵はない」

「わかっておる」

「いっそ、この城に入らぬか。来たるべき内府との決戦に、おぬしの兵を一兵たりとも損じたくはない」

「わしに敦賀を見捨てよと申すか！」

　吉継の声に怒気《どき》が含まれた。

「大局を見よ。内府に勝てば敦賀などいつでも取り返せる。気持ちはわかるがここは鬼になれ。内府を倒すことこそ一の大事ぞ」

「おぬしの言うことは正しい。じゃがそれゆえに腹も立つ。いくら内府を倒しても、失った我が領民の命は取り戻せぬ」

「二万の大軍にどうやって立ち向かうというのだ！　おぬしを失えばわしは……」

「佐吉、言うな」

　吉継は三成を幼名で呼ぶと、すっくと立ち上がった。

「わしは行かねばならぬ。行って半月でもひと月でも敦賀で前田を喰い止めてやるゆえ、おぬしはその間に内府を倒せ」

「刑部！」

「お送りしましょう」

　島も立ち上がった。三成は狼狽《ろうばい》した。

「ご心配なく。敦賀に残る私の部隊にも頼れる男はおります。吉継殿と作戦を打ち合わせたら私はここに帰って参りましょう」

「とき衆が前田と戦うというか？」

「私は吉継殿、三成殿と共に戦うと誓いました。盟約は必ず守ります」

　そう言って島は三成を見つめた。その表情に、三成は少し安堵《あんど》した様子であった。

「そうか……刑部は止めても聞かぬ男ゆえ、頼む。刑部のこと、くれぐれも頼んだぞ」

　吉継は頭巾の中で苦笑した。

「止めても聞かぬ男だと？　人のことをよくぞ申すわ」

　30分後、吉継を乗せたUH—60JAは佐和山城の太鼓丸を、闇が覆《おお》い隠した夜空へと再び飛び立った。

　いよいよ戦争が始まる。

　帰りの機内ではその重苦しい予感に、誰もが無口であった。

2　伏見攻め

吉継を敦賀城に送り、その場で幾つか打ち合わせを済ませて浜に戻った島は、望月と新たな部隊の編《へん》制《せい》にとりかかった。その作業は深夜にまで及び、翌朝、新たな編制が隊員たちに発表された。

残った隊員数100人。もちろんこの数字には普通科以外の隊員や海自の隊員も含まれているが、島と望月はこれらを本人の経歴や職種によって4個小銃小隊と、輸送、補給、通信、衛生などの各班に分けた。

隊長は島で副隊長は望月だが、尉官《いかん》の絶対数不足もあって、彼らはそれぞれ小隊長も兼務する。また、島に万一のことがあった場合は、即時望月が隊全体の指揮に当たることになっていた。その結果、第1小隊は望月2尉以下18名、第2小隊は島3尉以下15名、第3小隊は立原3尉以下17名、第4小隊は涌井《わくい》2尉以下20名が編制されたのである。このほかに作戦に応じてヘリ、装甲《そうこう》戦闘車を適宜《てきぎ》編制した混成チームも作るとした。

第2、第3小隊に関しては隊員の異動は数名単位、第1、第4小隊は半分近くの隊員が入れ替わった。派遣部隊《はけんぶたい》時に存在した第5小隊以下は消滅したが、これでもやはり圧倒的な人員不足は否《いな》めない。実質的には90式1輌しかない戦車部隊に至っては車長の三好以下、砲手《ほうしゅ》と操縦手《そうじゅうしゅ》の3名しかいないのだ。しかし、現地の道路事情では戦車が臨機に移動できる可能性はかなり低い。このため戦車は随伴《ずいはん》する普通科部隊などを持たずに、原則的に浜の自衛隊テントの防衛任務に当たる独立部隊とし、整備は補給班の若干名を兼務とした。

要するにこの編制自体が苦肉のやりくりの塊《かたまり》だったが、おかげで異例な人事も生み出した。輸送班の班長に海自の朽木《くつき》が選ばれたのだ。もっともこれは残った陸自隊員に普通科が多かったため、優先的に小銃小隊を編制していった結果、海自の隊員がほとんど輸送班に割り振られたことにもよる。

「いざとなれば陸上の弾よけだな」

朽木は本部テントで島から打診を受けたとき苦笑気味にそう漏らしたが、まんざらでもなさそうだった。

「あなたなら安心して頼める。よろしくお願いしたい」

そう言って島が差し出した手を、朽木の浅黒い手が握り返した。

補給班は引き続き長浜が指揮を執ることになった。長浜の留任には多少の懸念がなかったわけではない。望月ははっきり無理だと主張し、その代わりに掛井を補給班に回してはどうかと提案した。だが、島はそれを断った。どのような厳しい戦況になるかわからない状況で手元に掛井がいないのは、島にとって片腕をもがれるに等しいからだ。

「俺に、任せるというのか?」

任官を伝えると、長浜3尉は意外そうな顔で島に問い返した。

「補給は隊の生命線だ。現状では事情を知り尽くすあんた以外に適任者はいない」

「そうか。俺をそこまで買ってくれていたとはな」

長浜は本気で感激しているようであった。島は、長浜と目を微妙に逸《そら》せながら曖昧な笑顔を浮かべた。

衛生班の責任者を伝えるときは、ちょっとした悶《もん》着《ちゃく》があった。本部テント隣の衛生班テントへ掛井が武智《たけち》を呼びに行ったのだが、島たちの前に現われたのは海野《うんの》友江であった。

「海野……3曹? 呼んだのは、武智医官のはずだが」

島が不思議そうな表情をすると、友江は困ったように、一瞬言葉を詰まらせた。

「ええ、そうなんですが……その、医官はいま手が離せないので、用があるなら私に聞いてきてくれと」

「ほう」

島の隣に立っていた望月が後ろ手を組んだまま、無表情に声を漏らした。

「島隊長を認めないという意思表示のつもりなのかな。医官も案外、子どもっぽいところがある」

望月の声にはかすかな苛立《いらだ》ちが交じっていた。もともと望月と武智のそりが合わないらしいことは、上陸以来、何となく島は感じていた。

「医官は本当に手が離せないんです。いま、桜沢士長の矢傷が悪化して、もしかすると感染症の危険があるため、その対応に追われているところであります」

「しかしだな」

重ねて言い返そうとする望月を、島は遮《さえぎ》った。

「いや。ご苦労でした。医官には引き続き衛生班の責任者として任務に当たっていただきたいと、お伝え願いたい」

友江は少し救われた目になって島を見つめ返した。その視線に、島は一瞬戸惑った。

「了解しました。ありがとうございます」

友江は敬礼すると、踵《きびす》を返して本部テントを出ていった。

7月12日午後1時。その武智を除く部隊の責任者が集まり、最初の作戦会議が開かれた。予想どおり、各小隊長が真っ先に示した反応は、前田軍の兵力に関する懸念だった。敦賀城に入った情報では、前田軍の兵力は最終的に2万4000と確認されたのだ。

「2万4000人がこの敦賀目指して南下してくるってのか？　それじゃひとたまりもない」

涌井が唸《うな》るように言った。

「そうとも限らんぜ」

三好が、グリースで黒く汚れた毛むくじゃらの腕を、テーブル上に置いて身を乗り出した。

「要するにこの時代の戦闘ってのは、大将首さえ狙やいいんだろ。大将ってのはたいてい目立つ陣地にいるもんだ。そこを上からヘリで掃射《そうしゃ》でもかけりゃ一発さ」

「そう単純でもない」

望月が反論した。

「俺たちにヘリがあるという情報は、おそらく金《かね》ヶ崎《さき》の戦闘で敵方にも知られているだろう。もし俺が敵の軍師なら、当然、空から狙われた場合の対策を最初に考えるはずだ」

「対策?」

「たとえば影武者、つまり、あらかじめ身代わりを何人も用意しておく。それでなくても俺たちは戦国武将の顔などほとんど知らん。カモフラージュの方法は他にいくらも考えられる。俺たちは米軍と違って大量殺戮《さつりく》兵器は持っていない。2万4000の歩兵の中から標的を捜してうろうろしている間に、味方が大軍に囲まれてしまったらどうする」

「ずいぶん悲観的に考えるんですな」

そう発言した立原に望月は顔を向けた。

「常に最悪の展開を考えておくことが、俺の仕事だ」

「望月副隊長の指摘は重要だ」

島があとを引き取って言った。

「もし確実に敵の指揮官を仕留めることができればその作戦も有効だと思うが、そうでなければいたずらにヘリの燃料と弾薬を消費することになる。しかし本番はまだ先だ。前哨戦《ぜんしょうせん》となるこの戦いでは、なるべく効率的に戦闘を行いたい」

島に目で合図されて、長浜が手元のA4用紙をめくりながら立ち上がった。

「『おおすみ』に積載されていた弾薬量は、我が隊が朝鮮有事派遣部隊と呼ばれていた当時、日本からの補給線が完全に保たれていると仮定した上でのものです。ヘリ、装甲戦闘車、戦車のディーゼル燃料は『おおすみ』沈没直前に相当量を抜いてきたので当面の心配はありませんが、弾薬に関しては、仮に全隊員が1日5時間の戦闘を行ったと仮定した場合、3日程度の余裕しかありません」

「3日……たった3日しかもたんのか」

涌井が目を剥《む》いて長浜を睨《にら》んだ。長浜はびくっとしたように肩をすくめて付け足した。

「も、もちろんあくまで計算上の話です。それに派遣部隊から人員は半分近くに減っていますから、その意味ではもう少し余裕があるとも考えられますし、戦闘形態によってはこの試算はかなりの幅が見込まれます」

島が全員の顔を見渡すように言った。

「はっきり言ってこの時代の兵士と刀を使っての白兵戦になれば、俺たちに勝ち目はない。あくまで我我は現有の火力だけが頼りなのだ。ただし、俺たちの兵器は一人がこの時代の鉄砲隊100人にも相当する能力を持っている。すなわち我々の火力を活かすも殺すも大谷隊といかに連携できるかが鍵となる。そこで望月副隊長が大谷兵との訓練計画を練り、すでに吉継殿の了承も得てある。第1、2、3、4小隊の全員は今後敦賀城に日参し、それぞれ30人ずつの大谷兵を我々との共同戦闘が可能になるよう訓練してもらう」

「そんな悠長《ゆうちょう》なことしてる暇があるのか?」

涌井が疑い深そうな目で聞いた。

「吉継殿によれば、敵の人数が当初の予想より増えたことはありがたいことだそうだ。つまり、その分、機動力が落ち、こちらに準備をする時間が増えるということだ。吉継殿の予想では仮に前田軍が真っ直ぐ敦賀を目指したとしても最低2週間、途中で小城の1つ2つも陥《おと》してくるなら、1ヵ月かかる可能性もあるという話だ」

「1ヵ月か……なんだか腰蓑《こしみの》と槍だけで暮らしてる国にクーデターを起こそうと乗り込んだ傭兵《ようへい》みたいな気分だな」

立原が苦笑するように呟《つぶや》いた。島は最後に全員を見渡して言った。

「俺たちはこの世界で永遠に戦い続けるつもりなどない。俺たちがこの世界で生き延び、安全に暮らしていくためにいま戦うのだ。仮に一つの戦闘を3時間に抑えて5日しかもたないというなら、その5日ですべての戦闘を終わらせ、天下を平定する！」

——天下平定。

突然、島の口から飛び出したこの時代がかった言葉に、望月はぴくりと片眉だけ動かして島の方を横目で見た。

島和武とは、こんな言葉を使う男だったか？

望月はこのとき微かな違和感を覚えたが、間もなく忘れ去った。望月に限らず自衛隊員の誰もが、この直後から戦闘準備に忙殺されることになったからである。


翌日、島は三成との約束どおり佐和山に戻った。ただし、今度は移動にヘリを使わず、なんと偵察用オートバイのホンダXLR250改を使用した。

日中の移動に轟音を響かせるヘリはあまりに目立ち過ぎることもあったが、いずれ移動することになるはずの北国街道を島はぜひとも自分の目で確かめておきたかった。ただし同行者は大賀1曹と道案内を頼んだ飛助の2名のみである。

当然、望月は猛反対したが島は押し切った。下手に人数を膨《ふく》らませてはやはり人目に付く。家康と戦おうとしているいま、どこにどのような情報網があるかはわからない。決戦までできる限り、自衛隊の行動は隠密《おんみつ》にしておくに越したことはない。それに第2小隊の他の隊員は敦賀城で大谷兵と共に戦闘訓練に参加している。掛井が教官役ならうまくこなしてくれるだろう。

「なんで俺がこんな奴乗せなきゃなんないんだ」

大賀は背中に飛助を張り付かせながら、敦賀出発以来、ぶつぶつ文句を言い続けていた。

その飛助は、ずっと大賀の背中ではしゃぎまくっていた。

「早い！　馬より早いぞ！　大賀殿、もっと飛ばせ！」

オートバイがなだらかな傾斜から次第に険しい峠

道にさしかかる頃、飛助は興奮して左手で大賀の肩をパンパンと叩《たた》いた。

「やかましいっ！　おとなしくつかまってねえと振り落とすぞっ！」

「心配無用じゃ。わしは手綱なしで裸馬に乗れる！」

「俺はてめえの馬じゃねえっ！　まったくムカつくなあ！」

大賀が坂道の凹凸《おうとつ》を巧みにかわしながら峠の境にたどりつくと、先行していた島がバイクを停め、進行方向を見下ろしていた。

「どうしたんすか？」

大賀も隣に並ぶと停車した。2人の眼下に下り坂が次第にその道幅を狭め、斜面から生い茂る木立の中に続いている。さらにその森の下方からは、いきなり琵琶湖の巨大な湖面が青く輝きながら広がっていた。

「へええ、琵琶湖ってこんなにでかい湖だったっけ」

埼玉育ちの大賀は単純に感心したが、島はまったく別の問題に頭を悩ませていた。

「確かに厳しいな」

島が誰に言うともなく呟いた。

「90式にこの道を走らせる話ですか」

「ああ。重兼殿から北国街道は荷駄《にだ》を引いた馬車も行き来していると聞いて、もう少し楽観していたんだが……」

90式戦車の全幅は3・4メートル。カーブなどを考えると道幅は最低でも5メートルは欲しいところだ。それでも三好は文句を言うだろうが、林の中に消える街道の幅は、どう見ても3メートルやっとくらいにしか見えない。あるいは計算上ぎりぎり通れたとしても、雨が降って路肩が崩れたりすれば、谷底へ真っ逆さまである。

「なるほど、三好に死ねとは言えん」

「戦車とは、あの浜にある鉄のいくさ車のことか？」

「おまえは黙ってろよ」

横から口を出した飛助を、大賀はたしなめたが、彼はまったく気にする風もなく続けた。

「おぬしらは、あのいくさ車にこの道を通らせるつもりか？」

「そうだ。だが、この道の細さではあきらめるしかない」

「隊長はいま考え事をしてるんだ。邪魔するんじゃない」

「かまわん、大賀。考えたってもう結論は出た」

「あれがあれば、殿は戦に勝つか？」

飛助はなおも島に問いかけた。大賀は癇癪《かんしゃく》を起こしたように言った。

「勝つさ！　戦車砲ってのは俺たちが持っている小銃とはわけが違う。家康が何万、何十万と兵隊を連れてきたって、戦車に太刀《たち》打ちできる武器なんかあるものか！　こんなこと、おまえ相手に愚痴ったたって仕方ないがな」

飛助は「そうか」と言って、少し考える仕草をした。やがて島に向かって飛助はある言葉を口にした。

「穴生《あのう》衆なら……何か手立てを見つけるやもしれん」

「穴生衆⁉」

島が聞き返した。

「ああ。湖の西、比叡《ひえい》の山中に古くから住む一族じゃ。佐和山の殿様ならもっと詳しゅう存じておられるじゃろう。なにしろ佐和山改修の折に新たに組まれた石積みには、我が敦賀より切り出した石も使われておる。数は少ないがどれも大石じゃ。我が殿が佐和山の殿様に贈られたものじゃが、その大石を運ぶ差配を任されたのが穴生衆よ」

佐和山に戻った島は、すぐに城内の対面の間に呼ばれた。そこには三成の他に赤い衣をまとい、脂ぎった顔をした僧形《そうぎょう》の男がいて、毛利家の重臣、安国《あんこく》寺《じ》恵瓊《えけい》と紹介された。

「喜べ、島殿。毛利家も我が方に御味方くださることになった」

島の顔を見るなり、三成は上機嫌で声をかけてきた。
毛利《もうり》家当主輝元《てるもと》を味方の陣営に引き入れること
は、この戦を始めるに当たっての絶対条件だった。
家康の二百五十万石に比べれば見劣りするものの、
百二十万石の毛利輝元は西国一の大大名であり、彼
が三成方に付いたということは、いまだどちらに付
くか迷っている大名に与える影響も大きい。吉継は
三成に毛利を味方に付けるため、総大将を輝元に任
せ、また合戦終了後には領地を倍加するという約束
で口説けと助言していた。
「総大将といっても名目だけのことであり、どうせ
毛利殿にはそんな能力も意欲もない。だが、あの男
は総大将という名誉には必ず心動かされるであろ
う。さらにはおぬしが総大将じゃと言えば、反発し
て内府方に走る人間も少なからず。温厚だけが取り
柄の毛利殿御大将なればその心配もない」
吉継の三成への助言はまことに的確なものばかり
であった。かつて秀吉は吉継を評して「あの男に百
万の采配を任せてみたい」と漏らしたという話が伝
わっている。確かに戦場で吉継ほど正確に戦機を読
む人間はいなかったが、鋭い戦略眼とは鋭い人間観
察の上に成り立っているのだということを、島は吉
継とのわずかな接触のうちに学んだ。
恵瓊が退出したあと、島は三成に穴生衆について
聞いてみた。
「確かに使ったことがある。だが、あれは石田の家
中というわけではないのでな」
三成によれば穴生衆とは決まった主家を持たな
い、いわばフリーの職能集団のようなものらしい。
近江の国、琵琶湖の西南部に古くから居住する一
族で、その先祖は朝鮮半島から渡来したとも言われ
ている。築城技術に長《た》け、特に巨石を扱う石垣を造
らせれば、彼らの右に出るものはいないという評判
であった。天下を統一した秀吉が、各地の大名に勝
手な築城や城の改修を禁じる触れを出すまでは、穴
生の里には全国から訪れた強固な城壁を欲する大名

の使者が、列をなすほどであったという。

「この城の天守下に積んだ石垣の大なるは五間四方。これをかの者どもは、難なく北国街道を越させておった。なるほど穴生衆ならば、おぬしのいくさ車を運びおおせるかもしれん」

「では、なんとかその者たちに頼めないでしょうか」

「金がかかる」

三成は腕組みし、困ったように言った。

「彼らの力はあなどれん。だがそれゆえに莫大《ばくだい》な金品を要求される。恥を話すが島殿、もともとこの城にはそれほどの蓄えはないのだ」

秀吉の悪趣味とも言えるほどの黄金嗜好《しこう》は島もそれなりに知っている。その最高権力者の側近中の側近が、己の城にまとまった財宝を持っていないというのか？　島は訝《いぶか》った。

「無論いざという場合の備えは蓄えておった。が、それもこたびの出師《すいし》でほとんど使い果たすことになる。たとえて言えば、兵十人動かすのに一日十升《しょう》の水、六升の米、塩一合、味噌二合《ごう》がかかる。これらをすべて手配し、さらに兵糧《ひょうろう》を運ぶための馬、その馬の餌《えさ》、代わりの馬まで調達せねばならぬ。また、我が城で集めた足軽たちには城方で具足《ぐそく》、槍刀、鉄砲を貸し与えねばならず、いま他に回せる余裕はほとんどないのが実情なのだ」

三成は彼らしい几帳面《きちょうめん》さで、事細かに事情を説明しようとした。島は、三成が嘘を言っているわけではないことは信じた。

もともと自分の目で北国街道を見たときに、戦車の山越えはいったん諦めたのだ。飛助から穴生衆の話を聞き、藁にもすがる思いで確かめてはみたものの、冷静に考えればこの時代の技術力で短時間にそんなことが可能だとも思えない。

下手に未練を残せば今後の作戦立案にも悪影響を及ぼす。島はようやくここで踏ん切りをつけることにした。

事態はにわかに慌《あわただ》しく動きだしている。この日の午後、大坂城の増田長盛から、早馬の報せが佐和山に届いた。

　長盛は豊臣政権下で「年寄五人《としより》」、いわゆる五奉行として三成と共に秀吉を支えてきた間柄だ。昨年来、三成が佐和山に蟄居《ちっきょ》してからは、実質的に彼が大坂城の実務を取り仕切ってきたが、この長盛も2日前、三成方につくことを確約していた。彼が同志となったことは三成が大坂城を掌握《しょうあく》したことを意味する。

　その長盛は三成の指示を受け、今朝から城下の屋敷に住む大名の妻女を大坂城内に連行することになっていた。早い話が人質作戦であり、これによって家康と共に上杉討伐軍として東国にいる大名たちに揺さぶりをかける狙いである。

　ところがここで問題が起きた。討伐軍参加大名の一人、細川忠興《ほそかわただおき》の屋敷に大坂城の兵が押し寄せたところ、忠興の妻は入城を拒み、それどころか屋敷に火をつけ死んでしまったというのだ。長盛の発した早馬は、その顚末《てんまつ》を報せてきたものであった。

　三成はこの事件にひどく動揺し、人質のことは決して無理せぬようにと指示した密書を大坂に戻した。それは要するに人質作戦の撤回とも取られかねない方針変更だ。

「これは戦争です。犠牲が出るのはある程度やむを得ません。もともと家康の下にいる大名に、味方につかねば家族を殺すと脅すための人質でしょう。ならば今回のことも人質の処刑が一部早まっただけと考えればいいのではないですか」

　命令内容の是非はともかく、指揮官の態度がころころ変わるのは味方にとって好ましいことではない。島は三成の心底を測るつもりで聞いてみた。

「確かに、いままでわしらはそのような戦を数多く経てきた。盟約を破ったものに対し、その年老いた母が、幼き子が、城門にさらされ、一命を散らすのを幾度も見てきた」

　三成はその光景を思い出すかのように、遠くに目をやり、そしてまた島を見た。

「だがな島殿、そんな戦のやり方は愚かなことだと思わんか。そんなことをしてもすでに裏切った者は怒りを新たにするだけで、味方に付くわけでもない。いわんやこたびの戦は、天下に義の在処《ありか》を問う戦でもある。人は己の信ずる筋目に従って戦うべきであり、質を取るなどというやり方は、己の筋目を己で信じておらぬ卑怯者の使う手だ。わしは内府と戦うに、正々堂々と挑みたい」

　この男は現代人だ。少なくとも、この時代にいるべき人間ではないのかもしれない。

　島は三成の言葉を聞いて、思った。

　佐和山には夜に入っても早馬が相次いだ。三成が全国の大名に発した、決起を促《うなが》す書状に応《こた》える報せである。

　ある者は即座に兵をまとめ、大坂城を目指すと応えてきた。ある者は同心したいのはやまやまだが、いま体を毀《こわ》していて動くに動けないという言い訳めいた返書をしてきた。またある者は、家康側からはこれだけの知行《ちぎょう》の加増が提示されてきたなどと、露骨に家康と三成を両天秤《りょうてんびん》にかける者もいた。

　三成はそれらにまたいちいち返事を書きながら、同時に反家康連合蜂起《ほうき》の作戦会議も進めなければならなかった。翌朝から佐和山には、すでに三成方に付くことを明らかにした京阪在陣の武将が出入りし始めた。彼らはそのまま反家康軍の幕僚《ばくりょう》となっていくのだが、主だったところでは宇喜多秀家《うきたひでいえ》、小西行長《こにしゆきなが》、島津義弘《しまづよしひろ》、そして小早川秀秋《こばやかわひであき》らである。

　島はその軍議の席に同席しながら、その内容と展開を逐次《ちくじ》、敦賀にいる望月に無線通信で報せて連絡を取り合った。

「……伏見城？」

　7月16日の夜、島が軍議で決定した反家康軍の最初の攻撃目標を告げると、望月は怪訝《けげん》そうな声を出した。

「伏見って……それは確か、秀吉の城じゃなかったか?」

「確かにそうですが、いまは京阪における家康の拠点になっています。これも秀吉の死後に家康が巧妙にだまし取ったようなものですが、これは家康が西側に打ち込んだ楔《くさび》です。まず伏見を除かねば我が方の身動きがとれません」

「島隊長」

「は?」

「なんだか貴官が、どんどんこの時代の本物の武将になっていくように思える」

「そんなことは」

「冗談だよ」

望月は苦笑を漏らしたが、50キロ離れた島の表情はわずかに強ばっていた。

「そちらの様子はどうです?」

「ああ、少しは慣れてきた。なにしろここの連中、槍を持って突っ走ることしか知らん。せめて匍匐《ほふく》前進だけでも覚えてもらわんことには。まあ、あと1週間もあれば何とか形は整うだろう」

「こちらの展開によっては、第2小隊を送ってもらうことになるかもしれません」

望月の声が緊張を帯びた。

「城攻めに参加するのか?」

「三成殿はその必要はないだろうと言われていますが。最悪の展開も考えておく必要がありますので」

島は望月の口癖を使ったが、望月は真面目に返答した。

「わかった。掛井曹長に伝えておこう」

望月との通信を終えたあと、城内の寝室にあてがわれた座敷に向かいながら、島は望月の漏らした言葉が気になっていた。

確かに吉継と会って以来、自分にこの時代の武将の精神にひかれていく部分があるのは事実だった。

現代の自衛隊という組織に属していた島は、その組織内の対人関係や社会的な制約の数々に、どこかでずっとストレスを感じ続けていたことも間違いない。

だからといってこの時代の人間になりたいなどとは露ほども思ったことはない。すべては仲間と共に生き残るため。それ以外の望みはなかったはずだ。いま、そしてこれから自分が取るあらゆる行動は、すべてがその目的を達成するためにのみ許される。

島はそう、自分で自分に念を押した。


7月17日。反家康軍の総大将として大坂城西の丸に入った毛利輝元は、増田長盛、長束正家《なつかまさいえ》、前田玄《まえだげん》以《い》ら三奉行との連署で家康弾劾《だんがい》文を諸大名に公布した。

太閤秀吉が死んだのをいいことに、豊臣政権下で数々の政令無視を働いた家康を誅戮《ちゅうりく》する！

弾劾文は要約すればそういうことであり、事実上の家康に対する宣戦布告であった。

江戸を拠点とする関東の雄、徳川家康に味方する東軍と、大坂城にある秀吉の遺児、秀頼《ひでより》を奉じて集結した西軍は、この日、誕生したのである。

翌18日、宇喜多秀家、島津義弘、小早川秀秋、毛利秀元らの西軍武将は自家の軍勢を引き連れて伏見城の周囲に展開、使いを立てて城を明け渡すよう要求した。

「やれやれ、ようやっと参ったか」

伏見の城代、鳥居彦右衛門元忠《とりいひこえもんもとただ》は西軍の開城要求の報せを受けて、不敵な笑みを浮かべた。

このとき元忠、62歳。家康より3歳年長の彼は、半世紀も前から家康に仕えてきた側近中の側近である。実は家康は上杉討伐軍を率いて関東に下る折、伏見に泊まってこの元忠に言い置いていた。

「わしが関東に向かえば、必ず西で三成が挙兵する」

「ではいよいよ」

「すまぬ」

「何と仰《おお》せを」

「この城は、真っ先に攻められるであろう」

「いかさま」

「すまぬ、彦。ここに兵は残せぬ」

「承知しております。殿には乾坤一擲《けんこんいってき》の大勝負がござる、京の兵は残らず連れていかれませ。代わりにこの彦右衛門、敵の軍勢をできる限りに引きつけ、殿の備えが万端整うまで手こずらせて見せましょうぞ」

元忠はあの夜、家康が浮かべた涙一つで十分であった。すべては家康の読みどおりにことが進んでいる。ならば家康がこの戦で天下を奪い取ることは間違いない。その記念すべき戦いの緒戦《しょせん》に、家康は自分がもっとも信頼する男を捨て石に選んでくれたのだ。元忠は天守に登り、全身の毛穴から血が噴き出そうな興奮を覚えていた。

「治部め、待ちくたびれておったぞ。この城が欲しいなら弓矢にかけて奪い取るがいい。鳥居元忠、存分にお相手つかまつろう！」

見渡す限りの眼下に人の波が蠢《うごめ》いていた。伏見城の周囲を、西軍4万の兵が埋め尽くしていたのだ。


パンパンッ！

城内の櫓《やぐら》から、敵に向けて数発の銃声が響き、続いてどおっと、喚声が聞こえてきた。この城に籠《こも》る1800人の兵たちの声だ。それに応えるかのように、4万の西軍兵も一斉に声を上げ、その喚声は地響きを立てて伏見の城を押し包んだ。

ここに東西両軍の、最初の激突の火蓋《ひぶた》が切って落とされた。


敦賀城内の吉継は、加賀に放った素破《すっぱ》、すなわち間諜《かんちょう》からもたらされる前田軍の動きに神経をとがらせていた。

「どうやら敵は、大聖寺城《だいしょうじじょう》で足止めを食らった様子。城将山口宗永《やまぐちむねなが》殿が降伏勧告に応じぬため、前田勢はこの城にかかる気配にござる」

素破を束《たば》ねる重兼の報告に、吉継は大きくうなずいた。同席していた望月は、重兼に聞いた。

「大聖寺城とはどのあたりに？」

重兼は望月の前で、北陸の地形が描かれた地図を開いて見せた。海岸線に沿っていくつか城の名前が記入してあり、大聖寺城の名は加賀と越前の国境近くに確認できた。

「金沢城からこの敦賀に至るまで、主だった城は四つござる。北から丹羽《にわ》長重《ながしげ》の小松《こまつ》城、山口宗永の大聖寺城、青木一矩《あおきかずのり》の北庄《きたのしょう》城、そして府中《ふちゅう》城に堀尾吉《ほりおよし》晴《はる》。このうち小松城から北庄までは我が方につくこと、すでに確約された由。前田勢としては行きがけに敵方の城を踏み潰して手柄の一つもたてておこうという心算かもしれぬが、小松は要害の地にあり、大聖寺の宗永はなかなかの戦上手。いずれも一筋縄ではいくまい」

吉継が頭巾の下で愉快そうに笑った。

「利長公はお若い。この戦の要諦がいずこにあるかまだ見えてないようじゃ。大坂方に付いたは所詮いずれも小城、捨て置いても二万四千の兵に向かってくるものなどおらぬ。兵を損じぬよう堂々と南下して大坂を押さえるか、あるいは北国街道を上り佐和山を抜けば、こたびの戦はそこで終わり、恐らく利長公が最大の功を遂げたであろうに。惜しいことをなされた」

望月は頭の中でシミュレーションを重ねていた。島から伏見開戦の報せを受けてから、すでに10日が経過している。確か圧倒的な兵力差があるから、恐らく自衛隊の出番はないという話であったが、それにしては伏見を陥したという連絡がまだない。伏見で手間取っているうちに、家康が大軍を率いて関西に舞い戻ってきたらどうなるのか。

この歴史が自分たちの知っている歴史とは微妙に異なっているのはすでにわかっている。だとすれば最悪の場合、関ヶ原の決戦は起こらず、もしかするとこの北陸で、家康軍と前田軍を同時に相手にせざるを得ない、という展開もあるのではないだろうか。

一抹《いちまつ》の懸念を抱いたまま、夕方、浜に戻った望月に、ちょうど島から連絡が入った。

「第2小隊を佐和山に送ってください」

「やはり陥せなかったか？」

「いずれは陥すでしょう。なにしろ4万の寄せ手《よせて》に対して城兵は2000人足らずしかいません。ただ、敵将がなかなかの男らしくて」

「吉継殿から聞いた。歴戦の勇士だそうだな。そんな男を真っ先に捨てる家康という男も、俺はなんだかそら恐ろしいよ」

「これ以上、時間がかかれば、こちらが先手を取ったはずなのに、逆に家康に時間を与えてしまうことになります。万一東軍がこちらの予想より早く関ヶ原を越えてきたら、我々は北陸に押し込められるかもしれない」

島も、望月と同じ懸念を共有していたようだ。ついにこの日が来たかと、望月は腹を決めた。

「了解した。では島隊長、命令してくれ。こちらはいつでも準備ＯＫだ」


7月29日深夜2時29分。佐和山の太鼓丸に多用途ヘリＵＨ—60ＪＡが着地した。ヘリの胴部が開き、中から戦闘服とヘルメットに身を固め、背嚢《はいのう》を背負った男たちが次々と飛び降りてきた。手にはそれぞれ89式小銃が月明かりに照らされて鈍い光を放っている。第2小隊14名に補給、整備、衛生班若干名を加えた部隊であった。

男たちは立っていた島の前で横2列に整列すると、一番端の掛井が胸を張り、敬礼した。

「第2小隊、ただいま佐和山城に到着しました！」

島は応えた。

「ご苦労。まずは城内に諸君の部屋が用意されている。そこで5時間の休息を取るがいい。明朝、最終的な作戦の確認を行い、昼前にこの城を三成殿の兵と共に出発、およそ80キロほどの行程を徒歩で移動する。作戦目標は京・伏見城。作戦開始予定時間は31日午前0時とする。以上」

三成が、予定より大幅に遅れている伏見攻めの諸将を督戦《とくせん》するため、佐和山城を２０００の兵と共に出発したのはその8時間後だ。

後に中山道《なかせんどう》と呼ばれる東山道《とうさんどう》は、本州のほぼ中央を走って古来より東国と西国を結ぶ要路である。

佐和山は麓《ふもと》にこの東山道を有し、北国街道にも近いため、まさしく戦略上の拠点といえる位置にあった。

現時点で佐和山から京阪に至るまでの東山道は、ほぼ西軍の影響下にある。したがって移動自体に神経を使う必要はなかったが、移動手段に対しては、大賀は進軍中、露骨に不満を漏らしていた。

「なんで俺たちまで歩かなきゃなんないんだ？　ヘリで移動すりゃ一発なのに」

「ここには視界を遮るような建物が何もない。ヘリなんか飛ばしたら、琵琶湖の反対側からでも目立ってしまうだろ」

掛井が笑みを含んだ顔で大賀に説明する。

「それにまだまったく汚されていない日本の空気を吸いながら歩けるなんて、贅沢《ぜいたく》な経験だと思わんか。俺は気持ちいいぞ」

「そりゃ掛井さんみたいなレンジャーおたくならそうかもしれませんがね、俺はあんな訓練は一回でこりごりだ。なあ、穴山」

大賀が穴山に同意を求めようと顔を向けると、彼は湖畔に生い茂る蘆《あし》の向こうに細い棒のようなものが何本も湖面に突き立てられた光景を指さしながら、軽く興奮した様子であった。

「見てください、大賀さん。あれはえりですよ。琵琶湖の伝統的な漁法なんです。現代じゃ湖の汚染と外来魚の影響で、あんないっぱい仕掛けた光景なんか、まず見ないですからねえ」

大賀は歩きながら前方に顔を戻した。

「おかしいよ。おまえらみんな、絶対頭がどうかしてる。なんでうちの小隊はこんな趣味人ばかり集まってんだ」

瀬田《せた》の唐橋《からはし》を越えた頃、すでに陽は西に傾きかけていた。そのまま川に沿って南下し、近江と京の境となる600メートル級の山中に入ると、もうあたりは真黒の闇であった。

「思い出すなあ。レンジャー訓練を」

当初は遅れがちの他の隊員たちを見回しては、なぜか一人機嫌がよかった掛井だが、やがて松明《たいまつ》も持たない足軽兵たちの歩速がその掛井のペースをも上回ることに気づき、黙り込んでしまった。

くねくねと曲がりくねった峠道を下り終える頃には、隊員たちの誰もが、すっかり無駄口をきく気力をなくしていた。平地に近くなって視界が開けてくると、一行は右手に林の中から闇夜に向けて突き立つ、五重塔のシルエットに気づいた。よく見るところのあたり一帯、寺院建築の建物が林立している。

「これは、醍醐寺《だいごじ》ですね……だとすれば伏見はもう、すぐそこです」

穴山も、それだけ言うのがやっとだった。

彼の言葉どおり、三成軍はそれから約30分ほどで伏見の城下に入った。午後の10時を過ぎていた。

そこは石垣と白い土塀で区切られた広壮な大名屋敷が、幅100メートルはある大路の両側にみっしりと建ち並ぶ一大都市であった。その大路の突き当たり正面に、伏見城の大手門が立ちふさがっている。大手門の周囲にわずかな空間を残し、大路は無数の篝火《かがりび》に照らされた色とりどりの旗指物《はたさしもの》を背負う足軽兵の姿であふれ返り、その色が闇夜の山中行軍に疲れた島ら自衛隊員たちの目を射た。

「いかに守将老獪《ろうかい》といえど、これだけの兵がかかって落とせんとは、いったい貴殿らはいままで昼寝でもしておられたのか！」

大手門から200メートルほど後方に張られた宇喜多秀家本陣の幔幕《まんまく》の中で、上座正面に座った三成は言い放った。

彼の前に二手に分かれた西軍武将が向かい合わせに座っている。三成にしてみれば叱咤《しった》激励のつもりであったかもしれないが、さすがに秀家、島津義弘は憮然として宙を睨んだ。

「伏見は太閤殿下が最後に手がけられた堅城《けんじょう》でござる。しかも城兵はいずれも内府の精鋭にて、孤立無援なれどいまだ士気衰えず。いま無闇に総懸《そうがか》りするはいたずらに我が方の兵を損じるばかりなり」

「備前中納言《びぜんちゅうなごん》ともあろうお方が臆《おく》されたか」

「なんと！」

甲冑《かっちゅう》の緋色《ひいろ》も鮮やかな、青年武将の顔にぱっと血の気が増した。秀家は思わず床几《しょうぎ》を蹴って立ち上がろうとする剣幕になった。

「治部、聞き捨てならん。いまの言葉、この秀家を愚弄《ぐろう》したと聞くがいかに！」

「宇喜多殿」

このままでは決戦前に西軍内部が崩壊する。だが三成は三成で、自分が何か気に障《さわ》ることでも言ったかとでも言いたげに平然としている。島は何とかしなければと、正面に座るこの癇癖《かんぺき》の強そうな若者に声をかけた。

「三成殿の本意は、来る家康との決戦に備えて、ここで兵糧攻めをする余裕がないとおっしゃりたいのです。ここは早々に伏見の攻略を終え、宇喜多殿や島津殿に一刻も早く家康を迎え撃つため東下していただきたいとのお考えで」

秀家は三成を睨みつけていた視線を、そのまま島に向けた。

「貴殿がときとやらの大将か。構えて申しておくが、わしは伝え聞くとき衆の話なぞ信じておらぬ。おおかた南蛮《なんばん》あたりの手妻《てづま》を用いて取り入ったのであろうが、治部や刑部の目はだませても、このわしはたばかられまいぞ」

「何と言われても結構です。ただ、これから私の部隊が大手門を破壊し、城内に突入します。宇喜多殿、島津殿には我々が城門を破壊すると同時に総攻撃をお願いしたいのですが」

「大手門を毀《こわ》すと？」

いままでじっと腕組みするばかりで一言も発しな

かった老将島津義久が、初めて口を開いた。

「島殿とやら。おんしの兵はいかほどか」

「戦闘員は私を含め、15名で参加しております」

「じゅう……？」

義久は目を剥いた。

「らちもない！」

秀家は吐き捨てた。

「四万の兵で攻めきれぬ城を、たった十五人で今夜のうちに陥すというのか！　その言葉に嘘偽りあらば、わしがこの手でうぬの舌をひきちぎってくれる！」

「承知です。その代わり我々が城門を破ったときは、必ず援兵を送り出してくださるよう、お願いする」

島は、秀家に念を押した。

7月31日午前0時。第2小隊は、伏見城大手門にもっとも近い武家屋敷の土塀の角にいた。

城の周囲を巡る濠《ほり》に沿って造られた、幅の広い道の向こうに、大手門の巨大な扉のシルエットが浮かび上がっていた。城内で焚かれる篝火の明かりが、扉の隙間からちろちろ揺れて見えている。

大路の反対側にある屋敷の土塀前には、三成の小荷駄隊に積ませてきた87式対戦車誘導弾、別名中MATを設置して大賀と穴山が待機していた。だが、ここは攻城側の最前線よりさらに30メートルほど前にあるため、彼らを照らす明かりはなく、その姿は闇に紛《まぎ》れている。

島は、この世界に来てからもうすっかり馴染《なじ》んだ匂《にお》いが、この土塀の周囲に漂っているのを嗅《か》ぎ取っていた。

乾いた血の匂いである。

城門前では何度か激戦が繰り返されたのであろう。この辺り一面にたっぷりと流れた血を吸い込んだ地面が、夜になっても下がらない温度のために、地中からその匂いだけを立ち上らせていたのだ。

小杉1士は89式小銃を両手で持ち、体の前に抱きかかえるようにしながら、土塀に背を押しつけてそのときを待っていた。

彼は母子家庭でしかも一人息子だった。自衛隊には自分の意志で入隊したが、もともと進学できるほど頭も良くなかったし、手っ取り早く家計を助けるためには就職難のこのご時世、自衛隊に勝る就職先はなかったというだけの話である。

彼は佐世保《させぼ》出港の折、わざわざ見送りに来た母親を安心させるため、朝鮮半島沖で釣った魚をみやげに持ち帰ると約束したものだ。彼の母親は福岡市内で小料理屋を経営していた。

浜の戦闘では、彼は算を乱して逃げ出した第5小隊の中にいた。彼にとっては今夜が初めての実戦になる。自分ではまったく気づいていなかったが、彼の周りにいた者は、彼の口からカチカチと漏れてくる小さな音を聞いていた。

「恐いか」

大手門側に近い壁際に立っていた掛井が声をかけた。

「……はい」

小杉は正直に答えた。彼は最初の突入隊のメンバーの中に入っていた。

「誰でも最初はそうだ。だが戦闘が始まれば、こちらの気分はおかまいなしに敵は俺たちを狙ってくる。運悪く最初の1発が逸《そ》れればヒヤッとする。さらに運悪く2発目も逸れれば無性に腹が立ってくる。自分は何でこんな目に遭わされなきゃいかんのかとな。3発目の前に引き金を引ければ、あとは何も考えずに撃ちまくるだけだ。それで戦闘が終わるまで立っていられりゃ、次からはその繰り返しさ」

小杉は掛井の言い回しを聞き違えたかと思って確かめた。

「あの……どうして敵の攻撃が逸れるのが運悪く、なんですか?」

「最初の1発で死ねるのが、一番しあわせということもある」

掛井は笑いもせずに答えた。

島はリップマイクに手を添えた。

「よし、撃て！」

この小隊でもう一人のヘッドセットを装着した男、大賀が照準機を覗き込んだまま応えた。

「了解」

5秒後、向かいの土塀の陰からほぼ水平方向に閃《せん》光《こう》が走った。

閃光は花火が弾《はじ》けるような音を出しながら直進し、1秒後、伏見城大手門がずどおおおんという轟音とともに火柱を上げた。

続いて第2弾が発射され、同時に島は隊員たちに手で前方を指さした。突入の合図である。

島を先頭に小銃または機関銃を構えた10人の突入隊員が濠沿いの道に飛び出した。

前方では再び大手門が爆発、島は全員をいったん伏せさせ、万一の爆風に備えた。顔を上げて前を見ると、城壁を濛々《もうもう》と這うように流れる煙の中に、ぽっかりと腹に穴を開けた大手門の姿が見えていた。

渡し櫓形式になった大手門上にいたはずの弓兵たちの姿は、爆風に吹き飛ばされたか、突然の近代兵器の攻撃に我を忘れたかで、反撃してくる姿は現在確認できない。

だが島は、あらかじめおよその守兵の配置は宇喜多陣営で聞いていた。1800で四方から迫る4万の兵と渡り合わねばならない伏見の兵は、櫓・高楼《こうろう》、城壁からの弓、鉄砲隊が重点的に配置され、曲輪《くるわ》や丸と呼ばれる地上の平面空間は手薄になっている。もちろんどこかの扉が破られそうになれば、その向こうの曲輪は敵兵で満ちるかもしれないが、彼らは一瞬で扉が打ち破られるような攻撃は想定していないはずだ。

再び身を起こして橋の手前に駆け寄り、西軍が攻めかけたときに残した弾よけ用の竹束《たけたば》に身を潜めた。

打ち捨てられた竹束は幅1メートル強、長さが3メートル弱。それが橋の手前に散在している。2人程度までならそこそこ掩蔽《えんぺい》の役割を果たしてくれそうだ。

島は素早く手で左右を指さし、掛井に指示する。

城壁左右の角に三層の小天守状の櫓が造られている。敵の攻撃がもっとも激しく、また下からは矢が届きにくいために寄せ手をさんざん苦しめた防御拠点だ。

――左右の櫓に対して援護せよ。

掛井は了解の合図を送る。

島はここに4人を残し、まずは6人だけで城内に突入を敢行することにした。やるなら敵が戸惑っているいましかチャンスはない。

走れ！

島は立ち上がり、9ミリ機関拳銃を体の前にして橋を渡り始めた。そのとき。

ひゅかんっ、かつっ。

風を切る音が聞こえ、何かが前方に突き立った。

「あいたっ！」

後方から大塚陸士長の声が聞こえた。

「どうした？」

「かすり傷です！」

ひゅんっ。ひゅん、ひゅんっ。

「大手門の上だ！　そこから狙ってきている！」

叫びながら島は、機関拳銃を斜め前方に向けて乱射した。大手門の向こうに篝火は見えるが、逆光のため、大手門上に何人の敵が残っているのか正確には見えない。

バラバラバラッ！　バラバラバラッ！

島たち6人はそれぞれ銃を乱射しながら大手門の真下めがけて走り込む。

ひゅんっ、びしっ。

橋の手前に残った掛井たちの周りにも、敵の矢が届き始めた。

伏せていた小杉の顔前に飛んできた矢が、跳ね返って小杉のヘルメットを打ったとき、小杉は恐怖に身を起こして89式小銃の引き金を引いた。

ズダンッ！

ピシッ！

「う⁉」

その銃弾は、いままさに大手門の下に入ろうとしていた吉田3曹の背中を直撃した。だが、幸い彼は背中に110ミリ個人携帯対戦車弾パンツァーファウストⅢをくくりつけていたため、銃弾は彼の脊椎《せきつい》を破壊せずに済んだ。

「バカ野郎！　水平に撃ったら仲間に当たるだろっ！」

掛井が半長靴の踵《かかと》で小杉の腹を蹴り飛ばした。

「ぐっ！」

「左の櫓を狙え、左だっ！」

そう言いながら掛井は、5・56ミリ機関銃ＭＩＮＩＭＩの二脚を立て、地上に伏せたまま右の櫓に斉射を開始した。

大手門の下にたどり着いた島は、危うく鼻先に頭上から突き下ろされてきた長槍で、脳天から串刺しにされるところだった。

大手門の扉と、その上の櫓は間に隙間を空けた渡し板だけで仕切られており、門の下にたどり着いてしまった敵に対しては、上から槍を突き下ろして攻撃できるようにもなっていたのだ。

すかさず島は機関拳銃を上に向けて乱射。すぐに複数の悲鳴と絶句が聞こえ、やがて声も攻撃もやんだ。

「全員無事か⁉」

「無事です」

最後に飛び込んだ吉田が応えた。彼ら隊員の上からぽたぽたと、雨漏りのように液体が落下していた。敵兵の死体から流れ落ちる血だった。

目の前には両側を高石垣に挟まれた幅20メートルほどのゆるやかな坂道が、次の城門に向かって続いている。その城門に連なる城壁は西の丸で、さらにその後方に、夜目にも鮮やかな金箔《きんぱく》で飾られた華麗な天守閣が望見できた。

パンパンッという音とともに、木のはぜるような音が耳のすぐ近くで響いた。

「伏せろっ！」

銃撃は西の丸の城壁から行われている。彼らは大手門の外側を見たが、橋の向こうもすでに矢の雨で、掛井が苦戦していた。

「吉田、次の扉を破壊する。携帯対戦車弾を！」

「はっ」

言われて思い出したように吉田3曹は対戦車弾を外した。しかしすぐに「あっ」と声を上げた。

「どうした？」

「引き金が……」

弾き飛ばされていた。小杉の銃弾が命中した衝撃によるものだった。

西の丸側からの銃撃はさらに激しさを増してくる。さらに左右の櫓から放たれた弓矢は、彼らを狙って時折、ヒュカンッと目の覚めるような音を立てて飛来する。島たちは大手門に釘付けされたまま動くに動けず、四方八方から敵の攻撃にさらされているような感覚に陥《おちい》った。

「どうして宇喜多隊は突撃してこないんですっ!?」

まだ年若い大塚が叫んだ。

「こちらのお手並み拝見を決め込んでるんだろう。確かに大手門一つ破った程度じゃ、こっちもそう大きな顔もできん」

携帯対戦車弾が使えない以上、残る手段は手榴弾による城門の爆破しかない。それにはもっと城門に近づかねばならないが、ちょうど坂道の途中に炭俵《すみだわら》が6俵ほど積んであるのが目に入った。あそこまで行って炭俵を掩体《えんたい》にすれば何とかなるか。

しかし問題もあった。その炭俵に達する100メートル近くの距離は身を隠す場所がどこにもないのだ。

道の両横を遮《さえぎ》る石垣の上には白い土塀の壁面に矢《や》狭間《ざま》、筒狭間と呼ばれる四角や丸い形をした穴が穿《うが》たれている。大手道の坂を上ろうとする敵に対し、弓矢や火縄銃による攻撃を行うための銃眼だ。

現在は沈黙しているが、もしあの向こうに敵が隠れていて、自分たちが突入する瞬間を待ち構えているとしたら……。それとも、本当に人手不足で矢狭間に配置する人員まで手が回らない、という可能性もある。その場合は西の丸方面からの攻撃だけに注意すればいいのだが、果たして4万の敵に囲まれながら、数少ない城兵を伏撃要員として土塀の裏側に配置するような余裕がこの城にあるのだろうか。この城の守将、鳥居元忠とはそのような戦い方をする男だろうか？

確率は二つに一つ。どうする？

島はマイクに手を添えて、発信スイッチを入れた。

「大賀1曹、次の攻撃に移る！　左右の敵櫓に対し、攻撃を開始せよ！」

「待ってました！」

ヘッドセットから逸《はや》る大賀の声が聞こえてきた。

橋の手前の掛井は、頭上をミサイルが通過するのを見て、島の意図を察した。すぐに後方を向いて、道の向こう側に残った隊員たちに叫んだ。

「弾だあっ！　弾もってこいっ！」

ずずずうんっ！

右の櫓の2層目が、半分ほどえぐられたように吹き飛び、木片に交じってぱらぱらと敵兵が落下するのが見えた。続いて左の櫓にもミサイルが命中。こちらは櫓のすべての窓からぶあっと火炎が外に噴出、回廊に鈴なりに固まっていた弓兵たちが、衝撃で花火のように飛び散った。

「すげえ……」

小杉は呆然と呟いた。そのヘルメットをMINIMIを提《さ》げて立ち上がった掛井が蹴った。

「ぼさっとするな！　大手門に突入、隊長を援護する！」

島は掛井たちがこちらに向かってくるのを見て、命じた。「よし、走れ！」

言うなり、自分が先頭に立って走り出した。

大手道に突入した途端、島は自分の全周囲に、火縄銃の銃弾と弓矢が雨のように降り注いできたことを知った。

やはり敵は待ち構えていた！

だが、幸い坂道の途中に置かれた篝火の数はそう多くはなかった。島は石垣の窪みにできた影の中に背をつけ、反対側の土塀めがけて機関拳銃を横射した。一瞬、その土塀側からの射撃の勢いが弱まった。島は影から飛び出し、またも前方に向けて坂道をダッシュした。

「隊長を援護しろおっ！」

叫ぶと同時に吉田３曹は、ＭＩＮＩＭＩを左右の石垣上方に向けて乱射しながら走った。昔テレビで見たクリント・イーストウッド主演の映画に、こんなシーンがあったのを何となく思い出した。ただしあの時のイーストウッドには、装甲防壁を積んだ大型バスがあった。いかに戦国の火縄銃相手とはいえ、丸裸でこんな十字砲火の中に飛び出していくのは、狂っているとしか思えなかった。


ビシッ、ビシッ、ビシッ。

隊員たちの放った銃弾が、塗壁に穿たれた銃眼の穴をさらに広げていく。機関銃のような連射はないからその点に関して言えば安心だが、その代わりに半端ではない数の矢が降ってきた。吉田はすでに、３度は敵の矢が自分のヘルメットに当たる音を聞いていた。

「うっ！」

吉田の前を走る井藤１士が呻《うめ》いて倒れた。

「どうしたっ⁉」

吉田が駆け寄ると、井藤の右の腿《もも》に弓矢が突き立っていた。

「自分は大丈夫です。先に行ってください！」

「やかましいっ！」

吉田は井藤の襟首《えりくび》を掴《つか》むと、そのままずるずると石垣の下に身を寄せ、反対側の土塀に、ＭＩＮＩＭＩの弾丸をズラダダッとぶち込んだ。

「やられたのかっ？」

城門の方から掛井がやはり土塀に向けて銃撃しながら大声で呼んだ。

「足です！　命に別状なさそうですが、走れませんっ！」

「よしっ、いま行く！」

掛井は銃撃を止め、今度は大手門外の竹束《たけたば》の陰にいる隊員に指示した。

「高岡っ、来てくれ！　怪我人だ！」

高岡3曹は衛生班から回されてきた。現場での応急処置に詳しい。

「ドジったなあ」

吉田の横で、陰になった石垣に背をもたせかけながら井藤はぼやいた。彼らの足先に、5秒に1本くらいのペースで弓矢が飛んできては小石をはね上げた。中には、そのまま地面に突き立つものすらあった。

「喋《しゃべ》るな。いま止血する」

実際には応戦しなければさらに危険な状況になるのは目に見えていた。吉田はMINIMIで土塀の上の瓦屋根を吹き飛ばしながら、掛井の到着を待った。

「来年、辞めようと思ってたんですよ」

井藤は話したがった。

「彼女ができちゃって……そいつ、結婚したいなら何かまともな商売についてくれって」

「何だよ、まともな商売って？」

吉田は苦笑した。

島は炭俵に到達していた。しかし、当初掩蔽《えんぺい》物になると思われた炭俵は、両側からの攻撃にさらされて、思うように身動きが取れない。ぴしっ、ぴしっ、と俵に銃弾がめり込む音が不気味に聞こえている。間違いなく、火縄銃の致命的な射程距離にも入ったようだ。

「右側の攻撃が薄くなっている。合図で右前方に斉射してくれ」

島は同じくたどりついた大塚、村西両隊員に命じた。

島の合図で、二人は炭俵の上に上半身を出し、右前方の城壁に向かって斉射を2秒続けた。同時に島は炭俵の右方から身を乗り出し、ピンを抜いた手榴《しゅりゅう》弾《だん》を、50メートルほど前方の城門に向かって投げつけると、すぐに俵に身を隠して背を押しつけた。

何かが炸裂《さくれつ》する音が聞こえ、続いて島たちの腰の下を振動が通り抜けた。

島は振り向いて、城門を見た。

木の扉の片方が、蝶番《ちょうつがい》ごと吹き飛び、西の丸への通路が開いていた。

「やったぞ！　隊長、やりましたよっ！」

大塚が興奮して叫んだ。

西の丸から天守閣へは地続きである。城兵にもう逃げ場はない。明らかに前方からの銃撃は勢いを弱めた。

宇喜多秀家はすでに馬上にあった。

「二の扉が崩れたぞ！　もはや天守は裸同然！　ものども続けやっ！　これ以上とき衆に手柄をさらわれるなっ！」

おおおっと喚声を上げながら、宇喜多隊、島津隊が大手門から突入した。二の扉を崩されたことに戦意を喪失したのか、大手門下でこの大軍勢に応戦する兵の姿はもうほとんどいなかった。おそらくあとは、天守周辺での殺戮が始まるのだろう。だが、そこまで俺たちは関知することじゃない。すでにやると言ったことだけはやったはずだ。

西の丸に続く通路に西軍兵たちが殺到する中、島は半ば朦朧《もうろう》とした意識でそんなことを考えながら、他の隊員たちとゆっくり城門の外に向かって歩き出していた。

そんな島を、馬上から呼び止める武将がいた。

「島殿」

島が顔を上げると、入道《にゅうどう》姿の大柄な老人が険しい顔のまま、見下ろしていた。

「よき働きでごわした」

島は黙って親指だけ立てた左手を軽くあげた。別に意味などわからなかっただろうが、島津義久はそのまま西の丸へと進んでいった。

「西の丸が破られたか！」

鳥居元忠は天守に登り、外の風景を見下ろした。

「ふむ、まあよい。かくなる上は斬って斬って斬り結び、一兵でも多く、敵を道連れにしてくれん！」

そのとき、元忠は何か不思議な光が自分の目を射たのに気づいた。

「なに？」

元忠は欄干《らんかん》に手を添え、光の正体を確かめようとした。なんと大手門のさらに向こうの屋敷の角から、一条の光が闇夜を貫いて真っ直ぐこの天守閣に届いていた。

「なんじゃ……これは？」

大手門前の大路の角で、穴山は標的にレーザー照射をセットしたことを告げた。

大賀は発射装置の照準器を覗《のぞ》いたまま、ゆっくりと引き金を引き絞った。

「悪く思うな。これも戦争だ」

中MATから発射されたミサイルは、レーザー誘導に沿って、伏見城天守閣めがけて飛翔した。

元忠は、自分に突進してくるミサイルの姿を目にしたとき、はっきりと悟った。

「なんと、やはりそうであったか！　ではこたびの戦、かのとき衆が！」

ミサイルは元忠の鼻先まで接近していた。元忠は手すりを両手で握りしめたまま、家康の兵が戦場で叫ぶ言葉をそのまま口にした。

「厭離穢土《おんりえど》！　欣求浄土《ごんぐじょうど》！」

元忠の体は光に包まれ、その五体は跡形もなく消え失せた。次に、伏見城の天守は、轟音を立てて崩れ始めた。

そのとき島は大手門下で、他の集まってきた隊員たちと共にいた。

横にされた井藤の下半身は真っ赤で、右太腿の戦闘服は切り裂かれ、幾重にも包帯が巻かれていたが、すでにその包帯も血浸しだった。

「気づかなかったんだ、こんなに出血してたなんて！」

吉田がおろおろしたように言った。「だってこいつ、ずっと平気で彼女のことなんか喋ってて」

「腿の大動脈を傷つけていたんです。すぐに止血処置をしても、輸血のできる手術室に運ばなければ結果は同じだったでしょう」

高岡はそう言って立ち上がった。彼の両腕も、肘から先は真っ赤だった。

島は黙って、真っ白い表情のまま眠っているような井藤の顔を見下ろしていた。

島が隊長になってから最初の戦死者であった。

西の丸の方からは、どおお、どおおっと、まるで波のような喚声が、幾度も押し寄せ、それは夜が明けるまで続いた。

3　北陸戦線

「伏見が……陥《おち》たか」

闇の中にしわがれた声が聞こえた。

「御意」

応える声はさらに低く、地の底から響いてくるようであった。

正二位内大臣《しょうにいないだいじん》徳川家康は夜具をめくり、ゆっくりと半身を起こした。

いま彼は上杉討伐連合軍の総大将として、八十余家にも及ぶ武将とともに下野《しもつけ》小山に宿営している。ここを北上して宇都宮に出れば、この軍の標的である会津若松城もあとわずかという距離に迫っていた。

だが家康はここで未着の武将を待つと宣言すると、自分は室町の頃から続く名刹《めいさつ》をさっさと宿所に選び、なかなか先に軍を進めようとはしなかった。

滞在10日にも及ぶと、さすがにしびれを切らした大名の中から疑問の声が上がり始めたが、家康は一向に気にする気配もなかった。

家康はここで、ただこの報せを待っていたのである。

彼の足元で襖《ふすま》が音もなく右に開いた。開けた男はその場で平伏している。釣鐘の形に似た花頭窓《かとうまど》の格子から差し込む月の光を受けて、月代《さかやき》を伸ばしたままの男の髪が銀色に光っていた。

すぐに小姓が廊下から、手燭《てしょく》を持って入って来た。家康の寝室に入り、燭台に火をつけようとする小姓の手首をいきなり家康は掴んだ。60近い老人とは思えぬほどの握力であった。

「よい。佐渡と二人で話す」

家康はふっと火を吹き消した。小姓は慣れているのか何も言わずに、そのまま部屋の外へ出ていった。

「天下到来でございます」

再び月明かりのみとなった部屋の中で、本多佐渡守正信《ほんださどのかみまさのぶ》は身を起こした。

「まだわからん」

家康は、わざと不機嫌そうに答えた。

「戦は九分九厘まで、戦ってみなければわからぬものよ。油断は禁物じゃ」

「なんの。家中ではかくまで殿のお言葉どおりにことが運ぶとは、少々薄気味悪い思いすらいたすと噂《うわさ》する者しきり。掃部頭《かもんのかみ》など殿は八幡大菩薩《はちまんだいぼさつ》の生まれ変わりで、この先何が起こるのかもすべてご承知なのじゃと吹聴いたしておるそうにございます」

「治部めは」

家康は正信の追従《ついしょう》には取り合わなかった。

「あやつもいまごろ、してやったりと思うておろう。ここまでは相手の出方、腹の探り合いなればそれでよい。もし治部がわしの策に乗せられたと気づけば挙兵を断念したやもしれず。ゆえにわしもあやつの手に乗ってやらねばならなかった。だがこのわしですら、乗ってやったつもりが乗せられていたということなきにしもあらず。あの男を甘く見てはならん。太閤《たいこう》がもっとも信頼した男、当代一の切れ者であることに違いはない」

「さればでござります」

正信は、膝立ちのまま、家康の寝具に近寄った。時間を問わず家康に面会できる男は、徳川家臣団多しといえども本多正信ただ一人であった。

「明日、御一同衆を集め、伏見が陥たことを触れなされ」

「ふむ」

「皆、殿の手前、明らかにしておりませぬが、治部側からの書状はすでに、同道するかなりの家中にも届いておると見るが妥当」

「それを承知で伏見が陥たと知らせるか。大坂には妻子を残しておる者も多くいる。皆が治部側に寝返れば、わしは関東で丸裸となる。わしが戦わずして、江戸城に首をさらす姿を見たいと申すか」

正信はぎょろりと大きな目を剥《む》いたまま、唇の右端をひきつったように歪《ゆが》めた。同時に彼の喉《のど》の奥から、くっくっくっとくぐもった音が聞こえてきた。正信と親しく接した者でなければ、これが彼の笑い声と気づくのに時間がかかるだろう。

「殿は狡《ずる》い。ご自分のお考えをそれがしに言わせてから物事をお決めになる。万が一過《あやま》ったときは、それがしに腹を切らせてことをお済ませになるおつもりであろうが」

「拗《す》ねるな、佐渡」

家康もやや表情を緩《ゆる》めた。

「おぬしがそう言うからには、すでに手配は済んでおるのであろう。あいわかった。明朝、各陣所に使いをたてよ。この寺にて評定《ひょうじょう》じゃ」

「ははっ」

正信は上体を蟹《かに》のように倒して平伏した。

「いまひとつの気懸りは」

家康は正信の銀色の髷《まげ》を見下ろしながら付け加えた。

「西のとき」

正信は自分が主君と呼ぶ男の顔を見上げた。その男は射るような目で見つめ返していた。この視線をまともに受けると、さすがの正信も一瞬で唇が乾くのを覚える。

「案ずるには及びませぬ。佐和山の周囲にはすでに伊賀者を配し、ときの一挙手一投足に目を光らせておりまする」

「わずか二十人足らずで、四万の兵が攻めあぐねた伏見を一撃に陥したというではないか。かの者ども、我らの知るときより遙かに力が増しておるような」

「それも御懸念無用。ときの役割は天下乱るるときに現われ、天下の主を替えることこそ本義。決してとき衆が表舞台に立つことなぞありえませぬ。無敵の神軍と呼ばれ、あれほどの威勢を誇った信長公の末路を思い起こされよ。かの者どもが再び現われたということは、とりもなおさず殿に天下が巡ってきたことの証《あかし》でござります」

「それも解《げ》せぬことの一つ。わしに天下を獲らせるためにときが現われたならば、なぜ治部側なのじゃ？　これによっておぬしの言う筋書が危うくなることはないのか」

「治部は刑部に挙兵を打ち明けた折、手ひどく反対されておりまする。このとき治部はもっとも頼みとする刑部に謀計の不備を衝かれ、内心かなり迷う気配だったとか。しかるに、敦賀に現われたとき衆のおかげで刑部は翻意《ほんい》し、再び佐和山にて盟約を結んだがゆえに、治部少輔三成は挙兵の腹を決めたのでござる。すなわち敦賀にとき衆出《いで》ざれば刑部が治部に付くことなく、ゆえに治部の挙兵もあらず、仮に挙兵せりとて刑部の知恵なくばただ佐和山の乱に終わり、天下の主を替えるほどの筋書には育たなかったでしょう」

「西のときはそのために現われたと申すか」

「さように考えれば、我が方に起こったことにもすべて理屈がつき申す」

「うむぅ」

家康は正信を見つめたまま腕を組んだ。家康の表情は、暗闇の中でいっそう読みにくかった。正信は自分の説明に瑕疵《かし》がないか頭の中で反芻《はんすう》してみた。

正信はかつて、彼がまだこの名を名乗る前に家康に命を救われたことがある。だが、ただの思いつきや不用意な発言をすれば、家康はいつでも自分の命を奪える立場にあることを、この20年間、正信は一日たりとも忘れたことはなかった。

正信の前身を知る者は少ない。

一説には家康が鷹狩りに行った折、気に入って城に連れ帰った鷹匠だったという話もあり、また領内視察時に見つけた浮浪《はぐれ》の者だという噂もあった。いずれにせよ家康が彼に与えた本多という姓は家康家臣団でも名門の家柄にあたり、家康の正信に対する信頼の大きさをうかがわせる。

だが、同じ本多姓で戦場の鬼武者と恐れられる本多忠勝《ただかつ》などはあからさまに正信を嫌悪し、人に正信とどのような縁戚かと問われるたび、不快な表情を浮かべるのを常としていた。

確かに、正信に戦場での武勲《ぶくん》はない。なのに家康の側近く仕え、重用されているのが他の武闘派家臣にとっては不思議であり、不満の種でもあった。そのことを重々承知している正信は、だからこそ決して家康という後ろ盾を失うわけにはいかなかった。

「なるほど」

ようやく家康は納得したようであった。

「だが敦賀のとき衆、やはり気になる。決戦においてかの者どもの力をまったく知らざるはもってのほか」

「御意」

「金沢に早馬じゃ。前田に勝手な戦をさせておくわけにはいかん。ただちに敦賀を目指し、とき衆にあたらせてみよ」

「前田が敦賀を抜けばよし。ならずともときの力はそこで測れるというわけですな」

家康は答えなかった。正信は喋り過ぎたかと、微かな恐れを抱いて平伏し、そのまま退出した。

縁側の廊下に出ると、枯山水《かれさんすい》の庭園に敷かれた白砂が、まばゆいばかりの月光に照り映えていた。点在するように配置された石の間を熊手で掃《は》いた跡が微妙な曲線を描き、砂礫《されき》にくっきりとした陰影をつけている。

見つめているといつしかその曲線はうねり、泡立ち、正信は自分が絶海の巖頭《がんとう》に立っているような錯覚を覚えた。

だが、考えてみればこの20年、自分の立場はずっとこのようなものだったのだ。

正信には一つだけ確信があった。

関ヶ原の戦いが終わったあと、自分の立場がどのようなものになるかは予想がつかない。だが、少なくとも家康が天下を奪い、徳川幕府を開くことになるまでは、決して自分がこの歴史から消されることはないだろうと。

秀吉の死去と同時に、正信は次々と家康が天下を手に入れるための策を進言し、それに乗った家康は筋書どおりに動いてきた。そもそもこれまで正信の予言どおりに事態が動かなければ、あの臆病ともいえるほどに用心深い家康が、秀吉恩顧の武将を引き連れて西を空けることなど考えもしなかっただろう。

ようやくここまで来た。

家康が関ヶ原大戦に勝利し、征夷大将軍《せいいたいしょうぐん》になることによって、やっとこの国は本来の歴史に沿った道筋を歩み始める。そこまでの形に持っていくのが、おそらく共にこの世界に来た仲間の中で、最後まで生き残ることになった自分の果たすべき役割なのだ。

かつては三田村正信《みたむらまさのぶ》という名で呼ばれ、海上自衛隊の3等海曹だった男は、軽く胸に息を吸い込むと、庭園をあとにした。

8月2日。伏見攻略を終えた島と第2小隊の隊員たちは佐和山にあった。

三成に呼ばれた島が天守閣に赴《おもむ》くと、上機嫌の城主は島に、花押《かおう》を捺《お》した書き付けを一枚、広げて見せた。

感状《かんじょう》といって、戦場での働きを讃《たた》え、証明する公文書のようなものである。とはいえ島には、あまりに達筆過ぎて書かれてある内容はほとんど読めなかった。三成はこの感状と共に、見事な拵《こしら》えの日本刀を手ずから島に渡した。

「いまはこれしか報いられぬが、貴殿には別して沙汰を考えておる。楽しみに待たれよ」

「どうか過分なお心遣いはご無用に」

実際、この時代の武将ならともかく、島の部下たちが感状を見てありがたがるとも思えなかった。だが、三成はとにかく子どものような無邪気さで、何か感謝の形を島に示したいらしい。

確かに三成には、これと見込んだ人間を召し抱えるためなら、自分の領地をほとんど与えてでも迎えようとしたという逸話が残っている。冷徹《れいてつ》で融通《ゆうずう》の利かない官僚、というイメージは、やはり後年の徳川政権の中で作られたものかもしれない。現にその目で三成と接した島たちにとっては、三成は案外人に惚《ほ》れやすく、また喜怒哀楽の感情も豊かな人物に見えた。

だから軍議の席ではそれなりに威厳を保とうとする三成も、このように2人きりの席になると、さかんに島の国の話を聞きたがった。要するに現代の話である。

「みんしゅしゅぎとは、いかなるものか?」

「おぬしの国には、侍はおらぬと申すのか?」

三成は驚いたり感心したりしながら質問を繰り出し、その一つ一つに島は、できるだけわかりやすく説明を試みた。

400年前の人間に、現代の政治システムを理解することなどほとんど不可能ではないかと思っていたが、意外にも三成は予想以上に島の言葉を咀嚼《そしゃく》し、疑問点があれば容赦なく突っ込んできた。この点において吉継は三成に遙《はる》かに及ばなかったし、また、吉継の方でも、現代の政治形態などにはほとんど興味を示さなかった。

これはつまり、秀吉が側に侍《はべ》らせたという御伽衆《おとぎしゅう》の役割なのだな。

島は、金ヶ崎の戦いのあと、敦賀城で吉継から聞いた話を思い出した。

あのとき、人払いした城内の座敷で島と2人きりになった吉継は、島たちより前に現われたとき衆の話を始めたのだ。

「二十年前、この国を統一寸前までに導かれた上総介《かずさのすけ》殿は、とき衆であった」

「上総介……とは、織田信長!?」

吉継は深く頷《うなず》いた。

「しかし織田信長といえば、尾張《おわり》の方の生まれでは……」

「確かに尾張の小城主で信長という名の者はおった。ただしこの男、少々うつけでな。長じても自分の褌《ふんどし》も、自分で締められんような男であった」

「待ってください。とき衆とは二十数年前、この国に忽然《こつぜん》と現われたというのでしょう?」

「わしの知る限りのことを話せば、そもあの折のとき衆はここよりさらに北、雪深い越後に現われたという。その頃は各地の大名が割拠《かっきょ》し、他国との行き来もままならず、まして越後の噂が外の国に漏れ聞こえてくることなど、まずなかった」

「ですがとき衆は次々と戦いに勝利し、関東から畿《き》内《ない》までほぼ制圧したとおっしゃったではないですか」

「いかにも。だが、とき衆と戦った武将すべてが近《きん》侍《じ》したわけではない。さよう、もっともあの者どもを熟知しておったは、急死した越後の謙信公を除けば、太閤殿下と内府くらいであろう」

「徳川……家康」

「信長公亡きあと、太閤殿下ととき衆は甚《はなは》だ険悪になった。ときの力を恐れた何者かによる奸計《かんけい》とわしは見ておるが、信長公暗殺の裏に殿下が糸を引いておられたと疑う者がおったのじゃ。そこで信長公配下の島田和秀《しまだかずひで》と申す者を頭《かしら》に、とき衆はこの北国に結集、殿下と最後の決戦に打って出た。が、すでにそれまでの戦でほとんどの弾を使い尽くしていた彼らは、完膚《かんぷ》無きまでに破れた」

島の頭の中で、彼の知る歴史とこの時代の歴史が微妙なリンクを始めていた。それはつまり、秀吉の天下統一を決定的にした、柴田勝家《しばたかついえ》との戦いではないのか。

「生き残ったとき衆わずか十人は殿下によって一所に集められ、大坂城が完成すると、そのまま城の奥座敷に押し込められた。その後は殿下以外、いっさい外との関わりを断たれてな」

「なぜ、そんなことを?」

「殿下はとき衆の持つ知識や彼らの国の話を聞きたがったが、その内容は自分以外、決して他人の耳に入らせたくなかったようじゃ。ゆえに殿下は天下の主となると同時に、とき衆の痕跡《こんせき》を、片端から消しにかかられた」

「では、とき衆の男が信長という名になったのも」

「天下をあと一歩で統一しかけたのはとき衆なぞというわけのわからない者たちではなく、この国の尾張の土豪であったという話を、殿下ご自身が先頭に立って天下に広められたからじゃ」

この時代、現代のような全国的な情報網があるわけではなく、まして新聞もテレビもない。権力を握った者が情報を操作しようと思えば、それはいくらでも簡単に行えるのではないか。

そこまでは島は納得できた。が、それでも気になることはある。なぜ死んだとき衆の隊長の名前が、織田信長と入れ替えられたのかということだ。

本物の信長が何らかのハンディキャップを持っていたがために、都合のいい操作がしやすかったという可能性はある。それにしてもなぜ信長か。選んだのは秀吉なのか。それとも……。

「人間五十年というなら、二十年も前を知る人間はもはや少なし。このわしや三成でさえ、ときの戦を間近に見たことは一度もないのじゃ。ゆえに近頃の若い武者の中には、とき衆そのものが他愛もないお伽噺《とぎばなし》として端《はな》から信じておらぬ者もおる。そう、太閤殿下が囲った者どもは、御伽衆と呼ばれるようになったからの」

夜毎、この世界の最高権力者にお伽噺を語る御伽衆。だがそれは紛れもなく、彼らにとってはかつて体験した現実の話なのだ。

秀吉は彼らの存在を封印することで、いったい何を守りたかったのだろう。自分の天下が、その御伽衆の力によってもたらされたという事実か。それとも何か別の意思が秀吉に働いたのだろうか。

それにしても、と島は思った。自分たちの先輩に違いない20年前のとき衆とは、なんと哀《かな》しい存在だったのだろう。

夕方近く、やっと三成から解放された島は、第2小隊の居室にあてがわれた部屋に向かって、本丸の庭に面した縁廊を歩いていた。

「島様」

庭の方から呼ぶ声に、島は立ち止まった。

短く切った竹を隙間なく並べ、棕櫚《しゅろ》で編んだ垣根の手前に、年の頃30前後と思われる総髪《そうはつ》の男が立っていた。

その男は薄い鼠《ねずみ》色の小袖に同色の羽織を羽織り、両手を腰の前で軽く重ねている。

「とき衆の島和武様とお見受けいたしましたが」

「そちらは？」

島は反射的に、右手を腰のホルスターに近づけた。まさか佐和山城の本丸に敵の暗殺者が現われるとも思わなかったが、初めて見る顔には用心に越したことはない。

「ああ、これはえらい失礼いたしました。私は堺《さかい》で商いをしとります、津田宗凡《つだそうはん》と申す者にございます。以後、お見知りおきを」

「津田？」

宗凡と名乗った小太りの男は、丸い顔に愛想良く笑みを浮かべながら、ゆっくりと近づいてきた。

「へえ。こちらの殿様とは天下様ご存命の頃から何かと親しゅうおつき合いさせてもろておりまして」

「私に何か？」

島はまだ警戒を緩めない。宗凡は片手で頭の後ろを軽くぴしゃりと叩いた。

「いや、ほんま悪い癖でしてな。治部様よりあの伏見城を半刻《はんとき》で攻め落としたお方がこの城内にいはると聞いて、もう一目見とうて見とうて。どんな鬼武者かと先刻よりこのお庭で待たせてもろてました」

宗凡は、大げさに目を丸くした。

「それがなんとまあ、こないな優しげな顔をなさってるとは。お声をかける前はほんまにそやろかどやろかと、えらい迷うとりましたんや」

要するに好奇心旺盛な商家の若旦那というところなのだろう。島はたいがいに話を切り上げることにした。そろそろ望月から、北陸戦線の情勢についての定時連絡が入る頃だ。

「申し訳ないが少し先を急いでいる。用がないのなら失礼」

「穴生衆」

宗凡に背を向けて歩きかけた島は、ぴたりと足を止めた。

ゆっくりと、宗凡を振り返る。宗凡は相変わらず、にこにことしている。

「比叡の穴生衆に、なにやら頼みたき義がおありの由、小耳に挟みましたゆえ」

「三成殿から聞かれたのか？」

「いえ。これは手前どものすじの話で」

この男、ただの商人ではない。

島は再び警戒感を強めた。

「そないな恐い顔せんといておくんなはれ。手前はただ、あなた様が穴生衆にお会いになりたいなら、何かお力になれることはないかと」

「穴生衆をよくご存じか？」

「手前どもは自らものを作って売るにあらず、売りたい者と買いたい者の仲立ちをすることによって利を得とります。それは必ずしも品物に限った話やおまへん。ときには人と人を直接繋《つな》ぐこともあるよって、穴生の方々には何度か西国の大名衆とのお話で間に立たせてもろたことも」

「つまり穴生に顔が利くと言いたい？」

「見知っておる者も、ようけおります」

島にはようやく宗凡の現われた目的がわかった。この男は島が穴生衆に興味を持ったという情報をどこからか手に入れ、商売の匂いを嗅ぎつけたのだ。確かに穴生衆の仕事に巨額の金が動くなら、仲立ちする商人にとっても割のいい仕事ということになるのだろう。だが——。

「せっかくだがその話なら諦めた」

「へ。なんでです？」

「三成殿にも言われた。穴生に仕事を頼むには金がかかると。あいにく俺たちにはこの国で通用する金など一銭もない」

「ああ……そういうことだすか」

宗凡は納得したように頷いた。

「銀一万貫までならご用立てできます。城一つ造るとかいう話ならともかく、ものを右から左に動かすだけで済むなら、これで足りんことはないでっしゃろ」

「なに⁉」

島は驚いた。この時代の通貨の単位はまだ詳しく知らないが、一万貫という金額がかなり度を越したものであることだけは確かだ。

「からかっているのか」

「とんでもない」

「おまえは商人ではないのか。そんなことをして何の得がある」

「商人やから、得を取れそうな話には聡《さと》くなるのでございますよ」

「わからんな。俺たちに一万貫も貸し付けて、回収できるあてなどあるのか」

「島様。天下大乱でございます」

宗凡の表情から笑顔が消えた。

「天下様亡き後、江戸の内府が早晩動き出すことは、堺の商人なら誰しも噂しておることでございました。すでに我が町の者にもこたびの戦のあとを考え、露骨に内府にすり寄る者も出とります。確かに我らが耳に入る噂から鑑《かんが》みれば、十中八九、内府有利」

「なら、なぜまだこの佐和山に出入りする？　そうか、万一のことを考え、両方に通じておこうという腹か」

「確かにそれも多少はございますな。ただ、こたびのように天下が真っ二つに割れての戦など、この先もう二度とは起こりますまい。何方《いずかた》が勝つにせよ、それで天下はおおかた治まるはずにございます。申せば、商人にとってこれが最後の大儲《もう》けの機会。そして金は勝ち目が薄い方に賭けた方が、大きく戻って参ります」

「商売は博打《ばくち》か」

島はつい、このあけすけに語る男に乗せられて苦笑した。だが堺といえば、海外貿易に成功して大きく発展した町だ。この時代、船で海外に乗り出すなどという行為は、それこそ毎日が博打のようなものであっただろう。島は、堺商人の気質をかいま見た気がした。

宗凡も、島に合わせて歯を見せた。

「治部様ご勝利ならば、一万貫や二万貫なぞ、倍にしてでも取り返せましょう。ただ、そのためにはと・き・の方々が存分に本懐を遂げなさることこそ肝要。それゆえの申し出、御納得いただけましたでっしゃろか」

「条件は？」

「治部様を勝たせること。ただそれのみ」

「……わかった」

島は一瞬考えた後に答えた。

宗凡の説明を完全に納得したわけではないが、乗って損になる話でもなさそうである。いずれにせよ、関ヶ原で負ければ三成はもちろん、島も宗凡もすべてを失うのだ。

そのときにはおそらく一万貫がどうしたなど、気にかける必要もなくなっているだろう。

「前田軍の動きが変化した」

無線で受けた望月の声は、心なしか緊張しているようであった。

「変化とは？」

佐和山城本丸座敷の一隅に置いた携帯無線機のマイクに島が答える。彼と無線機の周りには隊員たちが集まり、2人のやりとりに耳をそばだてていた。

「加賀、越前領内の西方についた小城の攻略を放棄し、全軍再び南下態勢に入ったそうだ」

「真っ直ぐ敦賀に向かってくると？」

「ああ。どうも当初思っていたほどの時間の余裕はなくなった」

「吉継殿は何と？」

「偵察の報告から判断して、遅くとも4～5日で府中に達するだろうと」

府中城は天筒《てづつ》山系を越えた平野側にある城で、島たちが金ヶ崎で戦った堀尾兵の本拠地である。

「4～5日後……」

「なにか」

「三成殿は、来週佐和山を出陣して大垣《おおがき》に向かうことになっている」

隊長としての立場と自信が固まってくるにつれ、島は望月に対しても徐々に丁寧語で接する機会は減っていった。もっともこれは望月自身が要望したためでもある。その望月は大垣と聞いて、すぐにその場所を思い浮かべた。

「関ヶ原……いよいよ近くなってきたな」

「敵の出方次第でいつどこで戦闘状態に入るかわからんが、俺たちはいま三成殿の側を離れるわけにはいかない」

「わかっている。なに、前田軍の南下は織り込み済みだ」

「大丈夫か、副隊長」

「大丈夫。隊長こそ、俺たちが前田軍を蹴散らして関ヶ原に向かうまで、勝手に戦争を始めてしまわぬようご注意を」

　島は苦笑して定時連絡を終えたが、他の隊員たちの顔はさすがに緊迫していた。掛井が他の隊員を代表して口を開いた。

「北陸で、始まるんですか」

「北陸だけじゃない。全国で東西の激突はすでに始まっている」

「仲間の話です。前田軍2万4000に大谷隊は1500。これが正面衝突するなら敦賀の部隊はどうなります?」

「籠城《ろうじょう》戦をするつもりじゃないですか。伏見は2000足らずの兵で4万人相手に持ちこたえた」

　伏見戦で左腕に受けた矢傷の包帯がまだ取れない大塚士長の言葉に、穴山が反論した。

「伏見と敦賀城では城としての規模がまったく違います。しかも周囲を市街地に囲まれた平城、要塞としての機能は非常に貧弱と言わざるを得ません」

　島は断じた。

「十中八九、野戦だ」

　籠城となれば、周囲の百姓町人はすべて城の中に避難してくる。彼らを飢えさせないだけの水と食糧の備蓄があったとしても、彼らは目の前で自分たちの家や田畑が焼き払われるのを、指をくわえて眺めることになる。吉継なら、自分の領民たちをそんな目に遭わせる戦法は嫌うだろう。

　さらに籠城した場合、前田軍が城を囲むだけの人数を残し、本隊を大坂か佐和山に向けた場合、吉継に打つ手がまったくなくなる。三成の戦略を援護するためには、吉継はどうしても南下する前田軍の先陣を撃破し、出鼻をくじく必要があるのだ。

掛井が島に言った。

「隊長、我々も敦賀に戻りましょう！」

「だめだ」

「なぜ？　家康がまだ関東にいるなら、北陸での戦闘を終えてからでも関ヶ原には十分間に合うはずです」

「万一、前田軍との戦闘が長引いたらどうする？　それに北陸戦線も関ヶ原も戦略的に言えば一局地戦に過ぎない。最終的に徳川方の勢力を駆逐《くちく》するためには、この戦場以外にも俺たちにはやるべきことがたくさんある」

「戦いは……関ヶ原だけではない、ということですか？」

　掛井は思わず聞き返した。隊長は戦線を拡大するつもりなのか？

「そうは言ってない。ただ、ここから東は基本的に敵地だ。大垣城は最前線になる。俺たちがいない間に不測の事態が起これば、取り返しのつかないことになるんだ」

「しかし」

「敦賀のことは望月副隊長に任せてある。彼や仲間を信じろ。たかだか十数人が敦賀に戻ったところで戦術的に大した意味はない。それより俺たちが一足早く美濃近辺を固めることの方が、戦略的に遙かに重要ではないか」

　確かに島の言うことは正しい。敦賀に戻って仲間たちと共に戦いたいというのは、多分に感情論に近い。だが掛井の知る島3尉という人間は、そういう感情をもっとも大事にする男だったはずだ。

　いまの島は指揮官としては、この国に上陸した直後よりさらにたくましく、頼もしくもなっている。同時に掛井は島が何か、この時代の雰囲気に徐々に取り込まれていっているような印象も感じていた。

　8月9日。前田軍、北庄《きたのしょう》に接近という報を受け、大谷吉継は手勢1500を引き連れ、ついに敦賀城を出た。

望月率いる普通科小隊もジープ4台と、残りは徒歩行軍で大谷兵に同道した。大型トラックや装甲戦闘車では天筒山の山道を抜けるのは無理と望月が判断したためだ。浜には戦車とヘリの要員を待機させ、さらに輸送、施設班などから十数名を物資の防衛のために残していくことにした。

敦賀北部から越前中原にかけての道のりはほとんどが山越えの道だが、この山中を抜けると一気に視界が開け、福井平野の南端に出る。吉継の作戦はこの天筒山からの山系を最終防衛ラインとして平野部に進出、北庄方面から殺到する前田軍を迎え撃とうというものであった。吉継は兵を敵の奇襲に備える前軍、吉継の周囲を固める中軍、殿《しんがり》軍役の後軍と3つに分けて進み、自衛隊員のジープはこの前軍と中軍の間に配置された。

望月は、第1小隊の中から特に度胸のありそうな川端3曹と岩崎士長の2人を斥候《せっこう》に選び、オートバイで大谷兵前軍よりさらに2～3キロ前方を偵察に派遣した。

「まだそれほど気を配る必要はあるまい」

その夜、山中で宿営することになった大谷軍の本陣で、望月を食事に招いた吉継はそう声をかけた。

「しかし、敵より先に相手を見つけた方が戦いを有利に進められるでしょうから」

「なに。ここより先、七、八里ばかりで、三里山《さんり》の麓《ふもと》に鞍谷《くらたに》川という川がある。敵はおそらくその手前に陣を布《し》き、我らを待ち構えておるであろう」

「我々がここまで進出してくるのを敵は知っているというのですか？」

「知るもなにも、わしが教えた」

「は？」

吉継は愉快そうに笑った。望月の向かいで、折り畳み式の畳床几《しょうぎ》に腰掛けながら盃を口につけていた重兼が引き取って言った。

「いま、前田の兵の中に我が手の素破《すっぱ》を何人か潜ませておる。その者たちを通じて、我らの進路、兵数などはすでに敵も承知しておるはずじゃ」

「な、なぜそんなことを!?」

野戦において戦闘力の大きさは、他の条件が同じなら単純に兵力の多寡《たか》で決まる。もちろん自衛隊の火力は敵の武器と比べればかなりのアドバンスにはなるが、それでも敵が20倍近い兵力差を知って、一息に勝負をつけようと総攻撃をかけてきたらどうなるのか。その疑問に重兼は笑って答えた。

「確かに二万もの兵に総懸《そうがか》りをされれば、こちらは陣立てを整える暇もあらず。だが、前田公ならば仮にも大谷刑部の陣に向けてそんな無茶はなさるまい。必ず何らかの罠《わな》やあらんと用心なされ、まずは川向こうで我が方の出方をうかがわれるであろう」

要するに情報戦なのだ。吉継の戦上手の名声を利用し、敵の大将の性格を見抜いた上で虚々実々の攪《かく》乱《らん》戦を仕掛ける。そのことで逆に敵に用心させ、敵兵力が一気に福井平野を抜けるのを足止めさせたというなら、それは狙いどおりということになるのだろう。だが、こちらの兵力まで敵に教える必要があるのか。

「長門《ながと》。戦はおそらく明後日になる。太閤殿下がご存命の頃は、まさか加賀の前田と戦うことになろうとは思いもよらなかったが。まずまず、相手にとって不足はなかろう」

「まことにごもっともでござります」

死ぬかもしれない戦について酒を酌《く》み交わしながら語る主従は、どこか楽しげですらあった。いまさらながら望月は、この時代の人間との精神構造の違いを実感せざるを得なかった。

8月11日早朝。先行していた偵察隊から無線が入った。

「こちら川端、敵発見！　繰り返す。川向こうおよそ200メートルに横列敵陣営を発見。前田家の旗を確認できます！」

そのとき大谷軍は朝靄《あさもや》の中、鞍谷川より3キロほど手前を三里山の山裾《やますそ》に沿って進軍中だった。

吉継は、中軍で板輿《いたごし》に乗って移動していたが、望月から敵発見の連絡を受けるや、輿を降りた。すぐさまその横に陣笠をかぶった4人の足軽が、半畳ほどの畳を背もたれと低い手摺《てす》りで囲った乗物を持って駆け寄った。目の不自由になった吉継が、戦陣で使用するための長柄輿《ながえごし》である。

吉継は輿の横で小姓に手伝われて具足を身につけ、面頰《めんぼお》を頭巾の上から顔に当てた。兜《かぶと》はつけない。そのため、夜叉《やしゃ》のように恐ろしげな口を開いた面頰がさらに強調された。準備が整うと吉継は輿に着座し、4人の足軽たちはそれぞれ長柄を肩に乗せた。

吉継の姿が軍兵の群の中から、すっくと浮き上がった。

「よしや、ものども。我に八幡大菩薩《はちまんだいぼさつ》のご加護あり！　この一戦にて大谷の戦を世に残すべし！」

その声に応えるかのように、1500の兵がおおおっと鬨《とき》の声を上げげた。

吉継が朱漆《しゅうるし》を塗った柄に金箔《きんぱく》の紙房を付けた采配《さいはい》を高く上げ、振り下ろした。輿の右手に一抱えもある太鼓を背負った足軽がいた。ばちを持ったもう一人の足軽が、その太鼓をどおーん、どどおーんと叩く。それを合図に大谷兵は歩速を早めながら一斉に陣形を変え、中軍の方からもジープを追い越して、鉄砲組の足軽たちがわっと前へ駆け出した。

「飛鳥の備えだ！」

吉継や重兼に陣形のレクチュアを受けてきた望月は、前衛に展開する鉄砲隊と弓隊の配置を見て、これが大敵を相手にするときの小勢の備えであることに気づいた。

「補給班は後方陣地をここに設営、第4小隊は右翼、第3小隊は左翼の大谷兵と共に進め！」

「了解！」

「了解しました！」

それぞれ無線で返事が返ってきた。望月はそのままジープで大谷の鉄砲隊とともに前進する。やがて靄は次第に薄くなり、視界が開けてくると、前方に幅20メートルほどの川が見えてきた。川面の色から判断する限りそれほど深くはない。せいぜい大人の太股あたりまでの深さだろう。ただし川原の流域は広く、腰のあたりまで生い茂るススキの原を別にすれば、隠蔽、掩蔽に使えそうなものは何もない。

その川向こうに、平原の端から端まで埋め尽くしているのではないかと見紛《みまが》うほどの幟旗《のぼりばた》が横一列に並んでいた。その前に大きく5つの兵団に分かれた敵兵が整然と並び、彼らもまた大谷兵の姿を認めると、どおおっと鬨の声を上げ始めた。

「参ったな」

20人の大谷鉄砲隊と共に最右翼を進む涌井は、ジープに揺られながら双眼鏡を覗いて呟いた。

「あれじゃ本陣がわからん。望月の言うとおり、敵は大将の位置をカモフラージュしたか」

確かに幟旗はすべて、白無地の上方に黒の横線2本という柄で統一されていた。普通は陣を構成する家中ごとに、別々の家紋なり幟なりが使用されるはずだ。

三里山の山裾に最も近い、左翼に陣を布いた立原は緊張を隠すため、ポケットに残っていたガムをくちゃくちゃ噛みながら、やや強ばった笑いを浮かべた。

「どうせ突撃は大谷の足軽の仕事、こっちは後衛で砲弾をぶち込みゃいいだけだろ。あれだけ的がでかきゃ、どこに撃ち込んだって当たる。演習よりよほどましってもんさ」

大谷軍も前田軍に向かい合うように、川に沿って足軽を展開させた。

「よし、各隊、迫撃砲《はくげきほう》設置！」

望月の指示で、各小隊のジープからそれぞれ2門の81ミリ迫撃砲L16と弾薬が下ろされ、隊員たちは地面を円匙《えんぴ》で掘り下げて水平にすると、底板を敷いて迫撃砲を固定した。

「涌井より望月副隊長、我が隊正面の敵陣は渡河《とか》想定ポイントより右へ２００、増せ５０、左右１６０！」

「望月了解、そのまま待て！」

自衛隊の普通科隊員ならば、距離の目測訓練をかなり徹底して受けている。だから涌井正面の敵が左右１６０メートルにわたり、縦におよそ50メートルの幅で展開しているという報告は信頼のおけるものだ。大谷兵との訓練を経た望月は、この時代の足軽が隣の兵と１・５メートルから2メートル以内の間隔を取って配置されることに気づいていた。すなわち左右１６０メートルで幅50メートルの兵団とは、およその見当ではあるが１００人の兵の30列縦隊、約３０００人程度の兵力と見ることができる。

続いて立原からも無線連絡が入った。彼の正面に展開する敵も３０００人規模らしい。望月はもう一度双眼鏡を覗き込んだ。大谷軍中央に位置する彼の部隊の前方には、約６０００人の兵団を一塊《かたま》りとして、３つの部隊が陣を布いているのが見えた。常識的に考えれば、あの中央の兵団の中に総大将がいるはずだが。

朝の日差しが徐々に熱を帯びてきた。望月は後方を振り向いた。50メートルほど下がったところに、すでに周囲に幔幕《まんまく》をめぐらせた吉継の本陣がある。だが輿の上に座る吉継の姿は、その前を覆うように立ちはだかる足軽隊によって望月の位置からは死角になっていた。

代わりに、望月の乗るすぐ後ろにつけていた、もう一台のジープに乗っていた戦闘服姿の男と目が合った。望月はしまった、とでも言うようにすぐに視線を逸らせたが、武智は医療器具を後部席に積み込んだトラックから飛び降り、意を決したように望月に近づいてきた。

「望月副隊長」

「なにか？」

「やはり間違っている。我々はこの戦いに関与すべきではない」

「何をいまさら」

「いまからでも遅くない。我々は自衛官だ。これから行おうとしていることが、自衛隊の本義に基づく行動か否か、よく考えてくれ」

「戦闘が恐いなら長浜のところまで戻っていても構わんぞ」

「そんなことは言ってない！　きみは信じないかもしれないが、これでも私は自衛官として、専守防衛の理念に誇りを抱いていた。だがこれはどう考えても違う！　違うどころか、これから我々が行おうとしているのは虐殺《ぎゃくさつ》だ！」

虐殺と言われて、さすがの望月もカッとした。

「前にいるのは俺たちを切り刻もうと待ち構えている2万の歩兵だ！　それともここで戦わずに殺されるのを待てと？　武智医官、前から一度言おうと思っていたが、貴官の発言は無責任に我々の命を弄《もてあそ》ぶ政治家どもと同じだ！　我々には自分の命を守り、生き残る権利もないと言うのか！　貴官が紛争地帯で医療活動を行っているとき、そのテントを守っていたのはいったい誰だと思っているんだ！」

「武力を持っていればいずれ衝突は避けられない。島隊長は戦闘が一回で済むような言い方をしたが現実はどうだ。伏見で隊員が死に、この戦いでも双方にどれだけの犠牲者が出るかわからん。仮に関ヶ原が終わっても戦いが終わりなどするものか。断言してもいいが武器に頼ろうとする限り、我々は最後の一人が消え去るまで、戦い続けることになるぞ！」

「ここで貴官と論争するつもりはない。そういう理屈は退職後、小学生相手にでも説くことだ。作戦に参加する気がないのなら一人で浜に帰っていろ！」

望月はこれ以上武智相手に時間を潰したくなかった。だが武智は望月の肩を掴んでなおも食い下がる。

「望月2尉、考え直すべきだ！」

「くどい！」

武智の手を望月は振り払った。そのとき、川向こうからパンパンパンパンパンッと連続した銃声が聞こえてきた。

「始まった！」

　運転席から降り、敵陣を観察していた第1小隊野本3曹が、双眼鏡を目から離して望月に叫んだ。

「第1、第3、第4小隊！　総員戦闘配置！」

　望月は各小隊指揮官にオープンにした車載無線機のマイクを掴んだ。

　前を見ると、前田軍が膨張していた。が、すぐにそれは目の錯覚と気づいた。鉄砲隊、弓隊を突出させながら、主力となる本隊もまたゆっくり川に近づいていたのだ。

「あいつら、いつの間にあんなとこまで？」

　涌井は爪を噛んだ。すぐにヘルメットに取り付けられたリップマイクに左手を添えた。

「副隊長、こちら涌井。迫撃砲射撃要請！」

「こちら望月、大谷の鉄砲隊と協調する、待て！」

「待てったって、これ以上近づかれるとこっちもヤバいぜ」

　マイクをオフにして毒づく涌井の前方に、ススキをかき分けながら、前田軍の鉄砲隊が近づいてくる。

　火縄銃の銃弾は100メートル前後は楽に飛ぶ。ただし、射殺可能距離となるとおよそ30間、つまり約60メートル以内からが最も危険とされていた。川向こうの敵は、もう彼らの射程距離の中に自衛隊員たちの姿を捉《とら》え始めていた。

　口火の攻撃に反撃してこないことから、どうやら前田軍は大谷軍が本当に1500の兵しかいないことを確信したようだ。2万4000の兵がじりじりと間合いを詰めるように川に近づいてくるのを、望月たちは苛立たしい思いで見つめていた。

「伏せろっ！」

　望月が膝立ちで小銃を構えていた隊員たちに声をかけると同時に、パンパンパン、パンパンパンッと敵の火縄の第2撃が始まった。

　ススキの原から川原に出た鉄砲隊が、一斉に大谷軍に向かって火縄を撃ち始めたのだ。鉄砲隊は3陣構成で、第1陣が撃ち終えると、すぐさま第2陣が前に出て銃撃を続け、第3陣が弾を込める。その動作を順に繰り返して、斉射は寸断なく続いた。

望月は頭上を通り過ぎる銃弾が風を切る音を、不気味な思いで聞いた。何個かは、車体に当たって、地面に跳ね飛んだ。

「副隊長、射撃許可を！」

望月のヘッドセットに、涌井の悲鳴のような声が聞こえてきた。

「まだだ！」

まだ吉継は動かない。ここで自衛隊が勝手に攻撃を始めたら、吉継と詰めてきた大谷軍との連携作戦が水泡に帰す。

前田軍の射撃はおよそ15分ほども続いた。だが、15分ほど経過して、明らかに射撃の間合いが開いた。3段構成で仕掛けてきた前田の鉄砲隊が、どこかで弾込めに手間取ったのかもしれない。

そのとき、吉継本陣の方から、どお~ん、どどどど~ん、と太鼓の音が聞こえてきた。

望月が伏せさせた隊員たちの前で、ススキの中に潜んでいた大谷鉄砲隊が突如身を起こし、前田軍に反撃を開始した。前田軍は突然、敵前線が10メートル近くも手前に現われたのを見て驚いたようだ。

パンパンパンパンッ。パンパンパンッ。

両軍の間で射撃の応酬になった。だが兵力で圧倒的に勝るはずの前田鉄砲隊を、2陣構成の大谷隊が圧している。いったん乱れた前田鉄砲隊の隙に、規則正しく銃弾を撃ち込み続ける大谷隊がつけこんだ形になった。

たまらず前田鉄砲隊の後方から、1000人ほどの弓隊が立ち上がった。大谷軍前線に向けて、弓矢の雨が降り注いできた。

大谷鉄砲隊は弓矢が放たれた途端、地上に伏せていた木製の楯を起こし、その陰に身を隠した。

カツカツッ、カツッ！

その楯に弓矢が突き立っていく。

前田弓隊の第1撃が降り注いだ直後、今度は大谷鉄砲隊の後方から弓隊が立ち上がり、一斉に前田方に向けて弓矢を放ち始めた。鞍谷川の上空は、両陣営の間を行き交う弓矢で空が隠れた。

そのとき、川原の斜面に伏せながら双眼鏡を覗いていた野本3曹が声を出した。

「マルヨン主力、動きます！」

「よし、迫撃砲、射撃準備！」

望月は敵の部隊を陣ごとに、右から順に番号を振って区別することにしていた。涌井正面のマルヒトから、中央のマルフタ、マルサン、マルヨン、左翼のマルゴという案配だ。

この時代の会戦は最初に鉄砲隊、弓隊の応酬《おうしゅう》から始まり、これで十分に敵兵力を削り取ったあと、長槍隊による歩兵突撃が行われ、そのあと主力が動く。

望月は鉄砲、弓の駆逐《くちく》は最初から大谷兵に任せ、この主力叩きのみに焦点を合わせていた。

自衛隊の中長距離火力を用いても、万単位の敵が相手では殺傷力はせいぜい百人単位である。自衛隊の火力だけで戦国時代の兵団に勝てると考えるほど、望月は楽観主義者ではなかった。

それよりも敵主力が勢いに乗って前進しようとするところへ迫撃砲を集中させ、混乱した敵にさらに大谷兵が切り込む。この戦法で敵陣を切り崩していけば、最終的に前田軍の戦意は喪失されるだろう。この戦闘における大谷・自衛隊連合軍の勝利目標は敵の殲滅《せんめつ》ではなく、あくまで駆逐なのだ。

「撃てっ！」

望月の号令で各小隊位置から発射された榴弾《りゅうだん》が、鞍谷川の上空に円弧を描いて、次々とマルヨン兵団の中に撃ち込まれた。

ズンッ！　ズオンッ！

地上に激突すると同時に榴弾は地面を削り、周囲数十メートルの敵をなぎ倒した。

望月は着弾地点に、無数の土塊と共に首がついたままの兜や、槍を握った腕が空中に飛散する光景を肉眼で確認した。

「マルヨンの足が止まりました！」

野本が報告する直前に、すでに吉継は輿《こし》から立ち上がっていた。

「いまじゃ。川を渡り、左の陣へ切り込めいっ！」

おおおーっと声を上げながら、長槍を構えた600人の兵が、水飛沫《しぶき》をあげて川を駆け渡る。その中に騎乗した重兼の姿もあった。

人数的には10倍だが、戦意を失くした敵の戦闘力は実際の10分の1以下にもなる。重兼は川を渡り、馬上槍を自在にふるって、マルヨンの兵を思う存分切り裂いていった。

「マルヒト、マルフタ、我が方に向かって突出！増援乞《こ》う！」

緊張した涌井の声が聞こえてきた。だが、まだ戦機はどう転ぶかわからない。

「慌《あわ》てるな。主力に向けて迫撃砲を毎分20発で撃ちかけよ。川に近づいた敵は小銃で応戦すればいい」

続いて野本が望月を振り向く。

「副隊長！　マルサンがマルヨンの援護に動く気配！」

マルサンの6000人は、進路を右に転じ、マルヨンに切り込んだ重兼隊の背後から襲いかかろうとしていた。これでマルヨンが息を吹き返せば重兼は包囲される。野本の報告に望月は2門の迫撃砲を、毎分30発の最大ペースで撃ち込むよう指示した。マルサンは5分で全兵が算を乱した。

吉継は輿の傍《かたわ》らに控える岩佐五助から戦況を聞きつつ、なおも采配を振り続ける。

「よし。おぬしらは右にかかれっ！」

機を読んだ吉継は身辺に300ばかりの兵を残し、残りの600人に川を渡らせた。彼らは崩れかけたマルサンに、牙《きば》を剥いて襲いかかった。

開戦1時間で川を越えて突入した大谷軍1200と前田軍マルサン、マルヨン1万2000の戦闘能力はほぼ拮抗《きっこう》する状態にまでなっていた。が、これは正面だけで、右翼の涌井部隊は眼前に迫るマルヒト、マルフタ計９０００人の兵団に脅えながら、かろうじて迫撃砲と小銃乱射で喰い止めていた。

「ここを踏ん張れ！　蟻《あり》の一穴ということがある、一兵たりともあの川を渡らせるな！」

涌井は隊員たちを激励しながらジープから飛び降り、その場で伏せ打ちの姿勢になると、小銃の薬室に第1弾を送り込んだ。

一方、左翼の立原部隊は完全にマルゴを寄せ付けない勢いであった。

「見ろよ。人が木っ端微塵《みじん》だ！」

立原は興奮のためか、明らかに表情が常軌《じょうき》を逸したものになっていた。顔面にへばりついたような笑いを浮かべ続け、榴弾が敵陣に炸裂するたび、助手席のシートに立ち上がっては、ひゃあひゃあ喜びながら拍手をしていた。

「へっ。生の標的にぶっ放すのはやっぱ違うなあ。長いこと自衛隊にいたのに、気づかないで損した」

ジープの右方で89式小銃を構えていた阿部曹長は、そんな立原の様子に危ういものを感じていた。

「小隊長、少し砲撃をやめてはどうでしょう」

「なに？　……なんで？」

立原は首をかくんと倒すように、阿部に向けた。

「マルゴの戦意はかなり喪失したように見えます。残弾も少ないですし、無用に敵兵を攻撃するのもどうかと」

「ばあか。これ、戦争よ。俺たち、いま戦争やってんだよ。敵を完全撃破するまで攻撃の手を緩めないのは鉄則だろ」

果たしてこれが戦争と言えるのだろうか。阿部はふと疑問に思った。

敵の武器よりも圧倒的に長い射程距離の火器を持っていれば、ほぼ戦闘は一方的なものになる。応戦したくても相手にはこちらに反撃するすべがないのだ。強力な武器を持っている方にとっては理想的な戦闘と言える。なにしろ味方側の死傷者は一人も出さずに済むのだから。だが、これではまるで……。

「おっ」

双眼鏡を目に当てた立原が、いきなり声を上げた。

「どうしました？」

「そうか。マルゴが他の部隊に比べて無理に突出してこねえわけがわかったぞ」

「え？」

立原はにまっと笑いながら阿部を見た。

「総大将だ。前田利長って野郎、マルゴの最後衛に隠れてやがる！」

「えっ!?」

「見ろよ、あの奥に見える幔幕を。梅鉢《うめばち》だか梅小鉢だか忘れたが、出撃前に覚えさせられた前田家の家紋だろ！」

双眼鏡を渡された阿部は、前方３０００人の兵が蠢《うごめ》くススキの原の中央を見た。連続して撃ち込まれた榴弾によって、右往左往する兵団の間に一瞬、隙間ができている。

その隙間の向こうに、白い幔幕で囲まれた陣地があり、その正面幔幕の中央にはっきりと、五弁の梅を象《かたど》った梅鉢と呼ばれる家紋が染め抜かれていた。

「阿部曹長、乗れっ！」

「はっ？」

立原はジープの助手席にすでに座り込み、持っていた小銃で前方を指した。

「これより第３小隊は渡河、前田軍本陣を制圧する！」

「待ってください！　副隊長はそんなことは一言も……」

「戦場では現場で臨機に対応しなきゃならんケースもある！　いま突っ込めば確実に大将を仕留められるんだ、行くぞ！」

立原は完全に英雄気取りだった。援護する迫撃砲の射手を４名残し、残りの隊員に全員渡河しての突撃を命じた。彼は川を越えて走り始めたジープの助手席で立ち上がり、左手に持った小銃を頭上にかざして叫んだ。

「進めえ〜っ！」

３００メートルほど左方に、その光景を目撃した望月は青ざめた。

「立原っ、何をやってる⁉　すぐに引き返せっ！」

即座にマイクで呼びかけるが、立原からの返事はない。完全に舞い上がっているようだ。

「前田家の家紋がついた陣が見えます。どうやら立原さん、総大将の本陣を見つけて突入する気では？」

双眼鏡で左翼を観察した野本が報告する。

「くそっ！」

野本は望月がそんな言葉を吐くのを初めて聞いた。

「望月より涌井小隊長！　右翼の状況はどうか？」

「いまのところ無理押しはしてこない様子だ！　ただし榴弾はあと5分で切れる！」

「望月より朽木海曹長！」

「こちら朽木、どうぞ」

「前線に弾薬補給を頼む！　右翼第４小隊！」

「了解」

望月はもう一度全体の状況を確認した。右翼はわずか20人の隊員で、９０００人相手によく拮抗している。中央は大谷軍が圧し始めた。命令違反の罪はあとで厳しく咎《とが》めるとしても、このまま立原が前田本陣を制圧すれば、戦いは我が方の圧倒的勝利で終わるかもしれない。だが、望月はここで何か胸騒ぎがした。

その予感は次の瞬間、左翼から聞こえてきた耳を疑うような銃声によって現実のものとなった。

それはまるで無人の野を行くがごとき、立原のジープの眼前で起こった。

彼はもう、自分のあとをついてきているはずの隊員たちすら気にする様子はなかった。ただ、正面に見える本陣の幔幕めがけ、小銃連射を浴びせかけていた。梅鉢の家紋に、ブツブツブツッと黒い穴が開いていった。

突進する立原隊の勢いに恐れをなしたか、本陣の周囲に敵兵の姿はほとんどなく、あの幕の向こうにまだ総大将がいるのかどうかすらわからなかったが、それはどちらでもいいと、ここは冷静に立原は考えていた。要するに本陣が制圧された、という事実が敵兵に認識されればいいのだ。

本陣まであと50メートルばかりという距離までジープが迫ったとき、突然、正面の幔幕がバッと地面に落ちた。

その向こうに、陣笠をつけた足軽が身を低くして、三脚で支えられた黒く長い筒のようなものを立原たちに向けているのが見えた。

「あん?」

助手席側で立ち上がっていた立原が不審の声を上げるのと、足軽が引き金を引くのが同時であった。

古い漁船がエンジンをかけるような音がしたかと思うと、立原の振り上げていた左手が吹き飛んだ。ちぎれた親指がビシッと音をたてて立原の頬を打ったが、そのことに気づく余裕はもう立原にはなかった。彼の首の右半分が、えぐり取られたように消えていたからだ。

「わあああっ!」

驚いた阿部が右へ急ハンドルを切った。が、そこに窪みがあったためジープは左側がぶわっと浮き上がり、そのまま土を削って横転した。

「なんだあれはっ!?」

思わず望月は叫んだ。

双眼鏡を覗いていた野本も我が目を疑った。

「M……2のように、見えますが」

「M2だとっ!」

なぜこんなところに突然、米軍の機関銃が現われるのか? だが、いまはそんな理由を詮索している場合ではなかった。立原の後に続いてきた小銃隊員たちが、いきなり現われた敵の兵器に戸惑い、バタバタと倒れている。

「迫撃砲で狙えるか?」

「味方が近過ぎます!」

「よし、第3小隊の救援に向かう！　総員前進、渡河！」

望月は身を起こして前方に駆け出した。

ズラッダッダッダッダッ！

転覆したジープの下から這《は》い出した阿部の頭上を、M2の銃弾が通り過ぎた。数メートル後方から、続いてきた隊員の悲鳴が聞こえてくる。

阿部は立ち上がろうとしたが、どうしても足に力が入らない。仕方なくそのまま手で這うように車体から離れ始めたとき、前方のススキの中から、長槍を持った足軽たちがばらばらと姿を現わした。

「ひっ？」

足軽たちは奇声をあげながら、次々と槍を阿部に向けて突き出してきた。

「たっ、助けてくれっ！」

阿部は最初に突き出された槍を、右に体をひねってかわしたが、かわしたところで左脇腹に焼け火箸《ひばし》をぐりっと突っ込まれたような感覚を覚えた。

「うっ」

精一杯の力を両手に込め、身を起こしたところで、右鎖骨《さこつ》と左肺と右下腹部にぶすぶすっと何かが突き刺さる音を聞いた。この時点で阿部の視界には、もう何も映らなくなっていた。

「母ちゃ……」

阿部の喉から最後の音声が漏れる前に、研《と》ぎ澄まされた槍がガッと喰い込み、喉を貫いた穂先《ほさき》は、そのまま横転したジープの車体に突き当たって欠けた。

「来るなっ！　来るなあ～っ！」

立原のあとを続いて渡河した隊員たちも悲惨な状況だった。

立つとM2の銃弾が浴びせられる。伏せるとススキの中から現われた長槍隊が、地上の隊員たちの体めがけて槍を突き出してくる。かなり訓練したのではないかと思えるほどに、この連携は完全なものであった。

戸村1曹は見えない敵に向かって叫びながら、指が硬直したように89式小銃の引き金を絞り続けていた。

彼はまだ、自分たちに何が起こったのかをまったく理解していなかった。ただ、前方を走っていた立原のジープが横転したかと思うと、左側にいた浜野士長の全身から血が噴き出るのを目撃した。

即座に身の危険を感じ、地面に伏せた。するとすぐに彼の周りに3～4メートルもある槍がススキの中から突き出されてきたのだ。

「殺すぞ！　近寄ると本当に殺すぞっ！」

戸村はやぶれかぶれで威嚇《いかく》しながら、ほとんど仰向けになったまま、自分の四方八方をなぎ払うように乱射した。

突然、弾が途切れた。戸村は腰のマガジンパウチに手をやって、自分が予備の弾丸も使い切ってしまったことを知った。

「そんなバカな！」

まだ射撃を始めてからほんの数分しかたっていないはずだ。戸村は自分の目の前に、小銃を近づけてみた。89式のセレクタ表示は「ア」「タ」「レ」と順になっていて、それぞれが安全装置、単発、連射の位置を示している。「タ」と「レ」の間に「3」、つまり3点制限射モードがあり、この状態ならば引き金を握りっぱなしでも、3発銃弾を発射するごとに銃撃が止まるようになっている。戦闘に慣れていない新兵の銃弾浪費を防ぐために考えられた仕組みだ。

戸村は自分がセレクタ・レバーをこの「3」の位置に入れたつもりで、実は回し過ぎて連射モードにしていたことに、いま気づいた。

「しまった」

戸村は愕然《がくぜん》としてよろよろと立ち上がった。

ガサガサッと草をかき分ける音がして、戸村の眼前に槍を体の前に構えた足軽が現われた。

「りゃありゃありゃありゃあっ！」

3人の足軽が槍をしごき出し、抵抗する間もなく、戸村の腹部に左右から槍がずぶっと突き立てられ、すぐに引き抜かれた。そこからぼたっと赤黒い太縄のようなものが、外に垂れ下がるのが見えた。戸村の小腸だった。

「いてえじゃ……ねえかよう」

戸村は恨めしそうに顔をあげ、正面から迫る足軽を見た。

足軽たちの表情はどれも目がつり上がり、真っ青に血の気の引いた表情で、細かく唇を震わせていた。

それが心底からの恐怖に脅えているためだと気づいた戸村は、この状況には場違いな感情が突然湧き上がってきた。

「りゃあああっ！」

前後左右から8本の槍を突き立てられて絶命した戸村の表情は、なぜか笑っているように見えた。

望月たち第1小隊は渡河すると、彼らの場所からは２００メートルほども敵陣に入り込んだ位置にある、前田本陣に向かって突撃を開始した。

大谷隊と前田隊が乱戦するすぐ左を深く横切ることにしたのは、おそらくＭ２は射線上に味方がいる方向には銃撃してこないだろうと読んだからだ。逆に言えば立原隊は、ほとんど真正面から機関銃の縦射を受けたことになる。

草むらの中から突然目の前に現われる前田兵に遭遇すると、89式小銃とＭＩＮＩＭＩで掃射しながら、望月隊は前田本陣の１００メートルほど手前に土の盛り上がった部分を発見して、そこに身を伏せた。

ビシビシビシッ！

望月らの接近に気づいた射手は、銃撃方向を変えたようだ。彼らが身を伏せている土瘤《どりゅう》に、Ｍ２の銃弾がめり込む音が聞こえてきた。

望月の隣に、84ミリ無反動砲を構えたまま腹這いになった川端がいる。望月は本陣の様子をうかがいながら、その川端のヘルメットをさらに上から押さえ込んでいた。

土をえぐる弾雨が、左から右へと流れた。

「よし、いけっ！」

ポンと望月が川端のヘルメットを叩くと同時に川端はわずかに身を起こし、バックブラストを避けるために自分の体の線から45度斜めに構えた無反動砲のトリガーを引いた。

発射された砲弾は、それでもかなり正確に飛翔し、M2射手の位置を10メートルほど超えたところに落下した。

発煙弾だった。

もうもうと噴き上がる白煙が、やや逆戻りするように流れ、前田本陣の幔幕があった辺りは、完全に煙に埋もれた。

「走れっ！」

望月は7人で右に、野本が8人を連れて左に飛び出した。

ズラッタタタタッ！

M2の射手は白煙の中で、慌てて周りに銃弾をばらまき始めた。だがM2以外に、他の支援火器が一つもないのが致命的だった。すでに前田本陣の後方近くに回り込んだ望月たちは機関銃が発する音で、ほぼ正確にM2の位置を知ることができた。

「撃てっ！」

望月の号令で、全員が一斉に前田本陣と思《おぼ》しき場所めがけて連射銃弾を撃ち込んだ。

「やめっ！」

望月が右手を軽く挙げた。

すでにM2は完全に沈黙していた。

望月たちはそれでも小銃を構えたまま、ゆっくりと本陣に近づいた。

本陣周囲にまとわりついていた白煙が、はがれるように薄くなってきた。

幔幕で囲まれた中央に、約1メートル四方の掩体《えんたい》が掘られていた。正面に向けて銃座が作られ、上半身をその銃座の横に突っ伏すような格好で、ぴくりとも動かぬ足軽が一人、倒れていた。彼の背中は血塗れだったが、意外と掩体周囲に飛び散った血は少なかった。

そのとき川向こうの吉継の陣から、太鼓と法螺貝《ほらがい》の音が聞こえてきた。望月のヘッドセットに涌井の声が飛び込んできた。

「涌井より副隊長に報告、敵は退き始めた！　聞こえるか、前田軍が全軍退却を始めているっ！」

「確かか？」

「吉継の使番にいま聞いた！　敵中に潜ませた素破に大谷軍の別働隊が海路、金沢に攻め込むという情報を流させたそうだ。前田の連中、それ聞いて泡喰って逃げ出し始めたというわけさ」

「前田軍がその情報に乗ったのか？」

思わず望月は聞き返したが、同時に望月はその答えに気づいた。

だからこそ吉継は、リスクを承知でこの軍の正確な情報を相手に与えたのだ。

吉継の素破がもたらす情報に十分な信頼性を持たせた上で、前田軍の戦意のタイミングを見計らい、とどめの偽《にせ》情報を流す。したたかな知将の戦略と言えた。

「状況はそこからでも確認できるだろ。ここから見える前田兵は我先にと後退している。大勝利だよ！2万の敵を俺たちが打ち破ったんだ！」

涌井は軽い躁《そう》状態にでもなったように興奮していたが、望月にはこの戦いに勝利したという実感はどこにも湧いてこなかった。

左から近づいてきた野本が、足軽に小銃を向けたまま、半長靴の踵《かかと》をその脇にぐいと押しつけた。足軽は目を見開いたまま裏返り、掩体の中に崩れ落ちて、自分の血溜まりの中に沈んだ。野本はしゃがんで三脚架《トライ・ポッド》の上の機関銃をしげしげと眺めた。

「M２に間違いありませんね。回収しますか」

「ああ、だがその前に怪我人の収容だ」

平原中央部では、大谷の兵たちがそれぞれの場所で勝ち鬨《どき》を上げていた。その声を背に川向こうから次々とジープが集まり、立原小隊の死傷者を収容し始めた。

「助かるぞ、しっかりしろ！」

Ｍ２の銃座から50メートルほど鞍谷川に戻ったところで、武智が地面に横たわった隊員を励ましながら応急処置をしていた。その隊員の左足の膝から下は、露出した靭帯《じんたい》のみでつながっていた。

怪我人を探索しながら戻ってきた望月は、その姿に驚いて武智に声をかけた。

「助かるのか？」

隊員の腕に注射をしていた武智は、自分の手元を見つめたまま答えた。

「腹もやられている。これは鎮痛剤《モルヒネ》だ。せめて苦痛が少ないように」

武智は注射器を抜くと立ち上がり、望月に面と向かった。

「これが、君の想像していた勝利なのか？」

望月はそれには答えず、武智から顔を逸らせると、さらに前に進んだ。

ススキの平原にはあちこちに穴が開き、その周囲に、かつて人間の形をしていたものの残骸が散らばっていた。

自分たちがなしたことに比べれば、自衛隊員の犠牲は、奇跡的なほどに少なくて済んだのかもしれない。

ふとそんな思いに至ったとき、望月は自分の顔面を両目からこぼれた涙がつたっている感触を覚えて戸惑った。

これはいったい、何の感情なのか？

４　大垣入城

話は少し戻るが、吉継が敦賀城を出陣する１日前の８月８日。島は三成の許しを得て佐和山からジープで外出した。

同行者は穴山１士と大賀１曹、それに津田宗凡《そうはん》の３人。宗凡の手引きにより、比叡山麓《さんろく》の穴生《あのう》衆を訪ねるのが目的である。

伏見落城後、近江から京大坂にかけてはほぼ西軍の影響下となり、道中、何度か西軍側の兵が東山道を下る行軍とすれ違ったが、そのたびに宗凡は車から降り、統率する武将と親しげに挨拶を交わした。

「えらく顔の広いおっさんなんだな」

助手席で大賀が呟《つぶや》いたが、彼が愛想を振りまいてくれるおかげで、戦場に向かう殺気立った兵団を、大過なくやり過ごせていることも理解していた。

すでに伏見を陥《おと》したとき衆の噂は、西軍についた諸将の間にも広まっていたが、武将の一部にはこの集団に対する警戒感と不安を持つ者もいた。佐和山城内にあってすら、島は時折自分たちに向けられるそんな視線の存在を感じることがあった。

互いの情報が少ない異文化同士の接触であれば、これらはいつ反感や敵意に転じても不思議はない感情だ。実際、前のとき衆が消えたきっかけは、案外その感情が発火点であったのかもしれない。


「いまのは小西様の御家中でした」

天蓋《てんがい》を外したジープの後部席に戻ってきた宗凡は言った。

「小西行長《こにしゆきなが》ですか？」

運転手役の穴山が、エンジンをかけながら聞く。

「へえ。皆様、美濃へと急がれておるようで」

三成の指示により、西軍の主だった諸将は美濃への集結を開始していた。ここならば関東から西上してくる東軍を東海道、東山道、どちらの出口にも待ち構えて叩くことができる。いわば、美濃防衛ラインだ。

途中、集落を避けるために巨大な中湖に沿った道を行こうとして蘆《あし》の密生する湿地帯に入り込んでしまい、タイヤにチェーンを巻いて脱出するという一幕はあったが、あとは目立った苦労もなく、佐和山からおよそ3時間足らずで、島たちは比叡山の麓《ふもと》に到着した。

「ここからは歩いてもろた方が早いと思います」

宗凡の言葉で島たちは車を降り、穴山と大賀が手早く近くの草と木を刈り取って、林の中にジープを隠した。

「この山に登るのか?」

大賀は小銃を左肩に掛けながら比叡の山を見上げた。その中腹から上には、ところどころ森の中から堂塔の屋根の一部が見え、幾筋かの白い煙が立ち上っている。

「いえ、穴生の里はこの裾を少し北に行った山中で」

宗凡はそう言って、山沿いに造られたゆるやかな坂道を歩きだした。

30分ほども歩くと、幅3メートルほどの道の両側から青々と茂った木の幹が張り出し、重なった枝と葉が頭上を隠して、まるで緑の洞窟《どうくつ》を行くような感覚になった。

「うわあ、木の葉っぱってこんなに深い緑色をしてたんですねえ、へええ、きれいなもんだなあ」

「あのな、いちいちそうやって感心しながら歩くのやめてくんねえか。おまえと歩いてると幼稚園の遠足を引率してる気分になってくる」

2メートル後ろを歩く大賀の皮肉も、穴山は一向に気にしていないようであった。

「なんでですかあ。どうせなら楽しまなきゃ損……」

突然、大賀の前で穴山の姿が消えた。

「穴山!?」

小銃を腰に構えて駆け寄った大賀の眼前に、道の中央にぽっかりとあいた直径1メートルほどの穴が見えた。

「たっ、大賀さん! 助けて!」

穴山は咄嗟《とっさ》に両足を突っ張って落下速度を緩め、穴の端に小銃を持った腕と肘をかろうじて乗せた状態で踏みとどまった。

「バカ野郎。何やってんだ! 穴山が穴に落ちたらただのダジャレじゃねえか」

大賀は小銃を肩に掛け直し、穴山の脇の下に手を入れた。と、大賀は穴の底の方を見てぎょっとした。

穴山の足のすぐ下に、節を斜めに切り上げて尖らせた竹槍が何本も埋め込んであった。穴山の反射神経がもう少し鈍ければ、いまごろ大怪我をしていたに違いない。

「大賀、油断するな！」

9ミリ拳銃をホルスターから抜いた島が、穴山を引きずり出した大賀に声をかけ、左手で銃身をスライドさせた。宗凡も、緊張した面持ちで辺りをきょろきょろしている。

ズボッ！

島の背後で土の崩れる音がした。ハッと気づいた島が振り向くと、そこには顔と頭部を巻いた布で隠した忍び装束の男が、小型の弓を構えて立っていた。彼の足元に人一人隠れられそうな穴が開いており、全身がやや白っぽく土埃をかぶっている。

ザッ、バキッ。

前方でも枝を折り、緑の壁の中から何かが飛び出してくる音が聞こえた。

「隊長っ！」

大賀の声に顔を戻した島は、銃を構える大賀と穴山の左右から、同じ衣装の4人の男が2人に弓を向けているのを目撃した。

彼らの衣装自体はそれほど目を引くものでもなかったが、彼らの持つ弓は特異だった。それらは引き金を持ち、どちらかといえば現代のボウガンに近い形をしていたのだ。

弓はすでに引き絞られた状態で固定されている。至近距離だ。放たれてはおそらく避けきれない。どうする。先に撃つか？

島が右手の人差し指の神経を意識したとき、彼と男の間に宗凡が飛び込んだ。

「島様、あきまへん！　撃ったらあきまへん！」

「宗凡、どけっ！」

だが宗凡は男に向き直って、頭を下げた。

「天王寺屋《てんのうじや》にございます。甚左《じんざ》様にはいつもひとかたならぬお世話になっております」

「天王寺屋……」

男は弓の狙いをつけたまま、反応した。意外に細い声だ。

「甚左様にお客人をお連れしました。たっての頼みのある御仁ゆえ、事前にお伝えせんかったのは手前の責でございます」

「巨子《きょし》は事前に話の通っておらぬ客には会わぬ。天王寺屋、うぬとの取り決めじゃ。それをうぬは承知で破るか」

「まったく左様で。ここで里の方に殺されても文句は言えんこと重々承知」

「ならば死ね」

男は弓を肩まで上げ、射線上に宗凡の頭を捉えた。すかさず島も銃口を上げた。宗凡を挟んで、島と男はそれぞれの武器を相手の顔に向けて睨み合った。

「甚左様に！　一言、甚左様にお取り次ぎを願います！　ときの衆をお連れ申したと！」

「とき……？」

男はその言葉に反応した。

数秒、沈黙したあと、男は弓を下ろした。

「しばし待て」

ザッと、林の木々の間に男は飛び込んだ。

20分もたたずに、男は再び戻ってきた。島と宗凡の前に立つと、男は首の後ろに手を回し、顔を隠していた布を解き放って言った。

「巨子が会われる。ついて参れ」

島は現われた素顔にハッとした。

男だと思っていたその人物は、まだ年の頃17～18くらいにしか見えない娘だったのだ。

島たちは穴生衆に導かれ、さらに40分も曲がりくねった山中の細道を歩かされた。先頭は穴生の娘である。大賀は穴山に囁《ささや》いた。

「あの子、かわいいよなあ。穴山、電話番号聞いてきてくれよ」

「……殺されますよ」

大賀たちの後ろを、島は宗凡と並んで歩いていた。

「巨子とは何のことだ？」

「ああ、あれは里の頭のことを穴生では昔からそう呼んでおるのです。他にも外の者にはすぐ意味が分からないような言葉を、穴生では多く用いておるようで」

「なるほど。穴生衆とは、ずいぶん用心深いんだな」

「刺客を用心しておるのでございますよ」

「刺客？」

「穴生の巨子が関わった城は、全国に数多ございます。すなわち仕事を頼んだ城主にとっては、その城に関して知られたくないことも数多知っておるということで」

歩くうち、いつしか山中は深い霧に包まれていた。ついさっきまで青い空が見えていたと思っていたのに、いまや数メートル先を歩く娘の後ろ姿もかすんで見えるほどであった。

「穴生の隠れ里は、里の者の案内なしでは必ず道に迷うような場所にございます。ゆえに人は霧隠《きりがくれ》の里とも呼んでおるとか」

宗凡が説明した。

やがて、森を抜けると突然視界が開けた。周囲を高い杉や檜《ひのき》に囲まれた一角がぽっかりと切り開かれ、そこに数十軒の集落が現われたのだ。まるで狐に騙《だま》されたような感覚だった。

島たちは集落中央の建物に案内された。それは地上2メートルほどの高さに造られた高床《たかゆか》式の建物で、彼らが梯子《はしご》を登って板張りの室内に入ると、主はすでに胡座《あぐら》をかいて待ち構えていた。

「天王寺屋。わしに会わせたい者とは」

傍らの脇息《きょうそく》に右肘を乗せたまま、野太い声で男が尋ねた。黒々とした髪は棘《とげ》のように頭から突き立ち、肩の後ろへ垂らした部分は紐《ひも》で一ヵ所にまとめている。胴服《どうぶく》から見える手は、肩まで筋肉が盛り上がり、目は仁王像のように爛々《らんらん》と光を放っていた。山中で突然こんな男に出会えば、鬼と見紛っても不思議はないだろう。

「へえ。この方がときを束ねる島様、お連れは島様配下の大賀様、穴山様にござります」

宗凡は入口を入ったところで両手を体の前で合わせ、軽く会釈した。

「座るがよい」

促《うなが》されて島たちは男の前に胡座をかいた。

「甚左と申す」

「島和武です。このたびは突然お伺いしたご無礼、どうかお許しください」

「山には山の民以外、勝手に足を踏み入れてはならん場所がある。知らねばぬしらは、いまごろ深山《みやま》の木の下に埋もれていた」

「我々より前にこの地に来たとき衆をご存じなのですか」

「よく知っている」

穴生の巨子は、平然と答えた。

島はその時、暗い室内に目が慣れ、男の顔に思ったよりも深い皺が刻まれていることに気づいた。最初の印象は壮年のように見えたが、もしかすると意外と年を経ているのかもしれない。島はつい、この男にもとき衆について知っていることを問い質《ただ》したくなった。だが、それを感じたかのように宗凡が機先を制した。

「甚左様。本日、ときの方々は穴生にお願いの儀これあり、かくまかりこした次第で」

「願いとは」

宗凡に目で合図を受けて、島は説明した。

「ときをご存じならば、我らの乗る鉄の車がどのようなものかもおおよそ御承知でしょう。我々は戦車と呼んでおりますが、いま、2輌の戦車が敦賀にあり、これをなんとか美濃に持っていきたい。しかし、山中の事情が悪く移動に苦慮しております。穴生の方なら何かよい知恵を持っておられるかもしれないと聞き、ご相談に参りました」

「その寸は？」

「およそ幅二間、奥に五間、高さは一間半ほどにございます」

あらかじめ島から話を聞いていた宗凡が答えた。

「たやすきこと」

いとも簡単に言い切る甚左に、島はにわかに疑惑の念が膨れ上がってきた。この男は90式を見たあとでもそう言い切れるだろうか。もしかすると自分たちは、一日かけて貴重な時間を潰してしまったのではないか。

島の心を見透かしたように、甚左は島に顔を向けた。

「信じられんという顔をしておるな。だが、我らは五間四方の石を運んだこともある。それなりの日数はかかったが、それよりはたやすいと言うた」

「我々の戦車は石とは違います。横にも縦にもすることはできず、移動には細心の注意が必要となる。ただ動かせばいいというものではなく、運び終えたあとに使い物にならなくては」

「わかっておる」

甚左は憮然と答えた。

「我らに二言はない。穴生ができると約束したことは必ず果たす。ただし」

「承知しております。いかほどご用意させてもろたらよろしいやろか」

宗凡がすかさず口を挟んだ。

「里の者総出の仕事になるやもしれず。銀二万貫は入り用となろう」

「ほ。それは」

宗凡は大げさに口をぽかんと開けた。

「いくら何でもそれはあんまり。とても穴生の甚左様のお言葉とも思えまへん。大石一つ運ぶよりは安うつくはず、銀八千貫がええとこやないかと」

「話にならん。天王寺屋、その首つながっとる間にとっとと去《い》ね！」

甚左が吠《ほ》え、傍らの脇息をはね飛ばした。宗凡は微動だにしなかった。

「それでは甚左様、穴生にとっても元も子もないことになりまっせ。島様は戦車の運送を諦《あきら》めてはったとこを、手前が特に申し上げてそちらのご商売になるようにここまでお連れしたのんです。手前どもが引き揚げ、内府様の世になったら、ここの暮らしはいまより良うなるとでも思てはるんですか」

甚左は宗凡を睨《にら》めつけたまま、鼻で唸《うな》った。

「……一万八千じゃ。こちらも命を懸けることになる」

「命なら端《はな》から手前どもも懸けとります。そこは五分と五分ですがな」

宗凡は雄弁になった。彼もまた、彼の戦をここで行っていた。

「天王寺屋。しわいわ」

甚左は宗凡に圧《お》されてつい、弱音めいた言葉を吐いた。宗凡はそこをたたみかけた。

「しわいのはどっちでっか？　甚左様、あなた様は確か前にとき衆には恩があると申されていたのやおまへんか。返せるときがあるものならば返したいと。いまがそのときにございます。それとも、あのお言葉はもうときの方々がおられんようになったさかいに言わはったんでっか？」

「あれはまことの心底じゃ。だからぬしらにもこうして会うた。天王寺屋、いったい幾らなら払うつもりか」

宗凡は背筋を伸ばした。

「ここで七千。仕事を終えたところでもう七千をお持ちします」

「一万四千だと⁉」

「こたびの戦が終われば、各所で城の改修が行われましょう。治部様ご勝利なれば、今後の政《まつりごと》の中心は屹度《きっと》この近江に移ります。となれば、城の改修の許可を求めに大名衆がこの国に集まることとなり、穴生の里にとっても必ずや得るところ少なからず。どなたにもご損になる話ではないと」

甚左は腕を組み、目を閉じた。しばし沈黙したあと、目を開けた。

「一万五千。先に八千。残りは仕事を終えたあとじゃ」

「承知いたしました」

宗凡は深々と平伏した。島に貸し付けると言った金額より、さらに五割も増えたことになるはずだが、彼は平然としていた。おそらく最初からこの程度の金額が落としどころになると読んでいたのだろう。まったく喰えない男だ。島は腹の中で苦笑した。

「ぬしにはいつもしてやられる」

甚左もまた、自嘲めいた笑いを唇に浮かべると背筋を伸ばし、ぱんと手を打った。

「才《さい》!」

入って来たのは、島たちを里に導いた少女であった。

「客人に酒の用意じゃ」

才は部屋を出て行き、やがて室内は酒宴の場となった。

交渉成立後の酒宴は、さらに4時間も続いた。本音を言えば、島はすぐにでも佐和山に戻りたいところだったが、ここで無理に帰ると言い張れば甚左の面目を潰しかねないと考え直したのだ。

そのかわり島は、穴生衆とき衆の関係についても興味深い話を聞くことができた。

もともと穴生衆は、大和朝廷によって湖南の地に住むことを許されたらしい。だが、朝廷権力が衰退し、武士による群雄割拠《ぐんゆうかっきょ》の時代に入ると、彼らはいち早くどの勢力にも与《くみ》せず、契約関係でのみ彼らの能力を提供するという立場を明らかにした。

このあたり、天下が安定するまでは彼らも綱渡りのような外交を展開しただろう。中でも苦労したのが彼らの住む里の頭上にある比叡山との関係であった。

比叡山は武家に対する優位性を確保するため、自分たちの山の麓に住む穴生衆を仏教に感化し、取り込もうと試みた。しかし穴生が改宗を拒むと、今度は武力によって穴生に対する圧力を強めてきたのである。その争いは100年以上にも及び、かつては湖南の坂本一帯を中心に栄えた穴生衆も、いつしか山麓の隠れ里に押し込められるように住まざるを得なくなった。

その状況を一変させたのがとき衆だったというのだ。

東から西へと進撃を続けていたとき衆は、京への行く手を阻《はば》む比叡の僧兵と全面対決することになった。この機を読んだ甚左はときの指揮官に協力を申し出、進んで比叡攻略の手引きを行った。その結果、比叡はときの火力によって、山全体が燃え上がった。

比叡の武装勢力を一掃《いっそう》したときの指揮官は甚左に、穴生の自治権を保証した。そしてそれは、秀吉の時代になっても破られることはなかったのである。

「伊庭義明《いばよしあき》と申された。よき男振りの武将であった」

「伊庭？　それが……織田」

「信長などという名は、天下を取った秀吉が無理やり呼ばせたのよ。ご丁寧に諡号《しごう》までしてな。そうでもせねば伊庭殿配下であった秀吉に何か寝覚めの悪い理由でもあったのだろう。もとより名前などに大した意味はあらず、秀吉にしてからが何度名前を変えたかわからんくらいの男だ。ただ、天下人の猿芝居にはどの武家もつき合わざるを得ん。それに嘘も十年つきとおせば真《まこと》となる。いまや伊庭殿の名を公然と口にする者は一人もおらん」

島はこのとき、酔った甚左の口から初めて、自分たちより前に来た自衛隊指揮官の本名を聞いた。いまさら聞いてどうなるというものでもないが、それでもこの歴史から完全に抹殺された男の名を聞き出せたことは、ある種の感慨があった。

佐和山へ帰る途次、穴山は別のことが気になっていた。

「ねえ、宗凡さん」

「何でございましょう」

「穴生の先祖は、朝鮮半島から来たという話でしたが」

「詳しいことは存じません。いや、当の穴生の者自身、自分たちの出自がどこかなぞ、もうとうに忘れておるんやおまへんか」

「あの弓なんですが、あれは弩《いしゆみ》と呼ばれる形ですよね」

「また始まったよ。くっちゃべりながら運転して田んぼにはまるんじゃねえぞ。それでなくてもおまえ、飲酒運転なんだから」

助手席の大賀が混ぜ返す。確かに外灯一つない道の夜間走行は、車のヘッドライトだけが頼りである。ライトで見切れていたその先で突然道が消えていてひやっとした思いは、すでにこの帰り道で何度か経験していた。

「それがどうかしたのか?」

島が助け船を出すようにその先を促した。

「いえ、弩だとすると、あれは中国大陸で紀元前から使われていた弓なんです。つまり彼らは半島というより、大陸から渡ってきた集団なのではないかと」

「ほう」

「大賀さんはまた怒るかもしれないけど、僕、なんかちょっと興奮してるんです。日本は単一民族だなんて言う人がときどきいるけど、そんなはずないのはちょっと歴史をかじった人間なら誰でも知ってることです。ただ、ずっと現代の日本にいたら見えないこともいっぱいあるじゃないですか。それがこっちの世界に来たら、吉継さんみたいな人とか、いろんな固有の文化を持った連中があちこちにいたりして、それを生で目にすることができるなんて、本当にわくわくしちゃうんです」

「怒ったりしねえよ」

前方の暗闇を見つめたまま、意外にも静かな口調で大賀が呟いた。

「おまえの気持ち、わかるような気もする」

「たぶん日本はこの時代あたりまで、そういう雑多な人間や文化の存在を許容し、共存する土壌が残っていたんですよ。でも徳川の時代になって、３００

年の間に日本人は異質なものを排除し、隅から隅まで同質になるよう徹底された。平和だったというなら確かにそうも言えるけど、その代わりにこの国に住む人間の気質みたいなものはずいぶん変化したんじゃないでしょうか」

街道がほぼ直線コースになったところで、穴山はハンドルを握ったまま後ろを振り向いて言った。

「隊長、徳川なんかやっつけちゃいましょうよ」

その唐突な言葉に、島は一瞬、戸惑った。

「あっ。おまえ、まだ酔ってやがるな」

大賀が穴山の横顔に自分の鼻先を近づけた。

「酔ってなんかいませんよ」

「嘘つけ。ぷんぷん酒の匂いがする。なんて野郎だ。そんな状態で検問に引っかかったら一発で免停だぞ」

「こんな時代のどこで検問やってるんですか!」

「わからんぞ。自衛隊がタイムスリップするご時世だ。警察が一緒に飛んできたっておかしくはない」

どうやら大賀も酔っていた。だからこの夜、車上で交わされた他愛ない会話は、佐和山に戻る頃には誰もがきれいさっぱり忘れていた。

翌8月9日。午前8時。曇天の中、三成もまた、およそ6000の兵を引き連れて佐和山を出た。

島たち第2小隊もジープ4輌、オートバイ2台で同行した。火器、弾薬の類は一部を三成の輜重《しちょう》隊に運搬させた。

佐和山から少し北に行くと北国街道と東山道の分岐がある。ここを東に折れて東山道に入り、山中で1泊した翌日、前方を右手の南宮《なんぐう》山と、左手からせり出す伊吹山系の山麓に挟まれて、出口が隘路《あいろ》になったような平原に出た。

「関ヶ原じゃ」

鎧《よろい》に身を固めた三成は、ジープの後部席に乗る島に、馬上から声をかけた。

「南宮山を過ぎれば垂井《たるい》の宿。そこで美濃路に入れば、大垣城はすぐ目と鼻の先にある」

だが、ジープに乗る自衛隊員たちは誰も、大垣城の位置などに興味は示さなかった。

——ここが決戦場か。

掛井も穴山も、大賀ですら、黙って平原を見渡し、周囲の風景を目に焼き付けようとしているようであった。

垂井から美濃路に入ると三成の言葉どおり、進行方向に3層の天守が見えてきた。

街道の並木の後方に広がっていた水田地帯はいつの間にか集落となり、濠を渡って城下に入った頃から、両横は白い土塀で囲まれた屋敷が並ぶ光景に変化していた。

城下には商人や職人、百姓や武士など雑多な風体の人々が往来していたが、彼らは突如街道に現われた足軽の隊列と、その後に続く島たちのジープを見つけると、さっと道の両脇に避けながら、不安と好奇の入り交じった目を投げかけてきた。恐らく、この城が戦場になるかもしれないという噂はとうに広まっているのだろう。

それでも2つ目の濠を渡る手前、進路に直角に交わる大通りの左右から、戦でも始まるのかと間違えそうな派手な喧噪が聞こえてきた。通りを横切る時に島が覗き込むと、そこには大勢の人間がごった返していた。通りの土塀を背にして多くの物売りが店を出し、それを買いに来た町人たちと大声で値引きの交渉をしているようである。

島が隊列に馬で同行する石田家の侍大将に、あれは何をしているのかと聞くと、彼は即座に答えた。

「楽市でござる」

島は臨戦態勢の緊張下でもたじろぐことのない民衆の活力に、圧倒される思いがした。

やがて次の濠を渡って柳口の城門をくぐると、眼前に大きな松の丸の広場が広がり、その向こうに周囲を巨大な濠に囲まれた大垣城天守閣と本丸御殿が見えてきた。

「まるで水の中に浮かんでいるみたいだ」

穴山が感心したように呟いたが、確かにその表現は誇張ではなかった。大垣城とその城下町は、周囲に幾重も濠を巡らせた、水の都といった風情を醸《かも》し出していたのである。

大垣入城を果たした三成は、すぐに軍議を開いた。集まった武将は、すでに大垣城近辺に集結を済ませていた島津義弘、小西行長、さらに伊勢《いせ》方面で東軍方の城を攻略中の宇喜多秀家である。

彼らの前には、美濃尾張地区の諸城の位置が描き込まれた地図が広げられていた。大きく尾張の国境を囲む形で、北から岐阜、大垣、福束《ふくづか》、高須《たかす》と並んでいる。これが美濃防衛ラインであり、現時点で西軍はこれらの城を完全に掌握《しょうあく》していた。さらに大垣城から南東の位置に、清洲の名前が見えた。大垣と清洲の距離は、およそ25～26キロである。

「まずは敵より先に我らが大垣入城を果たし、美濃を固められたことは御味方有利の大なるなり。ならばこのまま兵を進めて清洲を陥《おと》すことこそ次の一手となりもはん」

島津義弘は落ち着いた口調で、清洲進攻を主張した。

清洲城は豊臣政権下、武闘派として名を馳《は》せた福《ふく》島正則《しままさのり》の居城である。

もともと文治官僚型の三成と武闘派諸将の間には確執があり、正則など三成を憎む筆頭であった。会津征討軍に同道する正則は、三成が挙兵したと聞けば喜び勇んで飛び帰り、真っ先に三成の首を刎《は》ねたいと願うだろう。だが、裏を返せばいま清洲は空き家同然ということだ。

義弘の提案は戦略家として極めて正論であり、美濃に続いて尾張も押さえれば、家康軍に対してかなりの優位に立つことができる。

「なるほど。それは良策。ならば先手は我が軍に仰せつかりたい」

真っ先に小西行長が賛同した。続いて秀家も「清洲を陥すならば早い方がよい。それがしも伊勢路の兵を引き揚げ、南より清洲に攻め入らん」と気勢を上げた。

三成は黙って彼らの意見を聞いていたが、秀家の発言が終わると口を開いた。

「せっかくながらその策、この三成には良策とは思えず」

義弘はぴくりと三成側の眉だけ動かした。

「なぜじゃ、三成。理由を申せ」

三成とは奉行仲間としてつき合いの古い行長が、睨み付けるように言った。

「一つはいまだ我が軍はこの大垣に全軍集結を果たさず、わずかに島津殿、小西殿の兵のみで清洲を攻めるはあまりに危うい。仮にも清洲はかつて信長公が拠点とされたこともあり、それなりの堅固を誇る城、万一陥すに日数がかかれば、東から戻ってきた福島の兵と清洲の間で挟み撃ちになるやもしれず」

「その危険は重々承知。じゃどん治部殿、戦はおおむね勢いでごわす。いま美濃を押さえ、兵どもが意気をあげておるうちにたたみかければ、清洲は一、二日で陥もんそ。我が方の士気はさらにあがり、戻ってきた敵方の士気は挫《くじ》かれる」

「島津殿、戦は勢いではなく十分な備えをした方が勝つのでござる。いま気に逸り、万一の事態出来《しゅったい》すれば、取り返しのつかざることになる」

三成は持論を曲げない。だが義弘は、三成よりも遥かに多くの死地を経験した歴戦の強者《つわもの》だ。その男の意見をあっさり否定した三成に義弘は気分を害したのか、むっつりと黙り込んだ。

「では三成、このまま敵が眼前に迫るのを、指をくわえて見ておるつもりか」

「さにあらず。宇喜多殿が伊勢路を平定し、美濃と伊勢がつながれば、宇喜多殿、毛利秀元殿の兵とも合流できる。さらに間もなく小早川殿の兵も美濃に参られよう。兵がそろえば堂々と尾張に押し出さん。なに、内府側にどれだけの家中が付こうと、会津から兵をまとめて戻ってくるにあと七日や八日はかかる。我が方の有利は変わるまい」

三成は行長に、余裕の微笑すら浮かべて答えた。

8月11日。三成は名目上の総大将毛利輝元と作戦の確認のため、大坂城へ向かった。その間、島も一度敦賀に戻ることにした。北陸戦線の戦況も気になっていたし、穴生衆と現地で落ち合う予定もこの日だったからだ。

「おう、島隊長、ずいぶん久しぶりに見る気がするな」

ジープで浜に着いた島を、顎から頬にかけてみっしりと無精ひげを生やした三好の巨体が出迎えた。

「ここに着いて以来、留守番ばかりだ。いいかげん気分が腐ってかなわん」

「真打ちには最後に派手な部隊が用意されているのさ」

掛井がなだめるように声をかけたが、島は気になっていることをまず訊ねた。

「望月副隊長から何か連絡は?」

「今朝方、敵と遭遇したらしい」

「なに?」

「戦闘状態に入るという連絡はあったが、それからあとは何も言ってきてない」

「戦闘って……いまはもう昼過ぎじゃないか」

大賀が呟いた。

「心配いるまい。なにしろ指揮官は防大きっての秀才殿だ。便りがないのは元気な証拠とか言うじゃないか」

そう言って三好はがははと笑った。そのとき。

「島隊長!」

医療用天幕から出てきて島の姿を見つけた海野友江が小走りに駆けてきた。彼女と一緒に出てきた2名の男性隊員は、そのまま砂浜を走ってUH―60JAに向かっていく。雰囲気が急に慌《あわただ》しい。

「海野3曹、どうした?」

「いま武智医官から連絡があって……至急ヘリを寄越してほしいと」

「ヘリを？」

「負傷者が出たのか!?　何人だ？」

掛井が聞くと、友江はわずかに首を左右に振った。

「現時点で詳しいことは。ただ、相当数のベッドを確保し、手術の準備もしておくようにと」

「隊長！」

掛井が島に顔を向けた。島が黙って頷くと、そのまま掛井はローターを回転させ始めたヘリに向かって走り、掛井を収容した直後、ヘリは北を目指して飛び立った。

「戦闘が終わってるんなら、こちらから呼びかけてみては？」

「いや、ここで望月からの連絡を待とう。それに俺たちには別の仕事もある」

島が林の方に顔を向けたまま大賀に答えた。大賀も島と同じ方向に視線を走らせると、林の前に袖なしの丈の短い衣装を着て、下半身には股引《ももひき》と脚絆《きゃはん》をつけた10人前後の集団が立っていた。その先頭に甚左と才がいた。

「あ。才ちゃんだ」

大賀の目元が緩んだ。

島を見つけた甚左は大きく手を振り、島もまた、右手を挙げてそれに応えた。

「なるほど。これか」

甚左は島に案内されて90式戦車と89式装甲戦闘車の間を歩きながら、両方の車輌を交互に見上げた。

「運べますか」

「やると言ったからにはの」

装甲戦闘車の車体をぱんぱんと掌《てのひら》で叩きながら甚左は答えた。

「甚左殿、あなた方を信用しないわけではないが、この車輌は我々にとってかけがえのない財産なのです。できれば事前に、どのようにこれを運ぶつもりなのか聞いておきたい」

「修羅《しゅら》を使う」

「修羅……とは？」

甚左は立ち止まり、足元に落ちていた流木の切れ端を拾い上げた。その流木で、砂の上に縦と横の線をすっすっと引き、長方形の格子状の図形を描き出した。

「こういう形をしておる」

「これは?」

「木を伐《き》り出してまずこういうものを作る。これほどの大きさなれば、相当太い木が必要になるが、できてしまえば仕事は半分済ませたも同然。この上にこの車を載せ、あとはこの木枠ごところを使って引っ張っていく。これが修羅よ」

島はようやくわかった。つまり巨大な木の橇《そり》を作り、それに乗せて運ぶと言っているのだ。

なるほどそれなら重量は橇全体にかかって接地面に分散され、道路の端が多少切れたとしても、そのまま移動させることは可能かもしれない。

ただ、それには膨大な人力がいる。大名ならば自分の領地から何人でも人は駆り出せるが、島たちには領地はもちろん人手もない。結局、吉継に頼るしかないだろうが、一戦終えたばかりの彼が、果たしてどれほどの人数を貸してくれるだろうか。

本部天幕で甚左と今後の日程について話を詰めていると、上空からヘリの爆音が聞こえてきた。

外に出ると浜に着地したUH—60JAの胴部が開き、4人の男が毛布の四隅を持って医療用天幕に向かって走ってくるところだった。

島は近づいてくる毛布を見てハッとした。人体を包んでいるらしい毛布の下部の丸みがべっとりと赤く染まり、ぽたぽたと赤い液体を滴《したた》らせ続けていた。

「武智医官!」

男たちの後方から続いて駆けてきた武智に、島は呼びかけた。武智は一瞬、意外そうな表情をしたが、何も言わずにそのまま天幕に入ろうとする。その腕をつかまえた。

「いったいどうした?」

「一刻を争う。離したまえ!」

「何があったか説明しろ！」

「何があった？」

武智は島の腕を振り払い、血が付いたままの戦闘服の襟元を、引っ張るようにして緩めた。

「何があったか自分の目で確かめろ！　これはすべて君が招いたことだ。君の英雄的な選択の結果がこれだよ！」

「戦闘は？　……前田軍との戦闘に負けたのか？」

武智は島を睨みつけたまま、口元に引きつったような笑みを浮かべた。

「本音が出たな。隊員の安否より戦争の結果が知りたいというわけだ。戦闘には勝ったさ。あとで望月2尉から武勇談でも聞くがいい。その代わりに立原3尉以下、第3小隊は壊滅した。ああ、確かに20倍の敵を打ち払ったにしては驚くほど少ない犠牲で済んだよ。これで満足か!?」

最後の言葉を吐き捨てるように言うと、武智は呆然とする島をその場に残して慌しく天幕の中に姿を消した。その間も次々と島の目の前を、ヘリから降ろされた負傷者が天幕の中へと運び込まれていった。

その夜、島が敦賀に来ていることを知った望月が、詳しい報告のため一足先に浜に戻ってきた。再会した2人は、まずは互いの無事を喜び合ったが、望月の表情には重苦しい影が差していた。

「壊滅か……確かにそうとも言える。無事だったのは迫撃砲射手で川を越えなかった4人と、川を渡った直後に転んで足を挫《くじ》いた1人だけだ。立原隊17名中死亡8人、重傷4人。まさに惨憺《さんたん》たる結果だ」

「望月さん、あなたのせいではない。状況を聞けば、これは立原の命令違反が招いた事態ではないか。立原が作戦どおり行動していれば、我々はおそらく1名も損じなかった。あなたの作戦は大成功だったんだ」

「それはどうかな……いや、確かに戦闘には勝てても、我が隊の犠牲は少なからず出ただろう」

「そんなはずは」

「聞いてくれ、島隊長」

島の言葉を制して、望月は続けた。

「立原が命令を無視して川を越え始めたとき、俺が一瞬、これで完全な勝利を手にできると思ったのは事実なんだ。我が隊が敵陣を蹴散らし、圧倒的な武力で撃破する。その瞬間を想像したとき、俺は全身の血が泡立つような興奮を覚えたよ。もしも立原が動かなければ、あるいは俺が突入を開始していたかもしれん。島、おまえも伏見攻めで部下を1人失いながら、戦闘には派手な勝利を収めた。そのときのおまえの気持ちが、俺にも徐々にわかってきたような気がする」

「俺の気持ち?」

望月は島の目を見た。

「勝利に酔うのさ。正直俺は敵とはいえ無数の人間を殺し、戦争に勝つということがこれほど気持ちいいことだとは予想もしていなかった。そして、この巨大な勝利の快感の前では、5人や10人の味方の犠牲などほんの些細《ささい》なことに思えてしまったんだ」

「望月さん、それは」

「俺がこんな言い方をすると変だと思うかもしれんが、この時代にはやはり妙な力があるような気がする。人を取り込み、本人の意志とは無関係に人を戦いに駆り立てる魔力のような何かが」

「望月さん、あなたは隊員を目の前で8人も失って気分が滅入っているんだ。とにかく今日はゆっくり休め。明日、また話をしよう」

「いや、他の隊員たちは大谷隊と帰途についているからな。俺も戻って連中と一緒に敦賀に帰ることにするよ」

そう言って望月は立ち上がりかけたが、ふと思い出したように島に聞いた。

「気にならんのか」

「え?」

「前田本陣に隠されていた機関銃だ。現物は本隊が搬送中だが、そのことをおまえ、聞き返さないな」

「起きてしまったことは仕方ないが、解釈は成り立つ。そう思った」

「M2だぞ。大戦以来の米軍の重機関銃だ。なぜ前田兵がそんなものを持っていたのか説明できるっていうのか?」

「なに?」

「M2なら、我々だって使ってるじゃないか」

確かにM2重機関銃は、現代の日本でもライセンス生産されている。だが。

「これはライセンスじゃない。正真正銘、米軍の武器だ」

「望月さん、この世界と俺たちがいた現代が同じ時間軸で流れているとは思えないが、こっち側に最初のときが現われたのが30年近く前の話だとすれば、その時期の自衛隊はM2を米軍から供与してもらっていた。しかも彼らの上陸地点は北陸。いまは前田の支配下だ。彼らの武器が北陸のどこかに残っていたと考えれば、何の不思議もない」

「なるほど……それはそれで、筋は通っている」

島の説明にそれ以上、望月は重ねて問いかけることはしなかった。

望月が納得したのかどうか、その表情からは読めなかった。だが別の可能性を示唆《しさ》し、島に反論する気力が、このときの望月にはもう残っていなかった。

望月は天幕を出て、再び自分の部隊と合流するために浜を発っていった。

甚左たちは翌朝から早速作業にかかり始めた。島が目覚めた頃には、戦車横に新たに天幕が張られ、その下に、切り出された材木がすでに何本か並んでいた。

午後、吉継が城に帰還するという報せを受け、島は敦賀城に向かうことにした。ふと大賀が近くにいないのに気づき、近づいてきた掛井に聞いた。

「大賀は?」

「午前中から作業に精を出しております」

「作業？　何の？」

いぶかる島に、掛井は穴生衆が作業中の現場を示した。ちょうど林の方から上半身裸になった大賀が、穴生の男たちと一緒に材木を運んでくるところだった。

「穴生の現場指揮をどうしても手伝わせてくれと頼まれまして、甚左殿と一緒に車輌の寸法を測ったり、なかなか熱心に働いております。城に行かれるなら呼んで参りましょうか」

「いや」

島は顔を戻して苦笑した。大賀の狙いは明らかだ。

「あの大賀が珍しく自分からやる気を出してるんだ。隊員の志気を挫くようなことはせん方がいいだろう。穴山を呼んでくれ」

「了解」

掛井も含み笑いを漏らしながら踵《きびす》を返した。

敦賀城本丸の書院で島は吉継と再会した。

「御戦勝、おめでとうございます」

「なんの。貴殿の噂も聞いておる。伏見攻めは見事な手際であったとな。治部は書状で褒《ほ》めちぎっておったぞ」

島は美濃に進出した西軍の動きを報告し、吉継は頷《うなず》きながら聞いていた。軍議の時の三成の発言には、吉継も軽く溜息をついた。

「治部の言にも一理はある。美濃で固めた防御線を無理に延ばせば、輜重《しちょう》の兵もさらに遠方に動かすことになり、そこを敵に突かれれば清洲は簡単に孤立する。治部が間違ったとは言わんが、あの口のききかたはいかんともしがたし。用兵の経験から言えば治部は島津入道にとって赤子も同然、もそっと相手の立場に配慮した物言いを覚えればいいのだが」

「では吉継殿も清洲進攻は反対で」

「岐阜、大垣と押さえてあれば、敵が美濃に侵入するは難しかろう。特に岐阜は天嶮《てんけん》の要害。万一、大垣が陥ても岐阜に拠れば十分に持ちこたえる。敵を引きつけている間に大坂から総大将毛利殿が秀頼様を奉じて美濃に進めば、敵が総崩れになることは間違いない」

　そう言ったあと吉継は「毛利殿が動けば、の話だが」と小さく付け加えた。

　島は穴生衆に戦車の移動を依頼した経緯を説明し、吉継に移送のための人員を貸してくれるよう切り出すと、彼は快く了承した。

「穴生ならば確かであろう。いま手間賃を払って集められるのはおそらく百人が限りかと思うがそれでよいか」

「ありがとうございます。それだけの頭数があれば十分です」

「礼には及ばん。鞍谷川の戦いではときの力あればこそ、あれほどたやすく前田を追い払うことができた。加えて貴殿は配下の兵を数多く失ったではないか。この恩義には報いねばならぬ」

　その言葉を聞いた島は、立原たちが死んだおかげだと思った。

　俺たちは文字どおり、汗と血を流した。だから吉継にも認められたのだと。

　さらに1日を敦賀で過ごした島は、8月14日の午前、大垣に再び入った。すでに朝のうちに三成も大坂から戻ってきていて、島は早速大垣城の天守閣に呼び出された。

　天守最上階の4階に上がると四方の窓はすべて開け放たれ、南向きの窓の前に三成が立っていた。

「わしは……嫌われておるのかな」

　三成は花頭窓の外に顔を向けたまま、呟くように言った。

「は？」

　島は三成の真意がつかめず、つい間の抜けた返答をした。

「大坂城で秀頼様への拝謁《はいえつ》を願い出たが、ご気分優《すぐ》れられずということで会わしてもらえなんだ。それはいい。こたびの大坂入りは、もともと秀頼様に会うのが目的ではない」

　三成はそこで軽く溜息をついたようだった。

「だが総大将と頼む毛利殿の返事がいま一つ煮え切らん。いざというときは秀頼様御動座をお願いし、毛利殿に美濃まで出陣していただかねばならぬのに。さらには近江に滞留中の小早川殿も訪ね、一刻も早い美濃出陣を要請したが、やはりお風邪を召されたとのことで確たる返事はいただけなかった」

　三成はゆっくりと島に顔を向けた。

「わしは嫌われるのは一向に構わん。ただ通すべき筋を通して己の務めを果たしてきただけなればそれもいたしかたなし。されど、こたびの戦が天下分け目の一戦となることはもう誰も疑っておらぬ。なのに皆、筋目で物事を考えようとせず、どうも利得で旗色を決めようという腹が透けて見える。それでは利得が筋目に勝つことにもなりかねん」

　それは現代も同じだ。島は胸の中で呟いた。所詮、人間は理ではなく利で動く。そのことをこの時代、おそらく一番熟知しているのは家康なのだろう。

「わしはな、島殿。実を申すとおぬしに会うまで迷っていた」

「いまさら、何をです?」

「確かに内府は大身、わしなどが一人いきりたっても元来太刀打ちできるはずもない。だが、このままなし崩しに内府が天下を握るようなことは誰かが止めねばならんと思うた」

　天守の窓の外に、バタバタバタッと音がして、一瞬、島はギクッとした。だがそれは、この天守の軒先で羽を休めるために戻ってきた鳩であった。

「殿下亡き後、天下の政《まつりごと》はなるべく公平に行うべしと、年寄衆の間でも話しておった。大きな国も小さな国も、ともに手を携《たずさ》えて二度とあの、戦国の世に戻るようなことだけは避けねばならんと。しかるに内府は、豊臣家筆頭家老の立場にありながら、己の都合で天下の仕置きを行うさま、目に余る。上杉にしてからが、もともと景勝殿は豊臣家に刃向かうなどとは一言も申してはおられぬ。ただ、内府の意向には添わぬと申しておられただけなのじゃ。内府に天下を奪う魂胆なくば、そもこたびの出師《すいし》は端《はな》からなかったことかもしれぬ。しかしことこうなった上は、誰かが内府の所業は間違っておると、己《おの》が命を懸けてでも声を上げねばならんと思うた。その筋目を確かにせねば、もはや豊臣家に存続の意義はない」

確かにそれはそのとおりだろう。島は漠然と自分たちがいた時代を思い出していた。

あの時代も世紀が変わり、世界を支配していた二大国の一方が自己崩壊したため、超大国は一つだけになった。

そして、合議制で世界のバランスを何とか保とうとする機関はその超大国に何らの歯止めをかけることもできず、結果としてその存在の意味を失った。

三成がやろうとしていることは、喩《たと》えて言えば日本が国連で米国に対する非難決議を出そうとしているようなものだ。つまり、本来あり得ないこと、仮にあり得たとしても、怒った米国に一撃で叩き潰されるというだけの話である。

だが三成は本気だった。本気どころか、戦って勝利するつもりですらいた。

「なれど、もし内府と争ってこれに勝てば、そのあとどうするかまでは考えが及ばなかった。秀頼様はまだご幼少、仮に内府を滅ぼしても、この国の形をしかと決めねばいずれまた内府のような男は必ず現われる」

「この国の形……」

三成は島に、少し照れたような顔を見せた。

「おぬしに会って、わしは思うた。おぬしの国のような国を造ってみたい、とな。戦もなく、民百姓が安心して暮らせるような国を。そのために政の形もいままでとはまったく変えねばなるまい。最初は抵抗する者もいよう。乱を起こす者も出るかもしれん。わしが改革を始めてしばらくは、わしの手は血に塗《まみ》れ続けることになろう。わしはそれでいい。わしの次の代に、おぬしの国のように、戦をすることを永久に禁じる令が出せるような国になれれば」

島は意外な思いで三成の顔を見た。この男のどこにそんなロマンチストのような一面があったのかと。だが、理想主義者とは基本的にロマンチストである。

確かに島は、三成に戦争放棄の条文を持つ日本国憲法の話はした。実際、その憲法を持ってから日本は、表向きには一度も戦争をせずに繁栄してきたという話もした。その部分だけ聞いて三成は、おそらく我が意を得た思いだったのだろう。だから他の話には鋭い質問を返す三成が、そのときはただ感じ入ったように深く頷くだけであった。

もし彼が戦をすることを法律で禁じた国に存在する自衛隊とは何か、と聞いてきたら、おそらく島は返答に詰まった。

公的には自衛官は全員、自衛隊は軍隊ではないと答えることになっている。しかし、それではその武力で伏見城を破壊し、北陸で多数の前田兵を殺傷したこの組織はいったい何なのだ？　自分たちが軍人ではないなら、戦いに傷つき、血を流す我々は、いったい何者として死んでいくことになるのか？

「わしは勝つ。戦を禁じる国を造るために。わしの次の代でならねば、さらにその次の代、あるいはさらに次の代になろうと、いつか必ず」

三成は窓から南の空を見つめて呟いた。

そうだ。勝て！

島も心の中で叫んだ。

彼はいま、なぜ自分が三成率いる西軍に肩入れする気になったのか、その理由がわかったような気がした。

要するに家康は米国なのだ。専横《せんおう》の振る舞いを繰り返す超大国に対し、自分たちが懲《こ》らしめの鉄槌《てっつい》を振り下ろす。この構図が、自分ではそれと意識しないうちに彼の血を沸かせ、西軍側へと引き寄せていたのかもしれない。

同時に彼は、三成が勝って造り替える、この国の形も見てみたかった。

戦を禁じる国家などというものが、本当に歴史上成立しうるのかどうか。もしかするとこれは、壮大な実験の幕開けではないのか。

島は三成が漏らした言葉に、軽い興奮を覚えていた。

三成が島を呼んだ理由はもう一つあった。なんと島に官位を与えるというのだ。大坂の行き帰りに京に立ち寄り、朝廷に官位を奏請《そうせい》して認められたらしい。島は固辞したが、三成は譲らなかった。

「客将の立場のおぬしが無官では他の諸将への示しもある。すでに城内には触れておいたゆえ、いまさら断わるは無理というもの」

島に与えられた官位は従六位、官名は左近尉《さこんのじょう》である。これより彼は、島左近《しまさこん》和武《かずたけ》と呼ばれることになった。

城内にあてがわれた第2小隊の控え室に戻ると、すでに彼の官名は全員が知っていた。

「よ、左近の旦那」

外廊下の欄干《らんかん》に背をもたせかけ、小銃を分解していた大賀がにやっと笑った。

「ふざけるな」

島はむすっとしたまま返した。

ふと部屋の中を見ると、穴山と目が合った。

「何か」

もの言いたげな穴山に島が問いかけると、穴山は一瞬躊躇《ちゅうちょ》したような表情を見せた。

「隊長の官名、聞いたことがあります」

「え?」

室内の全員が穴山の言葉に耳を傾けた。

「微妙に違うんですけど、確か三成の家臣に島左近勝猛《かったけ》という武将がいて」

「本当にいたのか?　島左近が!?」

柴田が床板の上に手をついて身を乗り出した。

「名前は他にもいくつか伝わっていますが、江戸の頃にこんな落首《らくしゅ》があったそうです」

　穴山はそこで少し姿勢を正すようにした。

「三成に過ぎたるものが二つあり、島の左近に佐和山の城」

「島の左近に……佐和山の城」

「つまり家康に刃向かった三成には分不相応なほど立派なものだとからかった歌ですけど、島左近とはそれほどの勇将だったたんです」

「どういうことだ？　ちょっとこんがらがってきたぞ。つまり、三成の家臣に島左近という男がいて、それは現代の歴史の記録にもちゃんと残っている？」

「そのとおりです」

　穴山は廊下の大賀に顔を向けて答えた。

「てことは何だ？　その歴史上の人物が島隊長だっていうなら、なんで俺たちがここに来る前から俺たちの歴史にその男が記録されてる？　……まさか」

「そのまさかかもしれません」

「なに？　何がまさかなのよ？」

　吉田3曹が不安げな顔で穴山に問いかけた。

「つまり、我々が時間を超えてこの時代に来ることは、あらかじめ決められていたことなのかもしれないと。二十数年前にも同じように戦国《ここ》に漂流《なが》された部隊がいたんでしょ。彼らはまったくこの時代とは隔絶した存在だったはずなのに、いつの間にかこの時代の歴史を補完する役割を負わされている。あろうことかそのときの指揮官はいつの間にか信長と呼ばれてるんですよ。来たときからこの国の歴史が、我々の知っている歴史と微妙に異なっていることはわかってましたが、知らないうちにその歴史が、徐々に歴史どおりの展開にはめ込まれてきてるような気がするんです」

「それは、こういうことか？　もともと信長も島左近もいなかった歴史の中に俺たちが放り込まれて、正しい歴史に戻るよう、修正する役割をさせられていると」

「いまの展開から考えると、そうとしか」

「待てよ。それじゃ歴史の記述じゃ、島左近は関ヶ原でどうなるんだ？」

　穴山は吉田に緊張した視線を向けた。

「左近は関ヶ原で奮戦しますが、やがて敵兵の銃弾を受けて壮絶な戦死……左近の部隊も一兵残らず、全滅」

　先ほどまでの談笑は途絶え、代わって部屋の中を重苦しい当惑と不安が支配した。だが、それを破ったのはやはりこの男であった。

「ふざけんじゃねえ！」

「大賀さん」

「穴山、おまえみたいな歴史オタクがなに言ったって屁だ！　現に俺たちは伏見でも北陸でも圧倒的に勝ったじゃないか！」

「でもそれは、史実でも西軍が勝利を収めた戦闘なんです」

「じゃ伏見を落城させたのは中ＭＡＴだって歴史の教科書に書いてあったか!?　学校にはほとんど行かなかったが、そんな教科書があったら俺だって歴史好きになってたさ！」

「明治維新からだって３００年近く前の話なんです。徳川が歴史を隠蔽《いんぺい》しようとすれば何だってできますよ。実際わずか20年前のとき衆の活躍は、秀吉一代でほとんど消されてるじゃないですか」

「それはいままでの話だ。下手な芝居じゃあるまいし、こことここの役者が欠けたから、現代から適当な人間呼び寄せて代役させたなんてふざけた話があるか！」

「でも、それじゃ僕たちがこんな時代に突然呼び寄せられた理由は何です？　何の意味もなくこんな無茶が起きたとは思えません。いままでの経過を見れば、それは歴史を混乱させるためではなく、歴史に秩序を取り戻す方向で力が働いているとしか」

「おまえの発言は隊全体の士気に関わる！　庭に出ろ！　性根を叩き直してやる！」

「もういい、大賀。穴山もだ」

とうとう島が割って入った。

「確かに、俺たちがここに来たことに何か意味は存在するのかもしれない。だが、いまそれを考えても仕方ない。俺たちが生き残るにはとにかく目の前の敵を撃破していくしかないのだ」

島が見回すと、多くの隊員が視線を下に逸らした。穴山の言葉は本人が意図したわけではないにしろ、予想以上に隊員たちの不安を喚起したようだ。

見かねたように掛井が声を出した。

「どうした！　おまえらそれでも無敵の第2小隊か！　伏見で2000人の敵が放つ矢玉をかいくぐり、わずか15人で城を陥したのはいったい誰だ！」

大賀が顔を上げた。

「俺たちだ！」

「そうだ！　自衛隊史上、一番最初の戦闘に華々しい勝利を飾ったのは誰だ！」

吉田3曹も応じた。

「俺たちだ！　無敵の島小隊だ！」

「そのとおり！　家康が何千何万の兵を繰り出そうと、この時代に俺たちにかなう軍隊などいるものか！　それでも歴史が俺たちにシナリオどおりの役を強要するというなら」

掛井は島に顔を向け、その目を見つめた。

「そのときは、この歴史をぶち壊してやればいい」

夕刻近く、大垣城は新たな緊張に包まれた。

どーん、どーん、と城内から太鼓の音が響きわたり、城内外に展開する大将クラスの武将を呼び集めたのだ。

部屋で望月と通信中だった島の元にも、三成との連絡係となる小姓が足早に廊下を渡ってきた。

「左近殿には至急、軍議にご参集いただきたいと」

「何かあったのか」

片膝をついた小姓は、立っている島に顔を上げた。

「清洲城に福島正則以下、内府側についた諸将が帰着した模様にござります」

「なにっ?」

三成の話では、東軍到着は早くてもあと1週間はかかる目算だった。三成だけならともかく、敦賀城の吉継もほぼ同じ読みであったため、島はその計算で望月と兵力配備の計画を立てていた。

狂う目算の数が多過ぎる。それとも、これも歴史の予定調和が働いているためなのか? いずれにせよ、いまの島にそれを確かめている余裕はなかった。

本丸建物内に設けられた軍議の席では、小西行長、宇喜多秀家らと三成の間で激しい応酬があった。

清洲を早く獲っておかなかったからこうなったとなじる2人に対し三成は少しもたじろがず、むしろ清洲に進んでいたら正則らの兵に退路を断たれていただろうと切り返した。

ただ、清洲進攻を最初に主張した島津義弘は軍議の間中、瞑想《めいそう》するかのように目を閉じ、黙って腕組みしたままであった。

島にはこの沈黙が不気味であった。吉継も、いま美濃に参集する兵の中で最も精強を誇るのは島津だと認めている。もしも島津の機嫌を損《そこ》ねたまま決戦に臨めば、面倒なことになるかもしれないと吉継は危惧《きぐ》していたのだが。

「おのおの方のご意見まことにごもっともなれども、敵はまだようやく福島正則、池田輝政《いけだてるまさ》ら先発隊が清洲に到着したに過ぎない。彼らが美濃から西上する道はことごとく封じてある。特にこの大垣、岐阜の二城がある限り、敵は尾張に釘付けとならざるを得ず。それがしは先刻すでに敦賀の大谷、近江の小早川殿、大坂の毛利殿にも兵をこの美濃に集めるよう書状を出してある。我らは十万の兵をそろえ、この際、内府に肩入れするものどもを一網打尽《いちもうだじん》に蹴散らそうではないか」

三成はこう述べて軍議を締めくくった。

が、この日より清洲にはなおも後続の東軍武将が次々と集結を始め、3日後の8月17日にはその数、5万を超えるばかりに膨れ上がっていた。

5　岐阜落城

大垣よりおよそ東に５００キロの彼方。江戸城内書院の間において、家康はいらついたように爪を噛んでいた。

清洲に到着した福島正則ら、東軍先発の諸将が、いつまでも西に上ってくる気配のない家康に対し、催促の書状を送りつけてきたのである。

気の毒なことにその書状を読み上げた使番《つかいばん》は、目の前で機嫌を悪くしていく家康の視線をまともに受けることになり、書院の間の庭先でかしこまりながら、具足の内側にじっとりと流れる汗を感じていた。

ちなみにこの時代、特に軍事関係の連絡に使われる書状には、あまり具体的な文面は書かないのが通例とされていた。万一、途中で敵方に捕らえられた場合、書かれた内容は筒抜けとなるからだ。

したがって書状には大まかな内容のみ記し、子細は口上にて行う。すなわち使番にはメッセンジャー的な要素が大きかった。いま、この使番は福島正則の口上をそのまま伝えたのだが、この言葉が家康の神経に触れることは、彼にはわかりきっていた。

「我らを刧《こう》の立替《たてかえ》にするつもりか！」

刧の立替とは囲碁用語で、いわゆる捨て石を意味する言葉だが、正則はこの言葉、しかと内府に伝えよと念を押して、使者を送り出した。

「左衛門大夫《さえもんのたいふ》めが、はばったいことを！」

家康は吐き捨てるように正則の官名を口にした。

家康の右手に座っていた正信が使番に下がってよいと命じると、彼は飛びすさるように書院の間をあとにした。

「いまは我慢こそ肝要と存じます。福島なぞは所詮猪武者。殿が天下を手にされた暁には、いかようなご処置もかないまする」

正信が含み笑いを漏らしながら、両手を畳について膝で前に進み、家康に体を向けた。

それほど福島正則という男、今回の家康側の大謀略において、利用された。

そもそも一昨年に秀吉が死んだ直後から、三成と武断派大名の間の亀裂をさらに広げ、その諍《いさか》いが表面化すると三成が大坂城から退去せざるを得ないように仕組んだのは正信である。その際、正信が焚き付けたおかげで、もっとも期待どおりに動いてくれたのは正則であった。

今回の上杉征討軍においても、家康が東国に引き連れた各大名はすべて豊臣政権下の多国籍軍として行動していたはずで、家康は筆頭家老ゆえに総大将の役を得たに過ぎない。三成は同じく豊臣政権の意思と称して、征討軍進発後に家康を誅伐《ちゅうばつ》せよとの檄《げき》を発したわけだから、筋から言えば豊臣政権下の各大名は、その時点で家康を討つべき立場になるわけだ。

とはいえ、ことはそう単純ではない。秀吉というカリスマ的指導者を失った豊臣政権は、いわば諸大名の微妙なバランスの上に成り立っていた。同時に秀吉の死は、一人徳川家という超大国の出現をも招き、豊臣政権に参加する大名は誰も、家康の意向を無視するわけにはいかなかった。

さらにここでもまた、正信の謀略手腕が功を奏した。以前から手なずけておいた豊臣恩顧の有力大名、黒田長政《くろだながまさ》、浅野幸長《あさのよしなが》、福島正則らに、これは徳川と豊臣の戦いではなく、政権内で無役となった三成がそれを不服として起こした個人的な叛乱《はんらん》であるという認識を持たせたのである。特に秀吉に深い恩義と忠誠心を持つ正則などは、この解釈のおかげで家康に全面協力の姿勢を示した。すなわち家康に協力することは、豊臣政権の安泰と存続を図ることになるという正信の説明を真に受けたのだ。

先日の小山評定で、正則は真っ先に家康に従う意思を示した。正則の発言のおかげで、軍議の空気は一斉に家康支持に流れたとも言える。その結果、家康は労せずして豊臣恩顧のほとんどの大名を自分の私軍に化けさせることに成功した。もちろん、長政などはこれが豊臣政権の存続につながるなどとは露ほども思っていなかっただろうが、若い頃から秀吉の側を駆け回り、秀吉の猟犬のように敵と戦っては秀吉に褒《ほ》められることを半ば生き甲斐としていた正則は、もとより天下の先が読めるような男ではなかった。

小山評定の結果が即時反転して三成討つべしに決すると、正則は猪突、東海道を駆け上り、清洲に舞い戻って西軍を慌てさせた。だが、前線となる清洲で3日待ち、5日経っても家康が東海道を上ってくる気配はない。正則の内部で、徐々に疑心が膨れ上がってきた。

――内府は我らを相討ちさせ、豊臣恩顧の大名が疲弊《ひへい》したところで一気に政権を乗っ取るつもりではないか。

さすがの正則も、そんな疑惑を覚え始めた。使番に託した家康への口上は、そんな正則の憤懣《ふんまん》が込められていたのだ。

「さて、正則にどう返事してやるやら」

家康は余裕を取り戻していた。

「佐渡」

「ははっ」

正信は家康の前で平伏した。

「その方、今朝は信楽寺《しんぎょうじ》より参ったと申しておったな」

「はっ」

信楽寺は正信の願寺である。彼が現代にいた頃、彼の父親は浄土真宗《じょうどしんしゅう》の僧侶をしていた。真宗住職の家では、基本的に世襲で寺を守る。もし、彼の一生が平穏に続いていれば、彼は自衛隊を退官したあと、親の跡を継いで僧侶になる道が半ば決められていた。

一時期は、そんな家の職業に反発して自衛隊に入隊した正信であったが、この時代に漂流《なが》されて家康に仕えるようになってからは、滞留先に気に入った古寺を見つけると足繁く通うようになっていた。

現代人であった信長を別にすれば、この時代の武将はおおむね信仰心が深い。家康も例外ではなく、彼が旗印にする「厭離穢土欣求浄土《おんりえどごんぐじょうど》」は、汚れた現世を離れ、浄土に赴かんという信徒の心情を戦場でのスローガンに転用したものだ。

家康は正信の信心に感心し、城下の寺を彼の願寺とすることを許したのだが、正信は僧侶の息子でありながら、自分にさほどの信心があるとはまったく思っていなかった。彼がことあるごとに寺に通っていたのは、ただ単に自分の生まれ育った環境と似た雰囲気の中に浸ることで、かろうじて心に落ち着きを取り戻すことができたからである。

でなければ彼は、とうの昔に狂っていた。

その信楽寺に、ひと月ほど前から客がいた。正信はその接待と連絡係のような役目を命じられていたが、家康の問いは、その客人の様子を訊ねたものである。


「怪我を負うた者もすでに回復し、みな殿のお心遣いにいたく感謝の意を表わしておりました」

「もう十分に動けると申すか」

「そのように見受けられましたが」

家康は脇息に肘をつき、体を少し斜めにして、口髭を撫でるような仕草をした。

「では、そろそろ一働きしてもらおうかの」

「客人も殿のそのお言葉を待ち望んでおりましょう」

「ふむ」

家康は体を立てて背を伸ばした。

「佐渡。伝令の中よりもっとも頑固で融通《ゆうづう》のきかん男を探し出し、使番に立てよ。その者に口上を伝える」

「頑固者？」

「正則は荒武者、なまなかな肝の持ち主ではあやつに圧《お》され、こちらの様子を見透かされる。正則に何と脅されようと、断じてわしの伝えたことしか口にせん男を選ぶのじゃ」

「ははっ」

「その後、馬を用意せよ。信楽寺に赴き、遠来の客と会わん」

「かしこまってそろ」

　8月21日早朝。大垣城の島に望月から連絡が入った。

「いいニュースと悪いニュースがある」

　声の調子は抑揚《よくよう》の少ないいつもの望月の声だったが、もってまわった言い方が普段の彼らしくないと島は思った。

「まず、甚左殿の修羅が一基完成した。第1陣として装甲戦闘車の移送を今日から始める」

「そうか。乗員は？」

「大野と小林を付ける。こっちも人手不足でこれ以上は回せん。それに、ちょっとした騒ぎもあってな」

「騒ぎ？」

　島は嫌な予感がした。

「悪いニュースだ。昨夜、脱走者が出た」

　島は三成に断り、大賀と穴山のみ連れて、ジープで敦賀に舞い戻った。

　浜には吉継に駆り出された地元の百姓や浮浪の者から成るおよそ１００人の男たちが、それぞれ太い縄を肩から体に巻き付け、甚左の掛け声に合わせてえいやあっと気合いを入れているところだった。引き手の縄は橇《そり》の先端と左右の支柱に結びつけられ、橇の両横にはころとなる丸太を橇の後ろから前へと入れ替える役割の男たちが並んでいる。修羅と呼ばれる巨大な木の橇の上には89式装甲戦闘車が載せられ、ほとんど元の形が見えないほどに、荒縄で固く縛り付けられていた。

「ここから山道まではまだ距離がある。どうせなら近くまで戦闘車に自走させればいいのに」

　大賀の疑問を挨拶に近づいた甚左に島が訊ねると、彼は言った。

「修羅を使うには引き手ところの遣《や》り手の息がぴた

りと合うことこそ肝要。まして山中の道となれば、一息の乱れが取り返しのつかぬ事態を招く。いきなり山になぞ入れぬ。まずはここから山まで一日かけ、山中は七日かけて運ぶ。島殿には大垣にて待たれよ。必ずこの荷は無事にお届けする」

「よろしくお願いします」

島は甚左に頭を下げ、次に本部天幕を目指した。

天幕の中にはすでに望月と涌井、さらに朽木が顔をそろえ、長机の横に置かれた椅子に腰を下ろしていた。彼らの前に血の気の引いた表情をした2人の男が立っていた。その光景は、まるでどこかの会社の面接に来て、緊張している学生を連想させた。

「島隊長」

天幕に入った島に、望月が立ち上がった。

「どういうことだ」

「今朝の点呼で7名の隊員が消えていた。敵襲の可能性もあるため、第1、第4小隊で捜索隊を編制したのだが、OH―1が半島側の森の中で立ち往生しているこの2人を見つけたんだ。連れ戻して事情を聞いたら、脱走だということが判明した」

島は2人の隊員の前に立った。

「名乗れ」

「第3小隊所属1等陸士、山藤芳彦」

山藤は直立不動の姿勢で顎をややそらし、天幕の屋根の方を見つめるように答えた。

島はその隣の男に顔を向けた。

「名乗れ」

「し、島……」

「貴様の所属と階級を聞いている」

「補給班…3等陸尉…長浜達夫」

長浜は島の前でうなだれ、唇が細かく震えていた。

「脱走だと……? 長浜3尉、首謀者は貴様か」

「しゅ、首謀者なんて、そんなものは、いない」

「では7人もの人間がどうやって示し合わせたんだ? 脱走者の中で尉官は貴様だけだ。貴様が首謀したのでなければ誰が」

「もとは酒の弾みなんだ。3〜4日前、気の合った者同士で酒を飲んでいるうち、誰言うともなく、このままでは全員殺されるという話になって」

「酒!?」

島は望月を振り向いた。

「鞍谷川の戦闘のあと、吉継殿より酒樽《さかだる》が届けられた。みんな多少の息抜きは必要と考え、非番の者が飲む分には、羽目《はめ》を外さぬ限り黙認した」

「正直、どこへ行くというあてなどなかった。ただ、恐かったんだ。立原や他の隊員たちの最期の姿を見て、俺は……」

「ふざけるなっ！」

島は全身に怒りがわき上がった。

「俺たちの戦いは、俺たちが全員生き残るために行っているのだ。仲間が仲間を助けるために命懸けで戦おうというそのときに、おまえは自分だけ逃げようとしたのか！」

「すまん、島……隊長」

「あやまって済むことか！」

島は心底、長浜を殴り飛ばしたかった。これが自衛隊員か？　俺が守ろうとしている仲間なのか？

だが、亀のように首をすくめて震えている年上の男を見ているうちに、殴る気すら失せてしまった。

「日が暮れたら捜索続行は難しくなる。それでなくても大谷領を出てしまったら残りの5人の行方を掴むのは無理だ。どうする、島隊長」

望月の言葉に島は逆に聞き返した。

「この2人の処分は」

「処分？」

望月は一瞬、困惑した表情を見せた。

「とりあえずは懲罰の意味も込めて、数日の外出禁止、反省文の提出などは考えているが」

「反省文？」

島はもう一度長浜と山藤に顔を戻して睨み付けた。

「脱走だぞ。それもいまは戦時だ。そんな手ぬるい処分で他の隊員が納得すると思うか？」

「どうするというんだ」

「旧軍なら、敵前逃亡は銃殺」

「島？」

朽木と涌井も表情を変え、思わず腰を浮かしかけた。望月は同じ表情で島を見つめている。

「処刑するというのか。我々の手で？　現在の自衛隊法には、どこにも隊員にそんな刑を与える根拠も権限もないぞ」

「現代の自衛隊法だ。現在ではない」

島は吐き捨てるように言うと、腰から9ミリ拳銃を抜いた。

「島隊長!?」

朽木が椅子を鳴らして立ち上がった。

「本気か？」

島は朽木に顔を向けながら銃身をスライドさせ、第1弾を薬室に送り込んだ。

「もちろん、俺だって昨日まで仲間だと思っていた人間を撃つのは忍びない。だが、こいつらをこのままにしては、それこそ決戦前に他にも脱落者が出る可能性がある。そうなれば俺たちの組織は戦う前に内部から崩壊する」

「し、しかし」

「逃げたとはいえ、何度か俺たちと一緒に死線をくぐり抜けた仲間だ。そのことは認め、この時代にふさわしい選択のチャンスを与えよう」

島はダンッと拳銃を長浜の前の卓上に置いた。

長浜は目を丸くしたまま、目の前の拳銃と島を交互に見やった。

「し、島……？」

「長浜3尉。貴様を武人として扱う。自決するなら、止めはせん」

「島っ！」

望月が鋭い声を発した。

「そんなことをさせて何になる！　考え直せ！」

「貴官の意見など聞いていない！　黙っていろ！」

島は望月に背を見せたまま怒鳴り返した。

「う…う…」

　長浜は低い唸り声を出した。黒縁眼鏡の下に脂汗がたまり、光っている。

　全身の他の部分が固まったような動作で、長浜はゆっくり右手を拳銃に伸ばし始めた。

「長浜、よせ！　そんな必要はない！」

　望月の声も長浜の耳には届いていないようであった。望月はたまらず長浜に歩み寄ろうとした。その前で島が望月を遮った。

「望月、じっとしていろ！」

「島、冷静になれ。こんなことをすれば、かえって必ず隊内に禍根《かこん》を生む！」

「わあああああああっ！」

　その声に島は背後を振り返った。

　長浜は拳銃を持った両手を真っ直ぐ伸ばし、島の胸に狙いを付けていた。

「死にたくない！　俺はこんなところで死にたくないんだっ！」

「長浜っ、落ち着け！」

　望月が島の体越しに叫んだ。

「なんでだ？　なんで自衛隊に入って殺されなきゃならない？　俺は誰にも殺されたくないし、誰も殺したくなんかない！」

　長浜の両手は上下に激しく揺れている。島はゆっくりと体を長浜に向け、彼を睨んだ。

「撃ってみろ」

「島っ！」

「撃つんだ。おまえがいま、この状況から抜け出るためには、やはりその引き金を引くしかない」

「ううっ」

　島は半歩、長浜に踏み出し、胸を反らした。

「さあ撃てっ！」

「島、挑発するんじゃない！」

　望月が怒鳴り終える前に、長浜の伸ばした両手が軽く上がり、長浜は目を閉じたまま言葉にならない叫びを叫んだ。

長浜の右手の人差し指が、クイッと引きつったように縮んだ。その様子を唖然と見ていた涌井は思わず首をすくめた。

カチッと小さな金属音がした。

「?」

長浜が無反動の感触に気づいて、ゆっくり目を開けた。

彼の銃口の前に立つ島が、右手で拳銃の銃身を上から掴んだ。

すうっと全身から力が抜けていく長浜から銃を取り戻すと、島はマガジンを抜いて見せた。

「空薬莢《からやっきょう》だ。銃弾は出ない」

「……あ」

島はガクッと膝をついた長浜を一瞥《いちべつ》すると、天幕の出口に向かって歩き始めた。

「島……どうする気だ?」

そのまま出て行こうとする島に気づいた望月が、慌てて呼び止めた。

「追い出せ」

「え?」

「どこへなりと、行きたいところに行かせてやればいい。ここから逃げ出そうとする奴など武人どころか男ですらない。隊には無益不要の存在だ。他の5名の捜索も打ち切れ」

島は出口の方を向いたままそれだけ言うと、あとは振り向きもせず、天幕を出て行った。

島が大垣城に戻った頃、そこから南東に二十数キロ離れた清洲城にも、家康からの使者が到着していた。

使者に選ばれたのは村越茂助《むらこしもすけ》。綺羅星《きらぼし》のごとき徳川軍団において、目立った軍功も武勲もないが、ただ律儀と頑固であるという評判は家中でも有名な男であった。

いよいよ家康出陣の日程が明かされると思った東軍諸将は全員で使者の口上を聞くことにしたのだ

が、その内容は意外なものであった。

「おのおの方には清洲に拠《よ》った後、一向に美濃に向けて攻め入ろうという動きが見られぬ。これはもしや治部と示し合わし、ひそかに我が方を討たんと謀《はか》らんがゆえなるか！」

正則は顔を真っ赤にして立ち上がった。

「これはしたり！　内府殿には同心した我らをお疑いの由か！　ならば問うが、内府殿はいったいいつ出馬なさるおつもりか！」

茂助は顔色一つ変えず、家康の口上を繰り返した。

「それはもう聞いた！　おぬしの見立てでもよい。内府殿は江戸で出陣の準備を終えられたのであろうな」

「それを語る口は持たぬ。内府殿が申されたはかくの如し、おのおの方には……」

「その口不要ならば切り取って進ぜる！」

言うが早いか正則は腰の大刀を抜き放ち、茂助の眼前にぴたりと止めた。

だが茂助は、やはり仏像のような無表情で続けた。

「美濃に攻め入る気配なきはいかなるゆえか。おのおの方の心底見極めぬうちは、内府殿御出馬あらざるべし」

正則は口をつぐんだ茂助を睨み付けていたが、一転、刀を鞘《さや》に収めると高笑いを始めた。

「なるほど。さすがに内府殿の御使者ともなれば、肝が座っておる」

正則は集まった諸将に顔を向けると言った。

「内府殿の申されるとおりじゃ。豊臣家の不始末はまず我らの手で片づけに取りかからねばなるまい。ならばこれより大垣に攻め入り、三成の首をば挙げてご覧に入れよう」

「その言やよし」

茂助が再び口を開いた。正則は意外そうに使者を振り向いた。

「御覚悟見極めた上なればさらに申し上ぐる。明夜丑《うし》の刻までに岐阜に兵を進められよ」

「岐阜に？」

「左様。岐阜は明夜、その時刻に陥る」

「なんと？」

集まっていた諸将も顔を見合わせ、どよめいた。

正則は首を傾げながら茂助に問いかけた。

「内府殿が……そのように申されたのか？」

「いかにも」

「待て待て」

茂助に向かって最前列にいた黒田長政が、手に持つ扇で茂助を指した。

「内府殿の言を疑うつもりはないが、小山より返した兵はすべてここに集うておるはず。内府殿の兵はいまだ江戸にあり。されば、いったい岐阜にはどの家中の兵が差し向けられるというのか」

「そうじゃ。犬山、苗木《なえぎ》、岩村《いわむら》など美濃の各城は三成方についたと聞いておる。岐阜を攻める兵などこの辺りにおらず、攻めたにしても、あの城は簡単に陥せぬ」

長政の隣にいた池田輝政も同意した。一同はそのまま茂助の言葉への疑念を口にし、室内はどやどやとざわめき始めた。

「一同、静まられい！」

茂助が声を張り上げ、武将たちは虚を衝かれたように一斉に彼の顔を見た。

「内府殿の口上でござる。我に神軍の御加護あり。我を信じる者は屹度《きっと》岐阜に兵を進めよ。我を信じず、後れをとる者はもろとも劫火《ごうか》に焼かれるべし！」

8月22日。午後1時。部屋で隊員たちと作戦の打ち合わせをしていた島は、城内がただならぬ雰囲気に包まれたのに気づいた。

廊下に出てみると具足姿の足軽兵が3人、押っ取り刀で庭先を駆け抜けていく。

「左近殿！」

廊下を小姓が足早に駆け寄ってきた。

「何かありましたか？」

「すぐに軍議へ。清洲の兵が動きだしたようにござる！」

新しい軍議の席は大垣城本丸表門を入った右手の、巽櫓《たつみやぐら》前近くに作られていた。今後は敏速に城の内外を出入りする必要が予想されたからである。

島は半長靴を履き、地面に敷かれた小石を踏みしめて視界を遮る幔幕をくぐると、すでに具足姿に身を固めた宇喜多秀家、島津義弘、小西行長らが向かい合う形で床几に腰を下ろしていた。

島は義弘の隣に空いていた床几に腰掛けた。列の中央席に座る三成も、腹部に黒い鉄板を薄く延ばした二枚胴を着込んでいる。

「いま報せが入った。清洲を出た敵は三方に分かれた由にござる」

「三方……岐阜、大垣、福束か」

島の隣で義弘が、目を閉じたまま腕組みして呟いた。

「いかにも。西の福束を目指すは徳永寿昌《とくながながまさ》以下八千、北上して岐阜を目指すは池田輝政、浅野幸長らおよそ二万、そして残る二万は福島正則を先頭に真っ直ぐこの大垣に向かっておる模様」

三正面作戦か。島は考えた。

敵の兵数がある程度膨れ上がれば、その数を頼みに美濃に進攻を計ることはある程度予測できた。いま、この大垣ですぐに動員できる兵は2万足らず。吉継も小早川もまだ美濃平野に姿は見せていない。一方岐阜城にも7000人足らずの兵がいるのみである。ただし、岐阜と大垣は連動する。たとえば岐阜が攻められれば大垣から援軍が、大垣に敵が集中したときは岐阜から援軍が出る約束になっていた。

城攻めが効果を発揮するのは、周囲のどこからも援軍が来ないと確定できる場合のみで、たとえば城を囲んだ兵の後方から援兵が現われれば寄せ手は混乱し、このとき門を開いて城兵が突出すれば、攻める側はあっと言う間に挟み撃ちの状態になってしまう。

東軍はその事態を避けるため、わざわざ兵を分散して各城の援軍を封じつつ攻撃する作戦に出たのか。それはそれで理にはかなっている。だが、島は一抹の疑念を覚えた。

その疑念を代弁するように義弘が口を開いた。

「じゃどん、あの戦上手の内府にしては」

「島津殿、何か」

義弘の呟きに気づいた三成が問いかけた。義弘は目を開け、腕を組んだまま応えた。

「こいは天下分け目の戦じゃ。内府ならば万に一つもしくじらぬ攻め方をば、すっとじゃろ。兵を三方に分けたは前線の城を封じるには道理。じゃどん、一手でも崩れれば三手総崩れとなっど」

確かに分散した兵の一部隊が撃破された場合、今度は少ない兵で膨れ上がる敵の攻撃をしのがなければならない。まして美濃には、これから西軍の武将が続々と集結する手筈《てはず》になっているのだ。

「あの内府もおごったのであろう」

三成はにべもなく決めつけた。行長が聞いた。

「では三成、我らはいかがする」

「我らの敵はあくまで徳川内府。敵の総大将の旗が見えぬうちは軽々しく兵を損ずるべきにあらず」

義弘がうんざりしたように再び目を閉じた。

「城を敵の囲むままに任せるというのか!?」

「岐阜も大垣もそう簡単には陥《おち》ぬ。小早川、毛利殿の軍が動けばこれらは蹴散らせる」

「それは賛同しかねます」

たまらず島は初めて発言した。三成はきょとんとしたように島を見た。他の武将も島に顔を向けている。だが、ここで三成の方針が通れば、西軍は関ヶ原に出る前に大垣で壊滅するかもしれないという予感めいた直感に島は襲われていた。

「まずこの城に向かってくる敵軍の足を止める必要があります。大垣と清洲の間にある竹ヶ鼻《たけがはな》城を前線基地とし、ここで敵の鼻先を叩いておくのはいかがでしょう」

「そうだ。竹ヶ鼻がある」

宇喜多秀家が島に賛意を示した。竹ヶ鼻は小城だが、三成の誘いに従って西軍への参加を表明していた。

「左近殿の申すとおりじゃ。大垣を敵に囲まれては、これより大坂との連絡もままならず。逆に大垣を開けておけば、岐阜への援軍もいかようにも出せる」

「だが敵は福島正則率いる二万。我が方がいまそれだけ出せば、この城は空城同然となる」

「私が参ります」

島が立ち上がった。

「わいも参りもんそ」

隣で立ち上がった義弘を、島は意外な面持ちで眺めた。だが入道は憮然とした表情を崩さず、前方を睨むように見据えている。

「だが島津殿、貴殿の兵は」

島津義弘は今回の戦に、1500人足らずの兵で参加していた。三成はそれを慮《おもんぱか》った。

「戦は兵の多寡ではなく、勢いで決すとじゃ。島津の兵は精強無比。御懸念無用」

義弘は前を見つめたまま答え、軍議は福島勢迎撃を決した。

――第2小隊、出撃。

この命令を受けた隊員たちは即座に装備を整え、大垣城内馬場に停めてあるジープの周囲に集まった。

島は隊員たちの前で、地面の砂上に簡単な図を描いて説明した。

「大垣から清洲の間には、北から揖斐《いび》川、長良《ながら》川、木曽《きそ》川と三本の川が流れている。我らは長良川と木曽川の間にある竹ヶ鼻城に拠ってここを拠点とし、城兵や島津隊と協力して清洲方面から進撃してくる東軍を迎撃する」

「いっそ敵を撃破したらそのまま清洲を攻め落とし、家康を待ち構えて一気にケリをつけるってのはどうです?」

「大賀、敵を甘く見るんじゃない」

島は大賀をたしなめた。

そう、いままでは何もかもうまく運んできた。だが、北陸の戦闘で起こったこと、その後の敦賀部隊を襲った波紋を考えると、これから先の戦いは違った局面を迎える可能性も否定できない。島は自らの気も引き締めた。

40分後、島の第2小隊14名は島津部隊1500と共に大垣を出陣、美濃路を東進して第1の目標地点である長良川の墨俣《すのまた》を目指した。

島隊は島津軍をかなり引き離す形で先行し、長良川の川縁に着いたのは午後3時半に近い頃であった。

墨俣の横を流れる長良川の流域は広く、渡し場には丸太で足場を作っただけの簡単な木橋が作られていた。ただし、その幅は人二人がやっと横に並べるくらいしかない。川向こうには下流の方までこんもりとした林が広がっていた。

「あれを車で渡るのは無理ですな」

助手席の掛井が、後部席の島に声をかけた。島は隣に並んだジープの運転手に指示した。

「村西、水深を確かめろ。吉田、大塚、小杉は念のため下車して哨戒《しょうかい》に当たれ」

「了解」

村西の運転するジープはゆっくりと前進を始めた。後部席に乗っていた隊員たちは飛び降りると同時に小銃を構え、車輛の左右に展開して戦闘服のまま川の中へ一緒に入っていく。

島は腕時計を確かめた。

「島津隊は遅いですな。まだ姿が見えない」

掛井が後方を確認しながら言った。

「美濃路はけっこう走りやすかったんで、ついスピードを出し過ぎたかもしれません」

運転席の穴山が苦笑交じりに漏らした。

「だけど敵は昼過ぎに清洲を出たってんでしょ。これ以上、時間がかかって竹ヶ鼻を先に押さえられたらどうします」

大賀が川を渡っていくジープを見つめたまま呟い

た。

ジープの車輪は完全に水中に没していたが、それ以上の深さはなさそうで、ゆっくりと前進を続けている。哨戒する隊員たちは胸の前に小銃を持ったまま、緊張した表情で前方の気配を探っている。

林からはときおり雉《きじ》の鋭い鳴き声が聞こえてきて、そのたびに隊員たちはビクッと銃を持つ腕の筋肉を緊張させるが、それ以外は流れる水が木橋に当たってたてるせせらぎの音と、どこかで川面から魚がピチャッと飛び跳ねる音くらいしか聞こえない。

「竹ヶ鼻は城とはいっても、砦《とりで》に毛が生えたようなもので、大軍を迎えたらあまりもたないと思います」

穴山の言葉に島は「わかっている」とだけ答えた。

そのとき、島のヘッドセットに村西の声が聞こえてきた。

「渡河《とか》成功。周囲の様子も異状なし！」

見ると、対岸に上陸したジープの運転席で、村西がこっちに向けて右手を振っている。島はもう一度腕時計を見た。掛井が聞いてきた。

「村西を戻して、ここで島津を待ちますか」

「いや」

島は決心したように顔を上げた。

「前進しよう。どうせ島津殿とは竹ヶ鼻で合流することになっている」

長良川を渡ってからは広がる水田地帯のそこかしこに標高１００メートル前後の小さな里山が目立つようになり、進路の視界を遮った。島は穴山にジープの速度を落とすように命じた。

このまま直進すれば木曽川の渡河ポイント、尾越《おごし》の渡しに達する。清洲はさらにその先だが、双眼鏡で確認する限り2万もの大軍が迫る気配はいまだ感じられない。徒歩兵を擁《よう》する島津軍のように、意外と移動に手間取っているのかもしれない。

島は進路を右に取り、竹ヶ鼻を目指した。ほどなく前方の小山の間から、高さ3メートルほどの木の塀で周囲をぐるっと囲んだ建物が見えてきた。

塀の周囲には堀がめぐらされ、正面には冠木門《かぶきもん》の大扉が造られている。その門の両横に塀の内側から物見台のような櫓が組まれており、それぞれ2人ずつの足軽が警戒している姿が見えた。

「竹ヶ鼻です」

穴山がハンドルを握ったまま、言った。

塀の周囲には人影がなく、水田に見えるはずの農民もいない。まもなく、ここが戦場になることが知れ渡っているのだろう。それにしても、と島は思った。

あまりに静か過ぎる。

砦の正面100メートルほど手前で島は車輌を停止させると、全員に声をかけた。

「運転手以外は下車、戦闘準備。万一の場合は車体を掩蔽とする。油断するな」

「了解」

車輌の周りからガチャガチャッと小銃のレバーを引く音が聞こえてきた。

ジープ4輌は、菱形《ひしがた》の車列を組んだまま、冠木門の手前、20メートルまで接近した。門の右側櫓の上から槍を持った足軽が大声で呼ばわった。

「止まれえっ！　何者かあっ！」

島は車輌を停止し、顔を上げて返した。

「石田治部殿の命により大垣より援軍に参った！　私はときの島左近と申す！」

「おおっ、とき衆か！」

足軽は砦の内側に身を屈《かが》めて、何か呼びかけているようだったが、その内容はよく聞き取れなかった。

足軽は再び立ち上がると、島たちに槍を持つ手を大きく左右に振った。

「よくぞ参られた！　入りそうらえ！」

ギギギイッと木がきしむ音を立て、島たちの眼前で扉が開いた。正面に主殿となるらしい木造板葺き平屋の大きな建物が見える。

ジープはそこで車列を崩し、一輌ずつ堀に架けられた板橋を渡って、門の中へと進入した。

瀬良の運転する最後の車輛が門の中に入ると、何かに追い立てられるように再び門が閉ざされた。

入るなり、島は異様な気配を覚えた。

彼らの周りをほんの5～6メートルほどの距離をおき、数百人の足軽たちがみっしりと島たちを取り囲んでいた。

掛井は銃を構えたまま、島に声をかけた。

「隊長……あまり歓迎されてる雰囲気でもなさそうですが」

「足軽はみんな無愛想に見えるものさ」

神社の拝殿にも似た主殿の広縁に、ずかずかと足音を響かせて、具足に身を固めた武者が現われた。兜の脇立《わきだて》には頭頂から側頭部にかけて富士山形に広がった鉄板を付けている。

「推参なり、とき衆！　これはよきみやげがかかったわ！」

「なにっ⁉」

武将は笑いながら続けた。

「清洲の兵動かば、ここは捨て置かれるかとも思うたに、わざわざ後詰めを送るとは意外に治部も義理堅い。が、我らはすでに内府殿に同心いたした。うぬらを討ち取れば内府殿の覚えもめでたし。いざ、出陣の血祭りにいたさん！」

大賀は運転席から振り向いて慌てて小銃を掴もうとしている穴山に聞いた。

「なに？　……あのイカ頭、なに言ってんの？」

「裏切りですっ！　我々は罠にはめられたんですよっ！」

「なにいぃっ？」

次の瞬間、四方八方から、長槍をバッと前に構えた足軽たちが島たちめがけて殺到してきた。

「わありゃありゃありゃありゃあ～～っ！」

「撃てえっ！」

島の声より早く、隊員たちの小銃が３６０度方向に向けて一斉に火を噴いた。

ズダダダダダダッ！

ジープの周囲で、まるで火口が噴火したように血飛沫が舞い上がった。

「くそおっ、死ねえっ！　死にやがれえっ！」

大賀が叫びながら連射モードで小銃を左右に振ると、まさになぎ倒されるという表現どおりに足軽たちがばたばたと倒れていく。

その倒れた背後から、ガラガラガラと音を立てて、先端を鋭く尖らせた材木を横に並べてくくりつけた大八車が向かってきた。

「わっ！」

運転席ドア前で連射していた穴山が危うく身をかわすと、その材木の槍はガアンッと音をたてて車体の右側面にぶつかった。

「うわあっ！」

大八車の陰に隠れていた足軽兵が穴山めがけて槍を突き出す寸前、その足軽の左側頭部からバッと脳漿《のうしょう》が飛び出した。

穴山が背後を振り仰ぐと、車の上に立ち上がった島が9ミリ機関拳銃のマガジンを落としながら、新しい弾倉を装填しているところだった。

「穴山っ！　手榴弾で城門を破壊しろっ！」

「りょ、了解……」

穴山は戦闘服に着けていた手榴弾を外そうとしたが、指が震えてうまく外せない。

その3メートル後方では、瀬良の運転していたジープの車体に背を押しつけ、小銃の銃身を両手で握り締めるようにしながらしゃがみ込んでいる小杉の姿があった。

「たあ～っ！　助けてえぇ～っ！」

横で小銃を連射していた吉田が、小杉の襟《えり》を左手でぐいっと持ち上げて立たせようとした。

「撃てっ！　死にたくないなら弾幕を切らすなっ！」

その吉田の左肩胛骨《けんこうこつ》の後ろから肩を貫いて、ずぶっと弓の鏃《やじり》が飛び出てきた。

「うっ？」

思わず吉田の腕の力が脱けると、小杉は地面に体を丸めて倒れ込んだ。

背後を振り向いた吉田に、城門両横の櫓の上から4人の足軽が次々と地上に向けて弓矢を放つ光景が見えた。思わず顔を伏せた吉田のヘルメットに次の矢がカツンッと当たり、半長靴の足元に折れた鏃が落ちた。吉田は反射的に小杉の上にしゃがみ込むようにして、半開きになっていたジープ運転席のドアを思い切り開いた。カンッ。弓矢がドアに当たる音がした。

「大賀！　あの弓を何とかしてくれっ！」

吉田の悲鳴にも似た叫びに、大賀は小銃を体の前に抱え、地面を回転しながら後方に飛びすさった。

身を起こすと同時に彼は車体の陰から片膝立ちの姿勢のまま、パン、パン、パン、パンと4発の弾丸を発射した。

ドサッという音が2回続けて聞こえ、残る2人の足軽は櫓の上に体を引っかけたまま息絶えた。

が、その死体を確認する暇もなく、大賀は交換のために89式小銃の弾倉を外したとき、左からガラガラという音が近づくのに気づいて顔を上げた。

眼前に太い材木の槍が迫っていた。

「!?」

思わず身をすくめた大賀の頭の上でドオーンッと音がして、並んだ材木はまたもジープのドアに激しくぶつかった。大賀の体は大八車と車体に挟まれた形となった。

その材木の隙間から、大賀めがけて幾本もの槍が突っ込まれてきた。

「わあああっ！」

バラババッと音がして、大賀の頭上から血が滴り落ちてきた。

島が機関拳銃で大八車周辺の足軽を掃射したのだ。

「大賀っ！　穴山を援護しろっ！」

その穴山は、右手に手榴弾を握り締め、ジープの横をゆっくりと匍匐《ほふく》しながら城門に近づこうとしているところだった。

「了解！」

ジャキッと弾倉をはめ込むと、大賀は穴山の足元に駆け寄りながら、彼の頭上を通過するように銃弾の雨をばらまいた。

兜の武将は頑強な抵抗を見せる島部隊に苛立っていた。

「何をしている!? 敵はわずか二十人足らずぞ！ 押し包め！ 一息に押し包めえっ！」

武将は腰からずらりと大刀を抜き放ち、主殿の広縁を右往左往しながら叫び続けていた。

そのとき、城門が轟音を立てた。最後尾のジープまでたどり着いた穴山が、城門めがけて手榴弾を投げたのだ。城門の右扉の上の蝶番が外れ、扉が半分めくれるような形で外側に外れた。だが、まだジープで突破できるほどの隙間が開いていない。

「どこに投げてんだバカ野郎っ！」

大賀がいらついたように穴山を怒鳴りつけた。

「逃がすなっ！ 城門を固めよっ！」

武将の指示に、足軽たちは島たちの退路を断つように城門前に移動を始めた。城門と島隊の間に位置する足軽が、一段と分厚さを増した。

「くそっ、もう怒ったぞ！」

大賀は小銃を投げ捨て、ジープに載せてあった84ミリ無反動砲を担《かつ》ぎ上げた。さらに自分で榴弾を砲筒に放り込むと、車体から2メートルほど離れて主殿の方向に狙いを付けた。

「大賀、危ないっ！ 後ろっ！」

ジープを挟んで反対側にいた柴田が、大賀の背後から刀を抜いて駆け寄る足軽2人に気づくと小銃を向けながら叫んだ。

が、撃てない。

1人目の足軽の刃はすでに大賀の肩に届こうという距離だ。小銃を連射モードにしたままの柴田には、大賀ほど射撃の腕に自信がなかった。

近過ぎる！

足軽の刀が大賀の背後から振り下ろされる瞬間、

柴田は凍り付いた。そのとき。

ドオンッ！

轟音が響き、大賀の背後に迫った足軽2人は、顔を押さえて背中から弾け飛ぶように倒れた。

「うがあああっ！」

バックブラストの爆風が、足軽の顔面を直撃したのだ。

直後、ドドオンッという音が左方から聞こえてきた。

柴田が顔を向けると、主殿の屋根が火を噴きながら、前庭にざっしゃーんと崩れ落ちてくる光景が見えた。もちろん、指揮官らしい武将の姿はすでに影もない。

「ざまあ見たかっ、イカ野郎っ！」

大賀が左手でガッツポーズを示した。

足軽たちが激しい動揺に包まれたところで、さらに事態を決定的にする局面が訪れた。

破られた城門から喚声を上げて、島津の兵が突入してきたのだ。

――わあああああっ！

――おおおおぅっ！

砦の内は阿鼻叫喚《あびきょうかん》の地獄図と化した。島津の兵は、ほぼ一方的に竹ヶ鼻の兵に斬りかかり、指揮官を失った足軽たちは逃げまどいながら、島津兵の槍の餌《え》食《じき》となっていった。

「左近殿。無事でごわしたか」

島の姿を見つけた義弘が、馬に乗ったまま近づいて声をかけた。

「島津殿」

「申し訳もなかりもはん。おいらが遅れたために難儀かけちしもて」

「いえ、ありがとうございます。おかげで命を拾いました」

その言葉に義弘は一瞬、目を細めた。

「いや。見る限り、勝負はすでに決しておったようじゃが……そいより、清洲の兵はすでに岐阜に向かってごわんど」

「岐阜に？」

「尾越の渡しの手前で、大軍が北上した跡を見つけもした。こいは何かあると思うてここに兵を急がせたが、まさか竹ヶ鼻が寝返っちおったとは」

敵の狙いは最初から大垣ではなく、岐阜だったのか！

島はその作戦が意味する可能性を想像して慄然とした。


第2小隊は、結果的に救出部隊となった島津隊と共に大垣に帰還した。

さいわい、部隊に死者はなく、吉田の腕の矢傷も神経などは傷つけていないため、2週間もすればほぼ回復するだろうと衛生班の高岡は請け合った。

大垣城の軍議の席では舞い戻った島と義弘の報告を聞いて、三成は再び次の決断を迫られていた。

「敵は三方に分かれたと見せ、実は主力は岐阜に向かったというのか」

宇喜多秀家が両膝に手を置いて三成に顔を向けた。

「治部、敵の狙いはもはや明らか。奴らは岐阜を陥して我らの牙城《がじょう》を切り崩したのち、東と南からこの大垣に向かってくるつもりぞ」

「かもしれぬ」

「かもしれぬ？　そのような悠長なことを言うてる時ではない！　一刻も早く岐阜に援軍を出さねば！」

「御懸念に及ばず。岐阜に援軍は出し申す。ただし焦る必要はない。城兵六千有余といえども岐阜は堅城、まして岐阜《ぎふ》中納言《ちゅうなごん》はかの信長公の御正嫡《ごせいちゃく》でござる。敵の大軍四万は岐阜に釘付けにされると見ればよろしかろう。一両日中にはこの美濃にも五、六万の兵が集まる。我らは慌てず騒がず、兵が十分にそろうまで待ち、敵の大将、内府が岐阜に現われたところでうちかかれば万に一つも負けるわけがござらぬ」

信長の正嫡？　岐阜城主は信長の息子だというの

か？　島は三成の言葉に違和を感じたが、ここでは当面の気掛りをまず発言しておかねばならなかった。

「恐れながら」

「うむ。左近」

三成も、軍議の席では島に対して指揮官になりきっていた。

「敵が4万の兵を岐阜に集めたというなら、彼らも城が陥ぬうちに背後から攻められる危険を承知の上でのことと思われます」

「それが？」

「つまり、敵には岐阜を短時間で陥す相当な自信があるのでは」

「もしや、内応を心配しておるのか!?」

小西行長が驚いたように島を見た。

「それはない」

三成が断言した。

「太閤殿下は主筋にあたる織田《おだ》秀信《ひでのぶ》殿をことのほか篤《あつ》く遇され、秀信殿もまた、殿下の御恩を忘れてはおられぬ。こたびの挙兵にあっても、秀信殿はできるならば大坂に駆け上り、秀頼公をお守りしたいとまで申されたのじゃ」

「ならば攻め手の様子をうかがうだけでも、我々に出陣の許可をいただけませんか」

「おぬしの兵は竹ヶ鼻で散々な目に遭うたばかりではないか」

「内応の可能性がないと言われるならさらに気になります。敵が堅城を承知で岐阜を囲むその根拠が」

三成は腕を組み、組んだままの左手で、口髭をゆっくりと撫でた。

「あいわかった。確かに内府の兵どもにも、このまま好きにさせておく義理はない。あまり図に乗らぬよう一撃を与えておくも手なり。されば明朝、方々に御異存なければ岐阜に兵を差し向けん」

島が提案した岐阜援護案に反対する者は誰もいなかった。

日付はすでに8月23日に変わっていた。

岐阜城主織田秀信は、あでやかな赤糸威《あかいとおどし》で腹背を飾った具足胴に身を固め、天守閣の高欄《こうらん》から眼下の山裾を埋め尽くす無数の篝火を眺めていた。

正史では、織田秀信は織田信長の嫡子信忠《のぶただ》の息子、つまり信長の孫ということになっている。

本能寺の変においては信長ばかりか信忠も命を落としているため、明智光秀《あけちみつひで》討滅後の清洲会議で、織田家重臣柴田勝家は信長の後継に信長の二男信雄《のぶかつ》を推《お》した。これに対して幼名を三法師《さんぼうし》と呼ばれていた秀信を正嫡として推したのが秀吉である。結果は周知のとおり、勝家は秀吉との合戦に敗れ、秀吉は三法師の後ろ盾として一気に織田家の頂点に立ち、やがて豊臣政権を確立した。

この歴史においても秀吉が天下を獲った構図はほとんど変わらない。ただ、突如現われた現代人の信長に、この時代における血縁関係はそもそも存在しなかった。さらに秀吉が巧妙に名前と経歴を奪い取り、ときの指揮官に擬した尾張の信長の一族は、おそらく秀吉の金と権力による強制に真実を語らぬまま歴史の表舞台から姿を消していった。

しかし秀信がときの信長の息子であるのはどうやら事実らしい。信長死後、秀吉はどこから見つけてきたのかその幼児を清洲会議の席に引き出してきたのだが、織田家配下の立場となった武将たちがその正当性に対してほとんど異議を唱えなかったのは、やはりときの信長にはこの時代の女に産ませた子どもがいるという話がある程度伝わっていたからであった。

ただし、ときの信長自身は、この子どもの顔を見ることはついぞなかったようである。

秀信は自分が現代人の血を受け継いでいるという意識も記憶もまったくなかった。この時代の感覚で言えば、秀吉は自分から天下を奪った簒奪《さんだつ》者という形になるはずだが、秀信はむしろ終始自分を織田家の正嫡として厚遇し、従三位《じゅさんい》中納言という官位まで与えてくれた秀吉に恩義を感じてすらいた。

もしかすると秀吉は、いずれ天下を奪うときに利用するつもりで、ときの信長に女をあてがい、生まれた子どもを保護していたとも考えられるのだが、弱肉強食のこの時代に、秀吉という最高の保護者を失うことなど、もとより秀信の胸中に思い浮かぶはずもない。

清洲会議の折、まだ3歳にも満たなかった秀信も、いまや21歳を数える青年武将に成長していた。彼はここで手柄を立て、あわよくばこの合戦のあとに生まれる新政権の中枢で発言力を得ようとしていた。これがかろうじてこの青年の中にようやく芽生えた、精一杯の野心の形だったのである。

山裾をすべて敵兵に囲まれても、なお秀信には余裕があった。5里ばかり西には大垣城があり、いざというときの後詰めには事欠かない。自分の役割はここで十分に敵を引きつけ、足止めさせることだと心得ていた。


濃尾《のうび》平野にそそり立つ天嶮《てんけん》の要害、稲葉《いなば》山の山頂に造られた岐阜城の本丸にたどり着くには、山中の曲がりくねった道を延々と登ってこなければならない。背後はカラス谷と呼ばれる絶壁で、ここからの進攻はまず不可能だからである。だが敵が本丸目指して進軍を開始すれば、彼らはたちまち間断ない頭上からの攻撃にさらされるであろう。何万人で山を囲もうと、山中の道を登れる兵の数には限りがある。すなわち、この山城を陥すのは至難の業なのだ。

ふと、秀信は山裾の敵兵たちが上げる鬨《とき》の声とは違うどよめきを聞いたように感じた。

それは人の声、というよりは轟《とどろ》く雷鳴に近い音であった。

秀信は高欄から身を乗り出し、空を見た。

月の光を受けて上半分を白く輝かせた雲が、濃尾平野の中空に幾つかぽっかりと浮かんでいる。雨や雷を感じさせる雲ではない。

戦慣れしていない秀信の胸中に、不安が押し寄せてきた。

　雷鳴の音は徐々に、この天守閣目指して近づいてくるようであった。

「具康《ともやす》！　具康はおるかっ！」

　秀信は腹心の老将の名を呼んだ。

「御前に」

　天守への梯子の上り口近くに膝をついてかしこまる木造《こづくり》具康の姿があった。

「城内の篝火の数を増やせ。なにやら妙な胸騒ぎがする」

「承知つかまつった」

　具康はすぐさま梯子を下りていった。

　だが、雷鳴の音は一向に鳴りやまぬ。どころか、先ほどよりもさらにくっきり、秀信の耳を打つようになっている。

　秀信は広縁になった高欄を大手門とは反対側の方角へとゆっくり移動した。その方角は城の裏手にあたり、断崖となっているために敵兵の姿が見えるはずはない。それでも、雷鳴の音はその方向から聞こえてくる。

　城の裏側が見える位置に立ち、秀信はホッとした。開けた視界の向こうに下弦の月が浮かんでいた。夜半過ぎてこの月を見た者は、願いがかなうと伝えられている。わしの願いもかなうか。秀信は高欄に手をつき、やや身を乗り出して深く息を吸った。

　唐突に、その月が下から浮かび上がってきた巨大な黒い物体に覆われて隠れた。

　耳をつんざくような轟音の中で、秀信は恐怖に表情を歪めながら、それが巨大な怪鳥の姿をしていることを認めた。

　バラバラバラバラバラッ！

　秀信は腰の大刀を抜き放ち、むやみに左右に振り回しながら何か叫んだが、轟音にかき消された自分の声は、自分の耳にすら届かなかった。

　――人だ！

　秀信は突如気づいた。

怪鳥は秀信の眼前で悠然と方向を変え、高欄の秀信に腹部をさらした。その腹の中に、人の姿をしたものが、こちらを見つめているのがはっきりと見えた。

その中の一人が秀信に向けて、右手を額の横から、軽く離すように振った。

それを合図に、怪鳥の口元から火柱が上がった。

ズラダダダダダッ！

秀信の赤い具足は閃光に包まれて弾け飛び、彼の首と左腕は胴から下を高欄の上に残したまま、谷底へと落下していった。

山の麓から城を見上げていた福島正則は、天守閣の最上階が、まるで見えない木槌《きづち》で叩き潰されていくかのように崩れていく光景を目の当たりにして叫んだ。

「何じゃ、ありゃあっ!?」

続いて怪鳥は岐阜城周囲を飛び回り、大手門をはじめとした各防御門や櫓から次々と火の手が上がり始めた。

「福島殿！」

正則の陣へ、帆掛《ほか》け船の帆のような形の兜を着けた黒田長政が駆けつけてきた。

「このときを逃さじ！　いまこそ総懸りの陣触れを！」

「な、長政！　あれは何じゃ!?」

陣所を出て行きかけた長政は立ち止まり、少し考えてから正則を振り向いた。

「違いなし！　あれこそ内府殿の神軍じゃ！」

岐阜落城の報せは23日早暁《そうぎょう》のうちに大垣にも達した。

「なんじゃとっ？　それは何かの間違いであろうっ！」

寝所で身を起こした三成は、そう叫んだまま、しばらく二の句が継げなかった。

午前5時。大垣城庭先の軍議の席に、島を含む西軍武将の面々が集まった。

三成は明らかに動揺の色を見せていた。

「なぜじゃ……なにゆえあの岐阜が、たった一晩で陥るのじゃ」

「三成、起きたことを悔いても益はない。岐阜を取られた以上、次に敵がどう動くかに備えねば」

行長が三成を励ますように言った。

「しかしあり得んではないか。あり得んことを信じろと言われても」

「岐阜の炎上はすでに物見の者も確かめておる。もしも生き延びた城兵が大垣に達すればやがて詳しいこともわかろうが」

正直言えば、島も三成と似た気持ちだった。

平城の伏見ですら、あれだけ手間取ったのだ。まして自然の地形も要塞として考慮した山城が、わずか半日のうちに陥るとは、この時代の戦法の常識では考えにくい。

島は北陸戦線で望月が遭遇したM2を思い出した。まさか、あれと同じ事態が岐阜で起きたのではないか。もしそうだとして、巨大な山城を一撃で陥すほどの武器とはいったい何だ？

「治部、岐阜が陥てもまだ大垣近辺には三万近くの兵がおる。敵も岐阜を攻めたその足でおいそれとこの城には向かえまい。我らはいまのうちに陣容《じんよう》を整え、敵を迎え撃つ備えを固めるべし」

秀家の言葉にようやく三成も我を取り戻したようであった。

「そうじゃ。いま一度大坂の毛利殿御出馬を促し、近江の小早川殿にも一刻も早く美濃に兵を進めていただくよう督促《とくそく》して参る」

そう言った三成は、軍議が終わるとその足で大垣を出て、佐和山へと向かった。

東軍の動きはその直後、23日の午後にははっきりした。

岐阜城を陥した彼らは、大垣よりさらに西南の福束城攻略に向かった軍勢を待って合流し、再び5万近くの勢力に膨れ上がると、東山道を西進し始めたのである。

8月24日午前11時。東軍は大垣城の北方5キロほどの位置にある、赤坂《あかさか》と呼ばれる丘陵地帯で進軍を停止すると、各家散開して陣所を構築し始めた。

大垣城の天守に上れば、山裾から中腹に至るまで、山全体を埋め尽くすかのように翻る無数の陣旗を望見することができた。

ついに東西両軍は、互いの姿を目視できるほどの指呼《しこ》の間にまみえることとなったのである。


同じ日。ほぼ同じ時刻。

江戸城内書院の間で、家康は本多佐渡守の報告を受けて、終始満足そうであった。

「岐阜はあの男の申すとおり、半刻《はんとき》足らずで完全に陥たそうにございます」

「なんと。あの岐阜が半刻足らずだと?」

「寄せ手は城門が破られたあと、城内へと攻め入り申したが、すでに城主岐阜中納言殿もお命を落とされ、抵抗する者もほとんど残っておらなかった由」

「半刻か……佐渡」

「はっ」

家康は脇息に肘を乗せた側にやや体を倒し、まるで悪企みに成功したいたずら小僧のような目で、笑って見せた。

「伏見のときには、これで勝ったな」

「御意」

「よし。陣触れじゃ!」

家康は体をまっすぐに立てると、正信に命じた。

「吉相も出た。我らの出陣は九月一日とする」

「ははっ」

正信は平伏した。

平伏したまま頭を上げない正信に、家康は彼が他にも用件を抱えていることを悟った。

「佐渡」

「はっ」

「……参っておるのか?」

「外に、待らせております る」

「なんと」

「殿よりお誉めのお言葉賜わりたく、今朝方信楽寺に戻って参りましたのを、それがしが連れて参上つかまつり申した」

家康は満足そうに大きく頷いた。

「うむ。呼べ」

正信は顔を上げ、体を後方に少しひねって廊下に向かって呼びかけた。

「アダムス殿。入られい」

書院の間の入口に、身の丈2メートル近い大男が現われた。

焦げ茶色に近い髪は、軽くウェーブがかかっているが、襟足は刈り込まれている。頬から顎にかけて生えた髭も、きれいにそろえられていた。

男は大股で畳の上を歩き、正信の少し後方で立ち止まると、どさっと音を立てるように胡座をかいた。

「アダムス殿、でかした。わしが思っていた以上の働きであった」

家康が声をかけると男は軽く頭を下げ「Thank you, sir」と答えた。

「ありがたきしあわせ、と」

正信が通訳をした。

海兵隊所属中尉、ウィリアム・アダムスは、頭を上げて家康を見、ついで正信に顔を向けると、そこで初めて微笑を浮かべた。

9月1日。

徳川家康率いる3万の本隊が、ついに江戸城を出た。

同じ日、敦賀の大谷吉継も1500の兵を連れ、美濃に向けて出陣した。もちろん望月率いる自衛隊敦賀部隊もこれに同行した。

すでに予備弾薬の50%近くは大垣に運び入れてある。さらに甚左の運ぶ装甲戦闘車も、今日明日には無事に北国街道を抜けるという連絡も来ていた。

準備は着々と整っている。ただし人員はこの時代に来た時点からは大幅に減っていた。万一の場合に備え、敦賀の浜にも傷病者とともに数名の隊員を残したため、いまだ移動待機中の三好ら戦車乗員と整備係の数を加えても、総員62名の出撃となったのである。人員の不足は戦術でカバーするしかない。望月はそう、腹を決めていた。

9月2日には伊勢路《いせじ》方面を攻略中だった宇喜多秀家が、兵1万7000を引き連れてこれより大垣に向かうとの先触れを寄越し、翌3日には毛利秀元、吉川広家《きっかわひろいえ》、安国寺恵瓊、長束正家らからも、美濃に向けて進軍中との連絡が入った。

まるで、この歴史を操っているのは家康のようだ。

大垣城で西側の素破から刻々ともたらされる家康軍の動きと、それに呼応するかのように大垣周辺に集まりだした東西両軍の動きを毎日克明にノートに記録していた島は、漠然とそんな感想を思った。

戦雲はいま、ゆっくりと東海道をこの大垣に向かってきている。

やがてその雲はこの地に血の雨を降らし、天下の主を入れ替えるだろう。

戦いが終わったとき、俺たちは大地に二本の足で立っていられるのか。それとも血に濡れた地べたに顔を埋めているのか。

島はペンを置き、考えるのをやめた。

日本史上最大と呼ばれた決戦の日は、もう目前に迫っていた。

続 戦国自衛隊 ①
関ヶ原死闘編

著者 ―――― 宇治谷 順　半村 良（原案）
発行者 ―――― 小林公成
発行 ―――― 株式会社 世界文化社
〒102-8187 東京都千代田区九段北4-2-29
電話 03(3262)5118（編集） 03(3262)5115（販売）
印刷・製本 ―――― 中央精版印刷株式会社
DTP制作 ―――― 株式会社アド・クレール
発行日 ―――― 2003年7月15日 初版第1刷発行
2005年6月15日 初版第4刷発行

ISBN4-418-03508-7